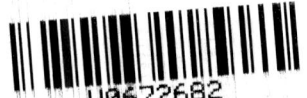

指尖上的岁月

李海生 著

中国言实出版社

图书在版编目(CIP)数据

指尖上的岁月 / 李海生著. -- 北京 : 中国言实出版社，2022.1
ISBN 978-7-5171-4021-4

Ⅰ. ①指… Ⅱ. ①李… Ⅲ. ①散文集—中国—当代Ⅳ. ①I267

中国版本图书馆CIP数据核字（2022）第012533号

指尖上的岁月
责任编辑：宫媛媛
责任校对：郭江妮

中国言实出版社出版发行
地址：北京市朝阳区北苑路180号加利大厦5号楼105室（100101）
编辑部：北京市海淀区花园路6号院B座6层（100088）
电话：64924853（总编室）　64924716（发行部）
网址：www.zgyscbs.cn
E-mail：zgyscbs@263.net

经销：新华书店
印刷：廊坊市海涛印刷有限公司
版次：2022年4月第1版　2022年4月第1次印刷
规格：710毫米×1000毫米　1/16　17.25印张
字数：340千字

定价：92.00元
书号：ISBN 978-7-5171-4021-4

蹚在生活这条河里

（代序）

我没有拜读过李海生先生《漫步在时光里》一书，不便妄加评论，但是这部《指尖上的岁月》书稿，我却细读多遍，爱不释手。《指尖上的岁月》中，又分“税事悠悠”“亲情依依”“垂钓人生”“生活感悟”“故土情深”“家乡印记”“生活纪实”“别样人生”“茶余饭后”九个篇章，可以说，凡是他所经历的、所思索的、所见闻的，皆呈现于此。这部书稿之所以让我激动，不是因为它有多么深奥的哲理，不是因为它有多么动人的故事，也不是因为它有多么华丽的辞章，它就是那么平平常常，没有故作惊艳之语，没有哗众取宠之意，有的只是一颗晶莹剔透的赤子之心，以及诚实自然的叙事风格，然而它却打动了我的心，相信也能够打动千千万万读者的心。

我读《指尖上的岁月》，分明看见一个善良、忠厚、朴实、向上的青年，一个对党忠诚、对工作认真负责、对同志满腔热情，略带文人气质的干部形象。从他选择做税务人这条路开始，如何一步一步走向成熟。其中，《那年我十七》《百里追牛贩》《同纳税户的一次冲突》《雪路纪实》《润物细无声》《我的纪检工作路线图》《他们也是英雄》等文章，都围绕着这样的主题，给人印象很深。《相识于永鑫》里，作者要采访企业家丁立功，录制关于税务宣传的节目，作者说，“为了不出意外，我还提前写了一个脚本，每个人计划讲什么，都做了准备”，“录制前我练习了几次，并做了准备，感觉自己信心满满。可是当摄像机打开，把镜头对准我时，我心里就特别紧张，头上的汗顷刻间冒了出来，原先想好的话也忘了，变得语无伦次起来，一连录了几次都因我的紧张而失败。相反，先前我担心的丁总却出奇地镇定，竟是一次通过，中间连一个打咯噔的地方都没有，使我不由得对他肃然起敬”。作者写的是丁立功，其实也暴露了自己腼腆的“弱点”，也许正是这“弱点”，成就了李海生，使他认准了一条道儿一直走到底，保持了热情、负责、忠诚的美好品质，传承了艰苦奋斗的优良作风。

我读《指尖上的岁月》，分明看见了一个热爱生活、懂得珍惜、注重友谊且有博大情怀的铮铮男子，他对于父辈以及祖辈，对于同学、朋友，对于生活中遇到的每一位人，都谦卑有礼。如在《班主任曲文秀》《同学向阳》《我所经历的三个打字员》《临时工郭涛》等文章中所记述，作者皆是如此，不管他们职位如何，现实中一律平等，他们这方面或那方面总有作者自己要学习的东西，给人印象很深。《百里追牛贩》里，那些在他饥饿时管他饭吃的农民；《手的故事》里，那些为了他的手病而帮他医治或为他提供治疗线索的人；《春雨润我心》里，他不慎掉落“阴死栈”，在他昏死过去后救他出来并为他要去请医生的老夫妇，这些有恩于他的人，他都永远铭记。懂得感恩的人，才是靠得住的人，才可能走得正、行得远。

他的这些散文、随笔、纪实、杂谈等，感人之处甚多，我想，主要是体现在以下四个方面。

一是朴素。诚如前文所述，这是他最大的特点。过去写文章，很讲究“朴素”，要求文如说话，我手写我口，天然去雕饰，要做到这一点，就必须少用形容词、副词。当然，朴素不是直露，不是干巴巴，直露和干巴巴是有伤文采的表达方式。作者的行文，朴素之中满是趣味，这样的文字是很好的。“记得当时局长告诉我，打字员是县里某局长的一个亲戚，我的心里马上咯噔了一下，还想着，不会是个不干活的小少爷吧。没想到，出现在我面前的是一个精精干干的小伙子，满脸的稚气，长得眉清目秀。不知怎么搞的，我一下子从心底喜欢上了他”（《我所经历的三个打字员》）。这些叙述，都平平常常，明白易懂，但细品起来，饶有兴趣。

二是真实。真实是文章的生命。世界上什么东西最能打动人？回答可能五花八门，可是究其一点，还是真实。离开真实，社会则无从存在。作者所述所写，无不是身边事，大都是自己的经历，没有抬高自己，也没有贬低别人，相反，还记下了自己不少的“不光彩”，包括家里和工作上的一些事，都是客观描写。比如，作者“刚开始报名，条件是高中毕业，可我高中还没毕业，自然不行，父母托了许多人帮忙，才把名报上。后来由于高中生太少，报名参加考试的人数不达比例，报名范围扩大到初中生，我自己又去报了一次名，结果考试完，出现了两个李海生，考上后，还费劲解释了一番”（《那年我十七》），这样的糗事作者也抖出来，可谓真实到家了。诚然，文学真实的意义并非这么简单，这里不作讨论。

三是自然。我理解的自然的含义应该有两层：一层是文字的自然，另一层是结构形态的自然。关于文字的自然，我们上文已经谈了不少，在“朴素”一段里亦有所涉及，自然和朴素，语义有其交叉的地方，且互有因果关系。一般而言，朴素的往往是自然的，自然的则多是朴素的。这里要结合作者的文章，谈一谈自然的问题。所谓结构自然，是说作品形式不矫揉、不造作，不装腔作势，不摆架子，有啥说啥，开启自如，收缩顺势，不拘形式，波谲云诡，顺其自然。举几个开头的例子：“尽管一生中经历了无数次送人的场面，但在壮宁进入火车站候车室的瞬间，我还是感觉到眼角潮潮的，毕竟刚刚过了新年才两天，大家还没有从过年的气氛中回过神来，他又要开始新一年的奔波了”（《再别壮宁》），“早上起来出门，迎面一阵凉风袭来，浑身顿觉清爽了许多。登上660级台阶的荀子公园，更觉得心旷神怡，神清气爽，往日的热浪已被阵阵清凉所代替，虽然还未出中伏，立秋的气息便明显地强了起来，一年里的秋天又翩然而至了”（《秋天来了》），“每年农历七月十三是父亲的生日，他是1943年出生的，今年已经76岁了，每年的这一天，我们哥儿俩和几个叔伯姐弟十几口人，都要一起陪他吃个团圆饭，算是给父亲过生日了”（《父亲的生日》），这些文章都是开门见山，自然入题，不拐弯抹角，感觉平常，实则有功力在其中。

四是详略得当。该略的地方疏能跑马，该密的地方密不透风。因为有了疏密，才有了张弛，才有了别致，才显出排列的艺术。我们常说的艺术，它怎样来彰显？排列问题就显得尤为重要。排列得有序、别致，富有美感，赏心悦目，艺术效果就出来了。我们在阅读《指尖上的岁月》的时候，很多时候都感到了这种阅读的快感，它不是拖泥带水式的，往往也不是断崖式的，而是详与略的有机结合，“接口处”也是镶嵌很紧的，没有阅读障碍。“从山底望过去，安泰山静静的一脉绿色，像一位老人有力的臂膀蜿蜒向天，毫不出众，这就像我们故事里主人公李明强和他的伙伴们多年走过的路；进到山里，才知道这里处处是宝，黄色的青翘花怒放时，也如南方金灿灿的油菜花一样醉人，一样装点春光，一样为挂满枝头的秋天喝彩。此刻，人到中年的李明强和他的伙伴们，也像山里的青翘花一样，静静地等待着即将到来的收获”（《静静的安泰山》），从山到人的过渡是很自然的。“过年的黄衣服、蓝裤子太吸引人了，是孩子们一年的期盼，穿上它别提多精神了，如果再有一顶红五星帽子，那就更神气得不得了，不知会招来伙伴们多少羡慕的目光。那时全然体会不到父母的艰辛，也感觉不到家的寒酸，只想着能在伙伴们面前抖一抖。再大一点过年的时候，知道了父母的不易，开始帮父母干活，推碾磨面、劈柴火、捡炭核、打扫房屋、张贴对联，凡是我这么大孩子能做的，我都尽力去做”（《一年又一年》），从“只想着能在伙伴们面前抖一抖”到“再大一点过年的时候”，这中间有无数的事情发生，时间的长度也可能是漫长的，三年五年，十年八年，都可能，但是，我们的作者却只以“再大一点”几个字轻轻划过，艺术的效果显而易见。

谨遵晓玲女士之命，为李海生先生写了这个评论式的序，其中不当之处，敬请批评！

中国文艺评论家协会会员、中国当代文学研究会会员　蒋九贞

2021年10月30日　于养心居

目　录

CONTENTS

第一辑　税事悠悠

第二辑　亲情依依

第三辑　垂钓人生

第四辑　生活感悟

第五辑　故土情深

第六辑　家乡印记

第七辑 生活纪实

第八辑 别样人生

第九辑 茶余饭后

第一辑　税事悠悠

那年我十七

1985年5月3日，我在父亲的陪同下，提着简单的行李，搭了一辆顺风车，来到了位于县城北部、距离县城30余里的和川镇，开始了作为税务“官”的生涯。

能进税务局参加工作，源于1984年11月9日的招干考试，那时正积极备战高考的我，在放学回家的路上，偶然看到了墙上张贴的招干公告，说是税务局要面向社会招考一批税务干部，回家后吃饭中间，我顺便给母亲讲了街头张贴的公告，母亲说：“你想试试就试试吧，可别误了高考。”我问母亲，税务局是干什么的。母亲说：“就是在街头拎包向商户收税的，不过也是吃公家饭的，考上了，也算有了正式工作。”听了母亲的话，同几个要好的同学商量，他们对于考不考也没有什么好的主意，最后还是我决定先参加招干考试，反正高考也没有十足的把握，万一将来考不上，这也是一条出路。

于是我准备报名参加考试，没承想，报名也是一波三折，刚开始报名，条件是高中毕业，可我高中还没毕业，自然不符合条件，父母托了许多人帮忙，才把名报上。后来由于本县高中生太少，报名参加考试的人数不达比例，报名范围扩大到初中生，我自己又去报了一次名，结果考试完，出现了两个李海生，考上后，还费劲解释了一番。

我记得考试是在县北门小学举行的，当天下着大雪，我特意穿上父亲去北京出差买回来的一件绛紫色夹克，脚蹬着大雨鞋。到考点后才发现参加考试的人足有100多名，四个教室全坐满了，看到这么多的人参加考试，我心里面直打鼓。后来，我才知道，这次税务招干考试，是税务局成立后组织的第一次考试，招考的干部还分农村户口和城市户口，全县总共招5人，农村户口招2人，城市户口招3人。另外，还有本局职工参加的转干考试，所以人特别多。我参加工作后才懂得，干部与职工是有区别的，干部身份必须经过考试才能获得，有名额限制。我确实没想到自己能考上。招干考试结束后，我又准备高考去了，也没把这当回事。好在那时我在文科班的成绩还可以，除了数学太差，其他的科目应该是没有大问题的，倒没敢想考上什么大学，总觉得考上中专，以后有碗饭吃，还凑合。

到了1984年12月底的时候，虽然没有接到正式通知，我已经知道自己考上了，可心里还是没谱。一面抓紧复习，一面等候通知。1985年4月16日，距高考已没有多少日子了，我突然接到了税务局的通知，让22日去税务局报到，当时真有点喜出望外。报到时，我们一起考上的5个人见了面，四男一女，其中一个人和我是同学，其他3人，以前并不熟悉。那时的税务局大楼，刚刚建成并投入使用，在县城属于最好的建筑了，一进大门，我就觉得办公楼高大、气派。见了穿着税务工作服的工作人员忙进忙出、牛气十足，我心情更是激动，心里想着自己就要成为他们中的一员了，从里到外透着兴奋。

报到后，先是进行培训。培训开始时，局领导分别讲了话，当时只有两名局长，一正一副，局长姓王，副局长姓卫。随后由时任税政股的老彭股长主讲，从那时起我逐渐明白了什么是税收、税法，知道了产品税、营业税、企业所得税、屠宰税、牲畜交易税等税种，以及开征的时间，计税依据，征缴和入库的时间，税款报结等基本知识，了解了我国的税制，知道了国家刚刚完成的利改税改革。经过一个星期的简单培训，我们5人被分配到不同的地方，有两人留在了县城的税所，我和其余的两人则被分到了乡下不同的税所，当时的心情很难形容，说不上是兴奋，还是难过，反正是心里有一种说不出的滋味。从此以后，学生时代结束了，几乎一点思想准备都没有，就一脚踏入了社会。一生中，没参加过高考，实在是挺遗憾的，尤其是开始写博客后，知道了天南地北的许多博友，他们大都是大学毕业，心里很是羡慕，有时同他们交流，看他们的文章，感觉自己像个土老帽。

当时的和川所刚刚建成，一排坐北朝南十几间砖瓦房，一个很大的院子，在镇上很是扎眼，主房的对面是三间灶房，旁边有一块不小的菜地，院子里坑坑洼洼的，砖头、瓦块遍地都是。我报到的当天，所长恰巧不在，会计听说有新人来报到，放下了在县城要办的公务，急急忙忙地赶回来接待了我，给我安排好住处，让我第一次出门便感到了温暖。他年龄同我一样，只是生日略大一些，应该喊他哥哥，他高高的个子，长得眉清目秀，待人诚恳、热情，从那时起，我们就成了好朋友，和川税务所也成了我的另一个家。

所里当时只有五个人，所长、会计和三个专管员，加上我，成了六个人。在安泽，和川算是个大所，税收任务最多，主要是因为有国营和川酒厂，酒厂当时确实很有名，在全县缴税最多，是县财政的主要支柱。在整个临汾，算是比较好的企业，我去的那年，税利就突破了100万，临汾最大的商场——工贸大厦，还挂有和川白酒的巨幅广告，让安泽人引以为豪。白酒生产供不应求，在临汾，乃至周边地区都很畅销，还曾出口到俄罗斯等国家。

我每天要做的工作，就是跟师傅们去村里征税，当时和川所负责和川镇和罗云乡二十多个村委的工商税收管理，最远的征税点与沁源县交界，距离所里有近60里地。下所时局里给我们每个人都配发了一辆自行车和一个装税票的皮包，下乡入户的时候，把包往自行车把上一挂，感觉自己很牛气，像是镇里的下乡干部。在和川，除了酒厂外，征税对象主要是供销社、信用社、粮站等单位，其余的有小商店、小磨坊、小四轮拖拉机，还有赶驴车换粉条的，杀猪、杀羊的，买卖牲口的，等等。这些都属于零散税收，一个月也收不了多少钱。平时不下乡的时候，就是看看业务书，翻翻报纸什么的，乡下看电影的机会还不多，所里有一台电视机，只有一个山西台，每晚十点半就再见了。最好的娱乐项目是打扑克了，平常打扑克的时候人总也凑不齐，直到现在也搞不明白，那时的人们都在干些什么。

当时在乡下上班的年轻人并不多，供销社的女孩不少，可我很少跟她们打交道，常接触的就是工商所的人了，下乡的时候，经常搭伙，他们收费，我们收税。闲下没事的时候，也没可去的地方，一条老街，一条马路，大门外还有一条水渠，再远点就是无边的旷野。实在闷得无聊，就去大门口晒晒太阳，有时想去马路上看车来车往，也是不可能的事，每天过往的车辆屈指可数。连续遇到阴雨天气，十天半月也见不到车和人的影子。有时还真应了校园歌曲中的那句词“一个人总是对着天空发呆”。现实的生活也确实是那个样子，每天总是觉得很无聊，没有什么追求，也没有什么志向，糊里糊涂的我就这样开始了我的“税官”生涯。

我的自行车

上班后一个月，我分到了属于自己出去征税用的自行车，那是一辆崭新的红旗牌加重自行车。在二十世纪八十年代，能拥有属于自己的自行车，那简直是一种奢侈品，不比今天拥有一辆汽车的感觉差。当时市面上流行的自行车主要就是永久牌、飞鸽牌和红旗牌。那时民间流行一句话："永久耐，飞鸽快，红旗车子好里带。"而我从事的工作，离不开自行车，每天的下乡、下户全靠它，没有自行车等于失去了双腿，你就无法工作了。刚上班没有分到自行车的时候，我都是和师傅伙骑一辆，一般情况下，都是我驮着他，反正我力气有的是，浑身总有使不完的劲。

有了属于自己的自行车，心里那高兴劲儿就甭提了，平常的时候，我总是把它擦了又擦，不让它沾一点尘土，下乡回来，擦洗干净，再用旧门帘盖上。过个十天半月，找点机油，给它保养保养。说真的，我完全是把它当成了自己的伴侣，对它疼爱有加。如果有人借我的自行车，心里真有一百个不情愿。可每次有人借车，总是开不了拒绝的口，虽然心里很难过，还是每次都把自行车借给了别人。

借我自行车最多的人就是师傅的同学了，当时他在县城工作，家却在和川附近的村里，每次回来，他不找师傅借，偏找我借，我又无法拒绝，所以每次见到他，心里总是疙疙瘩瘩的。最令我生气的是，有一次，我不在的时候，他就把我的自行车骑跑了，第二天，当我发现自行车放的位置挪了地方的时候，才发现车子损坏了，两个车把一高一低不平衡，仔细看时，车子的前刹被碰得弯了回来，漆也碰落了一片。

原来，他骑车回家时碰到了路边的山石上，把车子碰坏了，回来的时候也没敢告诉我，悄悄地放下车子就走了。看到碰坏的车子，我真的气坏了，这可是自己的命根子，真想找他理论一番，可冷静想了一下，还是算了，就是找了他又有什么用，当时火又没处发，总不能去找师傅的麻烦吧，所以还是自己生生气罢了。还好，从那以后，师傅的同学再也没有借过我的自行车。

那时的路不像现在，不是柏油路就是水泥路，而且四通八达的，在以前就连到县城的公路都是土路，到更远的乡下就更别提了。分给我和师傅的片区是最远的，离所里大概有40里地，延伸到村里就更远了，每次骑自行车去下乡的时候，来回要用一天的时间，遇到刮风下雨手推肩扛的时候有的是。冬天的时候下乡，我们总是要骑出五六里路，身上才有热乎气。我清楚地记得有一次下雪天我们从乡下返回，师傅在前面一不小心，从一个叫阴死栈的地方连车带人翻了下去，所幸的是，过厚的积雪救了他，车子也安然无恙。

夏天下班后的时间长，实在无聊的时候，我便骑上车子往家跑，回一次家大概需要两个小时，那时通往县城的公路很难走，要走麻衣寺栈，上面有十几道弯道，下面就是沁河，很危险。还要翻越石渠南山，有十几里的上坡和下坡，还有就是最陡的团结岭。尽管路不好走，我还是乐此不疲。回到家也无事可做，街上遛一圈，电影院门口站一站，也就心满意足了。第二天大早上五点就往所里返。反正十七八岁的年龄，有的是力气，那时我把骑自行车当成了一种乐趣。

那辆自行车，一直陪伴了我两年多。1987年10月，我到运城会校上学前，才把车子放在了家里面。从会校毕业后，我重新回到乡下税所，不久后被调到县局上班，自行车又开始陪伴我上下班。有一次，在机关后面的家属院和同事喝酒，酒喝多了，在同事家睡了一下午。下楼后，发现我的自行车不见了，取而代之的是一辆破的旧自行车，还想着别人骑错了，等一会儿能有人回来换。眼看天黑了，左等右等，却还是不见人影，只好骑着那辆旧自行车回家了。我最心爱的自行车，从此没有了踪迹。后来，经济条件稍好后，我自己买了一辆轻便的28式自行车，换下了那辆破旧的自行车。可惜的是，没骑多长时间自行车又不见了。有一年临近农历八月十五，我进商店买东西，想着就几分钟的事，就没有锁车，出来后，车子还是不翼而飞了。

如今，二十多年过去了，虽然那辆自行车早已没了踪影，但我还是时常想起它，想起那个年月，想起那辆曾经伴随我征税的红旗牌加重自行车。

税所“一杆秤”

我报到没有多长时间，我们所里又来了一位新人，我们所就有了七个人，有好事之人根据我们七个人各自的特点，把我们“制作”成了“一杆秤”，由于这个“编排”太形象了，竟逐渐得到了大家的认可，成了名副其实的“一杆秤”税务所。

“准星”自然是老所长了。说是老所长，其实他的年龄在当时不算大，顶多35岁左右，说他老，主要是因为在所里，他的税龄最长、业务最精、资历最老。加上本人又不善言辞，不喜欢说笑，没事的时候，不轻易跟人说话，显得很古板，感觉难以让人接近。可时间久了，你会发现，他的心底是非常善良的、待人也非常真诚。

“准星”最大的爱好有两个，一是下棋，二是抽烟，二者缺一不可。那时的和川街头，每天下午经常有一群年纪大的老汉在路边围聚在一起下棋，久而久之，竟成了固定的摊位。“准星”没事的时候，常过去看棋，有时也参与其中。他下棋的时候，最讨厌别人指手画脚，有时真生气了，棋下了一半，扭头就不干了。常弄得人非常尴尬，可过了一会儿，他就像没事人一样，溜达着又去了。抽烟的时候，就像是点着了火的小烟筒，从早冒到晚，除非吃饭和睡觉。他的业务能力极强，记忆力特好，在征税的问题上，从来都是丁是丁、卯是卯，再好的关系，也不行，所以也不会有人去找他。当时的税源大户除了酒厂，就是两个供销社，都是他的管户，每年供销社的汇算清缴，他都是亲自出马。他的业务和管理在全县税务系统都是很出名的。国税、地税“分家”时，“准星”已经是股长了，留在了国税局，后来当上了纪检组长。可惜的是，当时国税系统要求科级干部必须是高中以上文化程度，由于他是初中毕业，因此他就这样被免职了。

“秤杆”就是常会计，他本身就姓常，加上一米八五的大个子，瘦骨嶙峋的，好像风大一点就可以把他刮倒。他的年龄同我一样大，性格却比较活泼，说话办事快人快语，一个典型的急性子人，他热情好客，乐于助人，我们所里的每个人都得到过他的帮助，在一定程度上弥补了所长的不足。他是所长的得力助手，被大伙戏称为二所长。后来他本人有病，脑部做了开颅手术，从一线岗位调整到县局机关，在那里做一些力所能及的工作。祸不单行，他有一次乘车从临汾返回安泽，路上竟遭遇车祸，过早离世了。

“秤盘”王是一个女同志，她的父亲是原来的一位老所长，在本地有着很高的威望，应该是子承父业，较早参加了税务工作。她本人长得矮矮胖胖，浑身上下都是圆的，个子不高，说话瓮声瓮气。当时她分管市场，每天围着不大的街转来转去，经常可以听到她同小商小贩争吵的声音，她这人本性善良，一些纳税老户，摸准了她的脾气，经常给她出难题，使得她征税常遇阻力。有时我们看不下去，就去帮帮她，特别是逢集赶会的时候，外地的商贩很多，这时就更是需要我们的配合。为此，她对我们非常感激。不过街头市场收税，对于她来讲，这工作太吃力了，所以早早便调出了税务机关，找了一份较为清闲的工作——在县城的一所小学看大门。

“秤钩”，他是我们当中来得最迟的一位，也是我们当中性格最活跃的，他的腰微微驼着，脸上常挂着无法形容的笑容，一张嘴真是能说会道，里外都是理，有时真能把死人说“活”了，一看就是闯过江湖的那种人，做秤钩很合适。“秤钩”的技术很全面，可以说是无所不能。说他的技术全面，可不是指业务，而是其他方面，比如说木匠、修理、电焊、理发，等等，他不仅仅是会，关键是精通。当时摩托车很少，他很早就学会了驾驶和修理技术，所里配的第一辆摩托车，只有他会驾驶，让我们既羡慕又嫉妒。他原本在外县工作，为了解决夫妻两地分居，才调回本县的，让他始料不及的是被分到了乡下税所。

他最大的爱好就是喝酒了，酒量还特别大，中午、晚上可以连轴转，尤其是下连阴雨的时候我们不用下乡征税，只有靠酒去打发时间了。我记得喝得最多的一次是在距离所里二十里地的一个叫南崖底的地方，在那个村里的书记家喝酒，他家的酒是装在塑料壶里的散装酒，刚开始喝，还没感觉到，不一会儿便上头了，原来我们喝了原度酒。为了不给人家添麻烦，我们喝完酒，骑了自行车晕晕乎乎就往回赶，结果走到半路上，酒劲发作，便倒头睡在了路边的草地里，从大中午一直睡到太阳快落山。我酒醒后，眼看时候不早，可他还不清醒，无奈之下，我只好跑到附近的一个养马场，给主人说好话，把他送到马场睡下。第二天，马场主人才把他送了回来。

“准星”知道后，我们被狠狠尅了一顿。从那以后，我发誓再也不跟“秤钩”下乡了，嘴上那么讲，过了没几天，我们又臭味相投了。不是因为酒，而是他平常的俏皮话太逗了，在没有丝毫娱乐活动的乡下，往往成了我们寻求开心的唯一方式。“秤钩”本想在税务局有一个大的发展，但很不顺利，于是他寻了一个机会，跨出了这个门槛。现在已经退休了，工作经历画上了圆满的句号。

“秤绳”是老杨。说起“秤绳”，这个人总有一种让人说不出的感觉，由于他爱两头晃，不坚持立场，所以把“秤绳”给了他。他本是临汾人，由于父亲在安泽税务局上班，在照顾老干部时，他考了进来。怎么讲呢，他自己本事不大，却偏爱笑话别人，所以总也不讨大家的喜欢。但他有自己的优点，爱干净，肯学习，是收税的一把好手，什么尴尬的场面，他都能应付。我还是很喜欢跟他下乡，因为不用我磨嘴皮子，他就摆平了，我只管开票收钱。“秤绳”在国、地“分家”时，分到了地税，还当了两年多所长，后来，还是在我的帮助下，调回了临汾，据说回去后混得很一般。

“秤砣”就是我的师傅了。说他是师傅，因为我跟他下乡最多，学的东西也多，平常在一起的时间最长。他个头顶多一米六，真正的五短身材，胖墩墩的，非常实在，是当之无愧的“秤砣”。“秤砣”师傅家庭条件好，老爷子是地道的酒厂厂长，在全县赫赫有名，凡事是不用他操心的。他最大的特点就是爱抽烟、爱喝大叶茶、爱睡觉，由于晚上睡得迟，白天一般不早起，遇到阴天下雨没事的时候，他直接可以睡到下午两点。无论什么事，师傅总是不慌不忙，慢条斯理。别看他出身“官宦”，却总爱同大家打成一片，他从来都是与世无争，不求上进，一副得过且过的样子，把日子过得波澜不惊、平静似水，让人心生羡慕，他现在仍在所里当专管员。

我跟师傅下乡，一般都是骑自行车，到距离税所最远的村里征税。那时安泽同沁源交界的一个村，经营小四轮运输的特别多，所以成了我们所的重点税源村。当时小四轮要征收营业税和车船使用税两种，一个小四轮，每月要缴六七元钱的营业税，就是这六七元钱，也是很难征收。每次到村里征税，师傅都有自己的老主意，不骄不躁，心平气和地同你算账，给你搞定额。你缴不了不怕，我在你家等，同你耗时间，你想，他们跑运输，哪经得起同你耗，大部分的税款都缴了。在村里征税，还有一难，就是午饭去哪吃？村里既无饭店，也无派饭，常常是饥肠辘辘了，还不知午饭在哪里！好在师傅有办法，不管是到了哪里，碰到谁家，一到饭点，就不走了。那时家家户户都比较困难，吃饭真不能假心假意，否则真要饿肚子。

“一杆秤”快讲完了，该给我安个位置了。因为我的体形同师傅比差不多，只不过比师傅高了些，所以我荣获了“二秤砣”的称号。平常有人老拿我的体形开玩笑，我常笑着说，同我的师傅比比，我的优越性大着呢!

这就是我们税所的“一杆秤”。大家既有缺点，又有优点，既有开心的时刻，也有烦恼的时候。既有生气吵嘴的事情发生，也有和睦相处的快乐。有事没事的时候，我经常想起我们税所的“一杆秤”，想起大家在一起的日子，想起提前走了的弟兄，有时说穿了，其实，人活着就是一种幸福。

春雨润我心

春雨蒙蒙，纤细如丝。远山、近岭都笼罩在一层薄雾之中。随着薄雾的翻滚、升腾，我的思绪不由回到了1997年的那个春季，那个春雨潇潇的日子。

那天，我独自骑自行车到远离税务所40里的乡村征收税款。办完事，准备回所里时，偏偏飘起了小雨。心想，这春天的雨大概不会太大。于是，骑上车子一头扎进了雨雾中。谁知，到半路上，雨却大了起来。返回去吧，已走了近一半的路程，况且还得麻烦别人找住宿的地方，于是咬咬牙又顶着风雨继续前行了。雨水不停地落在我的近视眼镜上，视线越发模糊。在经过一个名叫“鹰压岩”的地方，由于路面太滑，我连车带人滑进了一丈多深的沟底。

等我醒来时，发现自己已经躺在一个窑洞的土炕上了。一个面容慈祥的老大娘见我醒了，高兴地说：“孩子，你总算醒了，身上还疼不？你大爷把你背回来时，我都吓坏了，真不知咋办才好。”我艰难地摇了摇头，忽然意识到什么，忙问：“大娘，我的包呢？”大娘说：“别急，给你保管得好好的呢。”她一边说着一边从炕席子底下摸出包来。我匆匆打开一看，税票和税款还静静地躺在里面，心里一下子踏实了许多，身上也仿佛轻快了，一股感激之情涌上心头。这时我才发现在锅台前，坐着一位老大爷。他微笑着，正往炕灶里添柴，熊熊的炉火映照着他慈祥的面容。他站起来告诉我，是他放牛从“鹰压岩”经过，正好见我摔下沟去，便不顾一切把我背到了自己家中，又忙返回去，找回了自行车和包。

老两口整整在炕前守了我两个小时，正准备冒雨去请医生时，我醒了过来。老人告诉我，他家就在路边不远的地方，平时家里就他们老两口。他们的儿子也在城里上班，很少回来。儿子多次让他们进城住，但他们咋也离不开这里，偶尔在城里住几天，就像丢了魂似的，住不惯。每次总是来去匆匆。

大爷说：“我在路上几次见你骑车从这里经过，有一次去村里推磨时，还见你收过税，知道你是税务所的。”听了大爷的讲述，我马上懊悔极了，平常下乡征税，总觉得自己是公家人，了不起，趾高气扬的，对纳税户动不动就训斥，仿佛他们都是自己的臣民，当时的样子肯定很凶，可想而知，留给老大爷的是什么样的印象。一刹那我的脸上火辣辣的，长期占据心间的傲气和自尊顷刻间荡然无存。

我从内心深处认识了自己，认识了一个自高自大、目空一切的我。在一个普通的老人面前自己是多么渺小啊。我不由得又向二位老人望去，我看到的是朴实，是山里人才有的那种质朴和黄土地上才能孕育出的厚道。也就从那时起，大爷、大娘的音容便斧凿一般雕刻在我的脑海里。

回到所里不足半个月，由于工作需要我被调到县局，因走得太突然，也没顾上去看望他们一下。回到城里后，也常常想去看看二老，却总也抽不出身来。一天，向税务所的同志们问起他们的近况，所里的同事说，二老已在去年冬天相继谢世了。听到这个消息，我的心忽地沉下去，不禁涌出了热泪，内心一阵愧疚。五年了，始终未能去看他们一眼，这竟成了我终生的遗憾。

每当春雨蒙蒙的时节，我就会想起二老，想起那个春天，那个雨季，那片淳厚的黄土地。

风雨税企情

尽管天空中的雨滴还像断了线的珍珠，不停地落着，我和老所长还是推出自行车，准时上路了，要到远离我们所40里外的两户企业催缴税款。早两天，老所长就愁上了。如果这两户企业的税款不入库，这个月的税收任务就要泡汤了。这对一贯工作认真的他，不能不算是一种打击。这鬼天气，雨一直下个没完没了，已经三天了，丝毫没有停的意思，真不知道要下到什么时候。可是无论如何，他是再也坐不住了，地税所刚刚成立，正在打基础，如果一开始就不加强征管，那后果是不堪设想的。过去的荣誉不能让这场雨给冲了，他要和老天爷争个高低。他说："明天，不管天气怎样，都要去跑一趟，把税款收回来。"

老天爷像和我们有意作对似的，刚出门时雨还不大，谁知出了镇子，雨却大了起来。不一会儿，我们俩的衣服全被淋湿了。一阵风吹来，浑身直打冷颤。好在我年轻，觉得没啥，可老所长就吃不消了，他先是骑着车子，后来干脆推着走了起来。这样没走出五里路，他就气喘吁吁了。我忙招呼老所长在附近的一块突出的山岩下歇息。他摸出自己的烟有滋有味地吸起来，烟雾顷刻间笼罩了他布满皱纹的脸。

老所长今年已45岁了，按说年龄不算大，可由于常年的劳累，使他看上去比实际年龄要大得多。他患有严重的胃病、气管炎、关节炎等症，听别的同志讲，这和他常年跑乡串户征收税款，饿了啃馒头、渴了喝山泉水，还有雨季赤脚蹚河有关。他虽然不服气，可每到阴天下雨时，各种毛病都一起袭扰着他，使他苦不堪言。他从18岁起，就在这个所上班，始终没挪过窝，虽然最近几年搞岗位轮换，可局领导心里最清楚老所长的为人，这也许是他多年没轮换的原因之一。

地税组建时，他又要求领导把他分配到条件艰苦的地税所工作，凡了解他的人，没有一个不说他性格犟、脾气倔的，他认准了的，谁说也不行，不少人怨恨他，可也有不少人赞扬他。他这个人，你要是做得对，他会把心掏给你。邻居的一家商店，急着进货缺钱，他二话不说，将刚领到的工资借给人家，而丈母娘家杀了头猪，他都非征屠宰税不可，闹得两家至今不相往来。他这个人一生最大的嗜好就是吸烟，工作中的各种疑难问题总在那烟雾笼罩中迎刃而解。所里的同志们最了解他，见他凝神思考，准会把烟递到他手上。可他又最憎恨烟，对那些找他办事、说情的人递上的烟，他总是不屑一顾。

老所长吸完了手中的烟，我们又上路了。路面更泥泞了，没走几步，车轮里便塞满了泥，只有停下来用木棒把泥一点点捣出来才能继续前进，就这样停停走走，走走停停，几个小时过去了，我们还未走出10里路。刚出门时，我满心的豪气此时已荡然无存，取而代之的是满心沮丧，我真不知道还能不能坚持到目的地。再看老所长，他脸上的青筋，此刻全部暴突了起来，雨水顺着脸颊往下淌，浑身上下沾满了泥点，他仍坚持着一步一挪地往前走着。

脚下的路面还在延伸，一道山梁又被我们甩在了后面。眼前的视野比较开阔，极目远望，我们忽然发现远处的山路上有几个小黑点在晃动，好像是几个人影。一路上，我们还是第一次碰到人，又会是谁呢？我想他们肯定是遇到了什么急事，要不哪能冒雨赶路呢？想着走着，我们的距离在不知不觉中缩短，可以清楚地看到对方的面孔了，我们感到惊讶，对方竟是那两户企业的办税人员，征期已到，雨水无期，所以决定冒雨到税务所去缴税。我们此刻在这里相见，紧握住对方的手，静静地对望着，周围的一切仿佛凝固了，此地、此情、此景，每个人的嘴边都堵着许多话要说，可都没讲出来，这浓浓的税企情，又有谁能表达清楚呢！

雨不知什么时候停了，一道彩虹挂在了天际。

百里追牛贩

在税所，我还完成了自认为“英雄”的一次壮举，那就是百里追牛贩。那时征的一种税，叫牲畜交易税，即对买卖牛、马、驴、骡、骆驼等牲畜时，向买方征收的一种税，税率是5%。你可别小看这种税，在当时可是我们山区税所的主体税种，完成任务全靠它了。

和川自古以来就是养牛的好地方，由于紧临沁河，水草丰盛，养的牛既肥又壮，远近闻名，给买卖牛提供了天然的良机。况且这里每年有两次庙会，有专门买卖牛的场所和被称作“牙行”的买牛中间人，使这里的买卖异常火爆，就是平常没有庙会的时候，南来北往的买牛人依然络绎不绝。税源有了，只不过收税有了可抓的地方，可不等于就有了税收，要想把税源变成税收，确实还要下很大的功夫。

常言道：“人除了割肉疼，就是掏钱疼”。试想谁愿把自己腰包里的钱主动交出来。于是偷税和反偷税的斗争，很早就在我们税所展开了。为了掌握买牛人的动向，我们在“牙行”中间布置了内线，有了情况，马上到所里报告，那时不像现在，不是电话，就是手机，联系非常方便，要报告情况，“牙行”还必须到所里才行，所以我们所里平常24小时有人值班。好在那时的人大都非常老实，你让他报告，他也不提什么报酬和条件，还觉得自己挺荣幸的，要放在现在，那是无论如何也行不通的。

这件事大概是在1986年7月的一天中午，我一个人在所里值班，临近11点的时候，附近村里的一个“牙行”前来报告说：“有3个牛贩子，买了5头牛，从小路向良马方向跑了。”他来的时候牛贩子已经走了快一个小时了，又骑自行车到所里报告，少说也得一个小时，这就是说，牛贩子已经走了两个多小时了，就算牛走得慢，估计走了也不下十几里了。当时我特别犹豫，追还是不追。追吧？所里只有我一个人，追上追不上也不好说，况且我只是听说有这么一条道，全是山路，从来没有走过。不追吧？“牙行”跑了这么远来报告，也不容易，再说，5头牛，交易额肯定上千了，是一笔不小的税源，丢了实在可惜。

我左思又想，还是追，追上追不上，自己也尽心了。于是我给所长留了一个便条，说明了情况，从屋里推出自行车，带上税包，放好税票就出发了。出了镇子，没追出多远，肚子里便呱呱乱叫，这才想起，应该带点干粮的，一是路途远，二是毕竟快到吃午饭时间了。可已经走到了路上，想什么也白搭了，只有往前赶，早点追上，收回税款再返回了。

我早听说过，这条路是一条古道，以前309线没有开通的时候，这条路还是交通要道，只不过，有了309国道，这条路逐渐荒芜了。现在特别难走，可究竟有多难走，自己没走过，心里不清楚。真正上了这条道，才知道什么叫路，仅仅能过一辆牛车的便道，被两道深深的车辙占去了大部，中间尽是牛蹄子印，一个、一个的牛蹄子印连成了片，成了密密麻麻的小坑，远远望去，好像一个长满麻子的脸，没有一块平整的地方。在上面骑自行车，就像是孩子们上了蹦蹦床，起劲地蹦，其行走的速度可想而知。

下午两点左右，我好不容易赶到了一个叫孔旺的地方，眼前出现了岔路，按说到村里问问路，是对的，可那时的我，见了人多的地方就发愁，一般不敢同别人讲话，倒不是自己有“架子”，而是感觉特别害怕似的，向别人打听事，更别提了，比打我几下还难受。在岔路口我想了半天，往右进了沟，路还是走错了，等我从走错路的地方返回时，又把近一个小时时间跑没了。一刹那，饥饿、懊恼、后悔全都涌上了心头，我真想大哭一场，可哭也没有用，办法还得自己想，那时我可真体会到了孤立无援、饥肠辘辘的感觉，浑身软得像面条一样，不吃点东西，要再往前走，几乎成了一种不可能的奢望。

万般无奈之下，我选择了周围的一户农户，硬着头皮走了进去，当我说明了来意，没承想那家的主人非常热情，一面招呼我坐下，一面为我张罗吃的，由于早已过了午饭时间，主人家也没什么现成的东西，给我拿出了几张煎饼，又配了咸菜和一壶大叶茶，我一下子吃了人家五张煎饼，肚子饱了，体力在片刻间得到了恢复，毕竟那时正年轻，歇歇脚，填饱肚子，浑身就有了力量。谢了那户人家，问清了路，我又继续上路了。

一过孔旺，路更窄了，沿着山势一会儿上，一会儿下，曲曲弯弯没有尽头，好在路不再那么坑坑洼洼了，代之而来的是杂乱的石头路面，路两旁是密密麻麻的松树，长得郁郁葱葱、遮天蔽日。一阵风刮来，满山的松涛声一浪高过一浪，像是进入了树的海洋。

下午4点左右，我终于看到了前面晃动的人影，心里一阵狂喜，牛贩子终于被我追上了。当我出现在他们面前的时候，他们脸上那种惊讶的表情，我至今还记得清清楚楚。经过核算，我向牛贩子征收了125元的税款。不知他们当时是什么想法，反正税款缴得出奇的利索，没有打一点“折扣”，这是我始料未及的。我听他们讲，这是一个叫对子沟的地方，现在的位置已到了沟底，翻过前面这座山，就是309国道了。也就是说，他们眼看就可以走出和川地界了，也就意味着税款可以逃掉了。

返回所里时，已是晚上7点多了，老所长他们晚饭还没吃，正在着急呐！看到我平安归来，他们的心才落了下来。老所长说：“下乡回来，看到我留的便条，心里的‘担心’就别提了。”因为他从那里走过，知道路的状况，再加上是一个人，还要同牛贩子打交道，其风险就更大了。

从那以后，我一个人再没单独出去征过税，随着征管改革的实施，又出台了双人上岗制，单独征税的历史也随之结束了，而这次真实的经历也成了自己成长的一部分。

躁动的青春之一

在税所，我们有三个年轻人，即“秤杆”常会计、“秤砣”师傅和“小秤砣”的我。我们三人中，师傅年龄最大，当时20岁，我和“秤杆”同岁，都是18岁。

乡下没有任何的文化娱乐设施，别说是以前，现在仍然很单调，唯一不同的是，家家户户都有了电视机，没事的时候，靠电视可以解解闷，消磨消磨时间，可在当时电视只有一个台，晚上十点半就拜拜了，年轻人又少，可以做的事情太少了。实在无聊的时候，我们便在坑坑洼洼的老街上转转，看看老街上的老建筑，还别说，和川曾是老县城，老街上的明清建筑保存还完好，尤其是范家大院，保存得比较完整。听当地的一些老人讲，清末的时候，和川的工商业非常发达，来这里做生意的人络绎不绝，每到年关，通往洪洞、平遥的官道上，常有驮运银圆的马队川流不息。站在老街上，时代的沧桑感油然而生。让人惋惜的是，由于年久失修，现在很多古建筑已不复存在了。有时跟上“秤杆”也到供销社去遛遛，因为那里是人最多的地方，尤其是女营业员，个个年轻漂亮，“秤杆”有时也敢跟女营业员开个玩笑什么的，我和师傅却从来不敢造次，虽然师傅的出身就在供销社，同许多的女营业员都认识，可他心里不管想什么，嘴上却不敢造次。

镇上演电影的次数也不是很多，有时半月一次，有时几个月也没有。可只要演，我们是场场不落的，提前搬个凳子，早早地吃过晚饭，就去占地方了，有时因为占地方，还同村里的人生气，可一到电影开场，大家就都顾不上生气了。

那时大家在一起谈论最多的就是女孩子，就是找个什么样的对象，现在说来，年轻人肯定不会相信，那时我们对谈恋爱，根本是一无所知，虽然想，可都不知道怎样谈，怎样找。有时我们在一起也讨论讨论，研究研究，甚至策划一下，哪里有合适的女孩子，甚至怎样去接触，怎样去讲第一句话都谈到了，可到了具体问题上，就都蔫了。

那时在乡下上班的女孩子除了供销社的以外，其他地方几乎没有，所以要想找到合适的女孩太难太难了，乡下没有星期天，回县城一趟，也是来去匆匆。就是回去也没有可去的地方，基本上在家里吃顿饭就走了，偶然去街头走走，也碰不到几个人，感觉很无聊。况且在谈恋爱方面，自己天生是个弱项，见到女孩子就脸红，更别说讲话了，直到现在，同班的女同学还有没说过话的。

在这方面，别看师傅不爱讲话，却最有主意了，他搞对象可是一举成功的。当时供销社新来了一位营业员，师傅自己相中了，却不敢去接触，而我恰巧和她是同学，师傅知道后，死活让我陪他一起去。我们在班里，虽是同学，可从未说过话，一方面是她退学早，另一方面那时男女同学不说话，再加上自己天生腼腆，更拉大了彼此之间的距离。可师傅都求我了，我还能无动于衷吗？只好咬咬牙，硬着头皮陪他去吧。路上师傅早已交代好了，他不会说话，可别说砸了，还得我替他说，这就让我更为难了，可为了师傅的爱情，一切都豁出去了。

想不到，我们一进供销门市部的门，我的那位女同学竟一下子叫出了我的名字，这让我激动不已。心想，这下正好可以为师傅牵线搭桥了，我把师傅给她作了介绍，在她们的门店里坐了一会儿便出来了，因为不出来不行了，准备好的话早已忘记了。

回来后，师傅想来想去，还是没有什么好的办法，最后说，你替我写封信吧，这下又把我难住了，在这之前，从未给女孩子写过信，写点什么好呢？后来，我还是编了出来，具体内容已忘记了，大概意思是，想交个朋友，互相帮助、共同克服困难之类的。信发出后，始终也没有得到回信，我对师傅讲，八成是黄了，师傅听了，什么也没讲，其实他心里已经有主意了。

从此师傅改变了策略，也不再找我陪了。一有空闲，一个人就去我同学所在的门市部，在里面一坐就是几个小时，没有说的话，他就不讲话，你撵我，我也不走，这一耗，直直耗了半年，还真是师傅，换别人，早就没戏了，师傅却硬硬熬了下来。我的那位同学也是老实人，终于被他所感动，最终答应了他。

可紧接着，难题出现了，师傅家在和川是名门望族，老爷子是国营酒厂的厂长，在全县都是数得着的人物，师傅本人是税务局的正式职工。而我的那位同学当时家在村里，本人的工作又不是正式工作，这在当时可是天大的事。师傅的父母最初是坚决反对的。我就服了师傅这一点，就是再大的压力，他都不为所动，始终坚持自己的主张，最后还是父母让步了，有情人终成眷属。

直到今天，我还是敬佩我的师傅，他在婚姻问题上，确实有自己的主张，并最终赢得了幸福。转眼间，他们结合快二十年了，我从未听到过他们之间有过不愉快，在当今世上，是很不易的。

躁动的青春之二

“秤杆”和我同岁，但由于生日比我大两个月，参加工作也早些，社会经验多一些，经常帮助我，颇有长者风范，我也习惯地称他为大哥。他这人什么都好，可就是文化程度相对低点，只是一个初中文化。不过在我到运城会校上学后，“秤杆”也考入了省城的一所成人大专，脱产学习了两年。

“秤杆”虽然平时敢同女营业员开玩笑，可真正谈起恋爱并不是一把好手，好在他的恋爱并不复杂，只有两次便成功了。

最初的一次，是别人介绍的县中学一位老师，真正的大学毕业，两个人最匹配的是个子，都在一米八左右，从面上看上去，真正的郎才女貌，再合适不过了。可“秤杆”去见了几次面，谈了几次话，最终却吹了，这使得“秤杆”非常恼火，对我说：“牛什么，有什么了不起的。”颇有些愤愤然，我当初并不知道谈不拢的原因，以后时间长了，他才断断续续地告诉我，他去了以后，由于个子较高，经常坐在人家的办公桌上说话，也许使人家有了反感。我了解“秤杆”，他的文化程度确实差些，肯定在说话方面太随意了，几次下来，人家把他的老底便摸透了，人虽然非常好，但不在一个平台上，所以分手实际上成了一种必然。

这次恋爱失败，对他的打击并不小，把他的高傲和自尊基本上打没了，他总认为自己家庭条件好，工作单位好，本人又是所里的会计，人长得也精干，找一个条件好的媳妇并不难，可偏有人不吃这套。

好在没多久，粮站来了一位女出纳员，个头不高，却很有气质，穿着打扮非常得体，一瞅就是大家闺秀。那时乡下的人少，哪个单位有新人来，一会儿工夫就传遍了。听说粮站新来了女出纳，我和“秤杆”便急忙跑去偷看，那时又不敢光明正大地去，总是找别的借口去，谁知“秤杆”一眼便相中了，回来问我怎么样，我说没问题，他说，那就想办法追吧。

说实在的，我见了感觉也不错，可在恋爱这个事情上，不能同他去争的，他毕竟是大哥，何况他刚吹了一个，就先帮他吧。从此以后，我们便多了一项工作，有事没事往粮站跑，想方设法往人家跟前靠，没话找话地说，很快便熟悉起来。

到了这种地步，我是不能再去掺和了，“秤杆”一个人便经常独自去。我没想到他们进展得非常顺利，很快就确定了婚姻关系，并按农村的规矩订婚了。来年“秤杆”结婚的时候，镇上的几个年轻人都大醉了一场，喝得昏天黑地的，我从中午睡到晚上，才骑上自行车回到税所，心里也不知是什么滋味，老觉得酸酸的。

“秤杆”婚后，两人的关系很好，不久便有了孩子，日子过得四平八稳，红红火火的，很是让人羡慕。可叹的是，“秤杆”的命真不好，他竟然得了脑瘤，经常无故昏迷，给小家庭罩上了一层阴影，后在长春做了开颅手术，结果也不理想，还是经常发作，好在妻子全力照顾他，日子过得还好。谁知天有不测风云，有一次，他从临汾返回，竟遭遇车祸，受过伤的头颅经受不了重创，当场就不行了，留下了妻子和孩子。

躁动的青春之三

税所的日子，平淡而充实，快乐而简单，随着师傅和“秤杆”终身大事的敲定，我的内心也有了一丝冲动，赶快给自己也找一个吧，好让空虚的心有所寄托。但有些事还真的可遇不可求，我也没想到找对象比干什么都难，倒不是自己要求高，而是实在碰不到合适的人。

那年八月，税所新来了一位副所长，说给我介绍一个对象，我欣然同意。没多久我们见面了。她是一个商店的营业员，很朴实的一个姑娘，家是村里的，没有丝毫的矫揉造作，初次见面，彼此间便留下了较好的印象。

其实说是搞对象，也不知道怎么个搞法，见面的机会少得可怜，说白了也没地方见，白天各自上班，晚上我又在乡下，联系很不方便。那时不像现在的年轻人，敢说敢做，我那时去找她，好像做贼似的，偷偷摸摸的，如果有人买货，我是不敢进去的，实在没办法，就装作买东西进去见一下。要是其他的营业员看我一眼，我都会感到浑身的不自在，好像自己做错了什么似的。

有时想见个面，还是在她上班的路上等她，说两句话，就赶快躲开，生怕别人看见。直到现在我也想不明白，为什么那时的人都这样，按说搞对象应该是大大方方的，可不知为什么，大家那时都那样，我始终也没有改变。看电影是最好的联系方式，可同她连一次也没有去过。不是没有计划，实在是太不方便了。

后来我们之间写过几封信，也是简单明了，根本不敢有爱的字眼，按说，我写信应该是个高手，可始终也没写出什么情呀，爱呀的，我至今记得信的内容大多是好好工作，顶多就是互相帮助，共同攀登高峰之类的，说实在的，没留下一点有记忆的东西。再说当时乡下闲人多，没事还想找点事，有时看到有来信，就像发现了新大陆似的，有的年轻人恶作剧，不等你见到信，就把你的信用针偷偷挑开看，知道这种情况后，我就很少写信了。

当时，她的家庭条件很一般，父母、哥弟都是附近农村的农民，她本人也是临时工，可我什么也不懂，一点也不在乎。她却像有预感似的，说我的父母是不会同意的，我还挺有决心的，说我的家庭是不会干预的。

就这样过了大概半年，我想把这事给父母商量一下，当我讲给他们听的时候，没想到竟遭到非常强烈的反对。其原因肯定是因为她是临时工，家庭户口连城市户口也不是，现在的年轻人，肯定不会知道那时城市户口和农村户口的巨大差异，我记得当时我们高中两个班，100多名学生，只有8人是城市户口，那时人只要是城市户口，吃商品粮，农村户口的人是没法比的。

我心里当然也明白这中间的厉害，可我总觉得虽然同她见面不多，也没有太深的感情，但她人本分，长得很秀气，属于那种贤惠型的。我当时很是气愤，同父母吵了一架，转身回到了税所。

可这事总得有个解决的方法，于是我又找了几个要好的同学，轮番去做父母的工作，可一点效果也没有。后来我实在没办法，就给父母写了一封长长的信，让父母别再管我的事，当时我托要好的同学送给他们。结果，非但没有解决问题，反而招致了更大的阻拦，特别是我的母亲，反对得最厉害。

再后来，我的婚姻既没有像师傅那样，一锤定音，也没有像“秤杆”那样顺畅，这是我第一次的感情经历，我们之间真可以用白璧无瑕去形容了，连出去在一起走走的时候都没有过。转眼间，二十多年过去了，我拥有了自己的家庭和孩子，对于当年自己的行为仍感到愧疚。

同纳税户的一次冲突

在税所收税的日子里，我总是心平气和地处理每一件事情，对从纳税人手里取得的每笔税款，都尽量做到了动之以情，晓之以理，使他们能够比较信服地缴纳税款，很少有因为收税同纳税人产生摩擦。

可事情往往就是这样，越是你注意的事情，越容易出问题，我同纳税人之间的冲突就在不经意中发生了。那年六月，我当时负责和川市场及附近村里的税收，主要的税源除了市场上的固定户和临时摊位外，剩余的就是村里的小磨坊、小四轮了，征税方式主要采取的是上门征收，即骑上车子，带上税票，到纳税人的家里或干活的现场开税票，收取税款。

为了完成每月的任务，我几乎每天在市场上收完相对固定的税后，都要到附近的村里去收税，有时能收上来一些，也有的时候，一分钱也收不回来，那时零散税收没有征期，遇到实在有困难的人家，就往后推推，反正自己年轻有的是力气，多跑几趟也无所谓。

可收税对象是什么人都有的，我就遇上了这样一户经营四轮车的，我去了许多次，他都说没钱，自己的四轮车不搞运输，可我却经常在街上看到他运输货物，给他说，他还死活不认账，说我看花眼了，对这种人我心里特别生气。有几次，我在街上收税的时候，正好看到他，我招手让他停车，每次他都加大油门跑了，他的行为，使我更加气恼，总想着有一天把他逮住。

想着说着，机会来了，有一天，我正在街上收税的时候，看到他开着四轮车，拉着一车石头，迎面过来了。我想这次看你往哪儿跑，于是提前站到了路中间，伸手示意他停下，他看到了站在路中间的我，丝毫没有松油门的意思，竟冲着我闯了过来，我躲过了车头，抬腿便跳上了车头和车厢之间的连接部位，一把就将他小四轮的后刹车拉住了（以前四轮车的后刹车都在车头和车厢的连接部位，是用手从后面拉的）。

由于是重车，再加上他也没想到，我会做出如此举动，小四轮重重地喘了几口气，戛然停住了。他扭头一看，发现我拽住了刹车，恼羞成怒，回身一拳打在了我的眼眶上，我一点防备也没有，眼一晕，手一松，人便失去了平衡，一下子摔倒在地上。等别人把我从地上扶起来的时候，他人已经跑了，大伙七手八脚地把我送回了税所。其间早有人向所长和其他人报告了，所长马上把电话打到了县税务局，局长一听便火了，还有人敢打税务人员，立即向公安局报了警，结果小四轮的主人被抓了，并因此被拘留了15天，更有好事者，还把此事搬上了《临汾日报》，弄得我好长时间不自在。

一晃二十年过去了，年轻时的冲动早已被逐渐增多的年轮磨去了痕迹。随着年龄的增加，阅历的丰富，更随着国家征管改革稳步实施，税法宣传逐步深入，征税人和纳税人之间的矛盾得到了化解，一种新型的征纳关系已经形成。过去同纳税人之间的冲突，几乎不存在了，但那个时代的印痕多少反映了当时税务工作的状况，为今后的税收工作提供了借鉴。

生活里的交响曲

税所里的生活，不仅仅是平静，有时也会有波澜，就像我们的日常生活，锅碗瓢盆交响曲，磕磕绊绊有的是。

所长是一个不善言辞的人，他一般不讲话，也很少开会，可他有他的脾气和秉性，有时犟劲上来了，那是谁也没办法的。我记得有一次他和“秤钩”师傅，因为下乡的事生气了，谁也不让谁，各说各的理，我们在中间劝谁也没用，所长气急了，把桌子一拍就出去了，闹得大家心里好几天不对劲儿。还有下棋的时候，他总是按照自己的主张，容不得别人插话，如果有人在他下棋的时候指手画脚，他会恼的，有时的举动让人下不了台，很是尴尬。

“秤杆”是会计，但他的记性可是很差的，忘这忘那的时候是常有的，经常因为东西放错地方找不着发火，而发火的主要对象就是我了，因为我经常和他在一起，有事没事常在一块唠唠叨叨，他的办公室也成了我常去的地方。有一次，我实在火了，同他大吵了一架，发誓再也不去他的办公室了。而过不了多久，我们又和好如初了。

“秤钩”师傅嘴馋，经常想整点肉吃，当时和川街上的猪头肉非常有名，每到中午时分，猪头肉刚出锅的时候，他就坐不住了，就想着去街上啃只猪蹄，有时，他一个人不好意思，还把我拉上，弄得我的体重直线上升。

“秤砣”师傅的脾气是最好的，从没有生气起火的时候，每当别人冲他生气发火，他总是撇嘴一笑了事，他说话做事，从不斤斤计较，落得了很好的人缘。

没事的时候，我们总是想方设法找点乐子，打发空余的时间，填充空虚的心灵，那时又没有可干的事情，打扑克画鳖，集资吃饭成了我们娱乐的主要方式，那时大家的工资很低，最高的60多元，我刚去的时候，才30多元，好在饭菜也不贵，撮一顿也就20多元，可在当时也是一个很大的数目，一个人是管不起一桌的。

每次聚餐，炒好的菜，不敢上桌，先用碗扣住，不然，不等人到齐上来酒，菜就被抢光了，有时扣住也不管用，把碗掀起一点，用筷子掏出来就往嘴里塞，好像几辈子没吃过一样，那个馋样，现在想起来都好笑。可那时肉菜的香味太诱人了，没有人会控制住自己。有时为了控制住，大伙还发了誓，谁先动筷子怎么怎么的，可还是不顶事。一次为这事，“秤杆”和师傅还差点动了手，可喝起酒来，就全忘了。那时喝酒流行划拳过关，划起拳来，你不服他，他不服你，结果是都醉了，还在那里“五魁首”呢。

说实在的，我那时最闹心的就是每天吃饭了，在所里上灶，大伙都在还好，有时我一个人在，大师傅就不想做了，可经常去饭店，时间长了又吃不起，有时只好买两个饼子充饥，这样可以省点。下乡的时候，也经常为吃饭犯愁，去谁家吃饭都不合适，有时和师傅下乡，临到中午了，吃饭还没有着落，师傅脸皮比较厚，走到哪里，不管人家高兴不高兴，端起饭碗就吃，可我就不行了，“死要面子活受罪”，坐在那里活难受。

那时的农村，经济条件很差，吃粗粮的人家很多，就是条件好的，顶多炒个鸡蛋，买瓶罐头，算是最好的了。有几次下乡，大中午我把师傅放下，一个人就走了，可回到所里也没饭了，还得去饭店。和川虽然是个镇，当时的饭店也不多，我记得好像只有三四家，有时看见饭店里人多，一个人还不好意思进去，就只有硬撑着，实在饿得不行，买个饼子，回到宿舍，配点咸菜和开水，把一顿饭就打发了。

最高兴的时候，还是同“秤杆”回家的日子，他的家在附近的农村，离所里仅仅10里，当时他家的条件较好，父亲在县里招待所上班，母亲在家里种点地，家里收拾得井井有条，尤其是他母亲做的饭特别好吃，人又特别热情，每次到他家，准能吃个肚子圆。

最烦的是没完没了的下雨天，一个人待在所里，哪里也去不了，那时乡下全是土路，遇到雨季，就只能待在所里。记得有一次，大家都回去了，正赶上下雨，一时半会儿来不了，我一个人竟整整在所里待了八天，那种孤独是无法言表的。

在所里，有一段时间，我一个人住在作为会议室的两间屋子里，当时有一台14英寸的电视机，大伙经常在这里看电视，其实我是最不爱看电视的，直到现在也不爱看，只喜欢清静。所以每到晚上，看电视的时间，我总是一个人走出去漫无目标地溜达，好在晚上10点多，电视就再见了，不像现在几点都有。生气的是白天，你刚把电视关了，进来一个人就打开了，顺着频道按一遍，没什么好看的，电视也不关，扭身就走了，其实当时电视也就一个山西台，根本没有选择的余地，可电视上12个屏道还是照按不误。我当时实在想不通，现在看来，大家心里也是一样烦躁，只不过表达的方式不同罢了。

烦躁也好，顺心也罢。日子在不经意间，悄然划过，仿佛你还来不及准备，一年又一年就这样过去了。大伙不管吵也好，闹也罢，但团结得就像一个人似的，遇到什么事情，都是集体出动，有钱的出钱，有力的出力，把工作和家事都处理得点滴不漏。转眼间，我去上学，大伙也因为各自的原因，相继离开了税所。每次到和川，我总想在原来的税所门口站站，想想过去的人和事，感慨一下今天的变化，这也许就是我们普通人的生活吧！

向往上学

两年的税所生活，我已经成为地地道道的乡下税务干部，每天下乡收税，收税下乡，使我早已熟悉了农村征税工作中的各种技巧，学会了同各种不同的人打交道，工作中的独立性大大增强，每年都能比较出色地完成税收任务，师傅们再也不用手把手地教我了，自己也感觉成长了许多。

可随着年龄的增长，内心里还是隐隐约约感到短缺了什么，特别是在乡下，每天单调的生活，让人感到厌倦，大把大把的时间，不知道该如何打发，自学吧，又没有方向，自觉性也不高。有一次，一块考上的同学说："咱去考成人学校吧，有政策可以脱产学习。"听了他讲的话，我心里一亮，从此，出去上成人学校的念头就占据了整个心头。其实，我们在刚上班的时候，已经向局长申请报考会计中专函授，局长以工龄不足两年为理由，拒绝了我们。后来，我们还是偷偷地自费参加了会计中专函授的学习，并取得了毕业证书。

1987年3月，我们又一次向县局局长提出了报考成人学校进行脱产学习的申请，没承想，领导对我们上成人学校还是非常反对，简直就没有商量的余地。当时，大家都年轻，对局长常怀敬畏之心，经常都是敬而远之，轻易没人敢跟局长说话，有时偶然碰到，也远远地躲开了。特别是年轻一点的，更是不敢面见局长。局长不同意，我们也没了办法，好在我们一起考进税务的同学，一开始就留在了县城，父亲也是某个单位的局长，中间找人帮着通融了一下，局长才勉强同意了，但在报考成人中专还是大专的问题上，却死活不让步了。原则是你们只有两年工龄，要报考只能报考中专，不能报考大专，这样我们就失去了报考成人大专的机会，只好报考了成人中专。多年来，我倒不是对这件事还耿耿于怀，但对局长当年的做法却感到有些不可思议。现在想想，也许局长站在他的角度考虑是对的，好不容易招考进来一个干部，还没有好好使用，就出去脱产学习，确实影响工作。

于是，我们只好报考了成人中专，考试的科目是语文、数学、政治、历史、地理，看到了考试科目，我心里有了底，除了数学是我的致命弱点，其余的简直都是自己的强项，因为在高中，我是学文科的，都已经准备高考了，考个成人中专，对于我来讲，应该还是有把握的，尽管这样，我还是做了大量的准备工作，对考试的科目进行了系统的复习，因为已经有两年没有翻书了。到税所后，除了必须学习的税收业务外，只是读了一些小说。1987年五六月间，我们参加了全国成人中专考试，我在数学仅考了20分的情况下，仍以369分的成绩考取了运城会校，当时的成人中专录取线仅有200分左右。

1987年8月间，运城会校的入学通知书下来了，局长还是不想让我们去，说你们走了，工作谁替你们干，到了这种地步，不去找找局长，恐怕上学的事是要泡汤了。于是，我硬着头皮第一次找到了局长，他说，你们要实在想去，就去吧，反正我是不主张去的，你们自己考虑。事已如此，对与错，只有往前走了。虽然经过努力，我们最后终于争取到了上成人学校的资格，可心里始终都是疙疙瘩瘩的，没有一点轻松愉快的感觉。

我记得，报到的时候，我们乘坐的是常同学父亲去运城买水泵的客货两用车，司机还是个女同志，在当时已经是非常特殊了。一大早，我们从县城出发，中午在侯马吃了午饭，赶到运城时，已经是下午4点了，第一次出远门，才知道运城是如此的远，要是选择坐班车，中途再倒车，也许晚上才能到。所以，今天想起，还是万分感谢！

1987年10月4日，我们一行三人（税务2人，财政1人），在经过各自不同的努力后，终于踏进了运城会计学校的大门。

运城会校

运城会校的全称是山西省运城地区会计学校，它的校址位于运城市市区的东北部，紧邻盐湖。当时运城会校是一所全日制的中等专业学校，它面向全省招收初、高中学生，成人只是它代培的一部分，每届只有两个班，不足100人。别看它只是一个中专学校，在当时还是挺出名的，出名的原因主要是它的教学质量较高，学校管理严格，负责毕业生分配，在社会上享有较高的声誉。

学校当时的条件不是太好，大门前的路还是一条砂石路，一般大家进出都是由后门走，一方面后门距离河东广场和市场较近，买点东西，星期天逛逛街也方便；另一方面全是水泥路，下雨下雪，不影响出行。我们报到的当天，找到的也是后门，因为后门紧邻市财政局和市税务局，还是好打听的。所以在会校期间，大家几乎没走过正门，久而久之，大门的印象也从脑海中消失了。

报到的当天，我才发现，我和他们俩不在一个班，我在报名公告栏里找了半天也没有找到我，难道是漏了，原来自己一直在公告栏中间找名字，没想到公告栏的第一个名字就是我，后来才听老师说，花名册是按考试分数排序的。就是这个排序，让我每次统考都坐在了第一排的位置。

学校的占地面积不是很大，只有一座教学楼、两座学生宿舍楼、一个学生餐厅兼会议室以及一个操场，教师和家属们都住在院里的三排平房里。学校有专门的餐厅，打饭时间非常拥挤，如果你在最后，也许什么都没有了，所以尽管挤，还是不能站在后面。主食是以馒头为主，每餐四两一个大馒头，提供面条的时候是很少的，让习惯吃面条的我很不适应。星期天餐厅只供应两餐，上午9点和下午4点，很不方便，不少同学选择外出用餐。

学校没有可供学生休息和玩要的地方，既没有花园、楼阁，也没有草坪，基本上没有什么布局和规划，只是有学校教学而必需的建筑，剩下的就是因陋就简了。学校设有校办、学生科、总务科、教学部等机构，教职员工也就100多人，从规模上看，应该是一个小型学校。

在会校学习的两年，我体会最深的还是老师们的敬业精神，从早上出操到上午、下午上课，再到晚自习，老师们从不马虎，别看我们是成人，老师们的管理很是严格，同其他成人学校相比有着天壤之别，确实使大家学到了很多东西，一点都没有荒废，也使我终身受益。

最早给我们当班主任的老师姓牛，运城本地人，他这人非常偏心，对运城本地人关心有余，对外地人好像不太感冒，有时表现得还比较明显，让我们第一次出远门的人感到阵阵寒意。好在时间不长，换上了教语文的曲老师。在会校，我系统地学习了《会计原理》《商业会计》《工业会计》及初步的计算机知识，那是计算机的起步阶段，感觉还是挺神秘的，没想到如今成了人人都会用的东西。可惜的是，毕业回到税所不久，我被调到县局人教股，从此再也没有和会计打过交道。

不知不觉中，从会校出来，已经二十年了，二十年中，只去过运城一次，也没有再到过会校，但对于曾经培养了自己的地方，我还是有较深的感情的，有时也想去看看，但一直没有机会，有客观因素，更有主观的因素。但不管怎样，在会校，我还是学到了很多的东西，结识了一位影响一生的老师和经常在一起相处的同学，同时也使自己得到了锻炼，增强了独立生活的能力。

现在的运城会校也许早已不存在了，但对于我来讲那里永远是一个令我敬仰的地方。

“302宾馆”

在会校的两年里，我同六名室友一起住在男生宿舍楼的302房间，这间宿舍由于处在三楼的楼梯口，又是楼房的阴面，所以冬天的时候特别寒冷，被我们戏称为“302宾馆（冰馆）”。

我们“302宾馆”的七个人均来自不同的地方，河津、侯马、娄烦、临县、吉县、中条山和安泽，其中有三个同学曾有两个籍贯，他们的出生地和参加工作地，不是同一个地方，所以我们七个人也就有了“十个籍贯”。

当时，我们七人中，年龄最大的就数来自娄烦的段同学，他虽然来自娄烦，却一直生活在青海的格尔木，长大后才返回娄烦，在我们哥几个当中，他算是最见多识广的。每天晚上我们洗漱完毕，躺在床上的时候，是大家最开心的时候，因为每到这时候，我们的大哥就开始给我们讲他在格尔木的故事，同哪个哪个女孩子谈恋爱，结果又怎么样怎么样了，当时，我们当中只有一个同学结了婚，其他人对男婚女嫁之类的，尤其是同女孩子谈恋爱什么的，知之甚少，所以在他讲述的过程中，不时被我们的询问声打断，有时他嫌我们问得烦，就不讲了，大伙就轮番逗他，弄得他不好意思，又给我们继续讲了。有的故事，大伙都听过几遍了，还是让他讲，我们依然有滋有味地听，毕竟大部分人，没有恋爱过。那时我们中间，最大的也就25岁，最小的刚20岁，对于他讲的恋爱故事总是充满了好奇和渴望，毕竟都是正在青春期的男孩子。

小个子小刘来自中条山有色金属公司，老家却是江西的，他是公司下属矿的会计，是公司委培的，同他一起来学习的还有六七个，他是他们中年纪最小的，他人长得精精干干，利利索索，浑身上下透着精明，他喜欢干净，每天洗个没完没了，挺让大伙讨厌，他每天说着江西普通话，有时给我们来点老家的趣闻，给大家寂寞、单调的生活加点“佐料”。小伙子的为人挺不错，非常勤快，经常义务为大伙打水，相处得也很融洽，很能聊得来。

身体最棒的老曹，来自临县，他喜欢篮球运动，虽然眼睛高度近视，篮球打得却炉火纯青，比专门训练的运动员还厉害。他平时不多讲话，常给人以沉闷的感觉，平时我们交流得也不多，但临近毕业时却成了很好的朋友。老曹这人讲话不多，却很有魅力，竟同一位女同学好上了，最后听说学校处分了他，影响他毕业。会校一别，从此音信皆无。

来自侯马的小李子，是侯马信用社的，他比我还老实，常是不言不语，别人说什么，他只管静静地听，从不插话、从不多言，但他的算盘打得相当出众，我忘记了他当时最早是过了几级。那时珠算是我们的一门必修课，加减乘除都要学的，教珠算的老师非常优秀，好像是国家珠算协会的。小李子上会校前应该有着很好的基础，所以学起来非常神速，每次珠算比赛都名列前茅。

吉县的张，老家是万荣的，当时自己在吉县财政局上班，过着亦工亦农的生活，他是我们中间唯一结了婚并有孩子的人。我们处得也很好，我曾多次去过他万荣的老家，当时的条件很一般。据说现在好多了，全家都搬到了吉县，好多次想去看看他，却始终未能如愿。

最后是河津的王，他很有个性，凡事有着自己的主见，但我们很能聊得来，经常在一起谈天说地，一起搭伙吃饭，结下了深厚的友谊。

其实我们“302宾馆”是班里最热闹的地方，大家聊得开心，侃得痛快，尽管那时都年轻，说话也有不注意的地方，有时还有磕磕绊绊。但两年中，没出现过一件不愉快的事情，大家互敬互让，相处得极为融洽，在当时确实不易。

好也罢，坏也罢，大家能在一起确实是个缘分，就拿我们“302宾馆”的室友来讲，从毕业到现在已经20年了，大家彼此都再未见过面，工作或生活的重担，不同程度地压在了每个人的肩上，大家每天都在为自己的事业和生活奔波着，再也没有闲情逸致，再也不可能有聚在一起的机会了。

班主任曲文秀

写下这个题目，心中立刻就有一丝愧疚，一丝不安，一丝难以言表的情感纠葛，二十年了，如今的曲老师应该已经七十多岁了吧，离开会校，从未去看过她一次，没想到这一下就过了整整二十年。

二十年里，总想着有了一点成就，有了一点收获，有了一点自己认为可以骄傲的东西，就去看看她。然而，这一等，就过了二十年，说不定，将会成为今生的遗憾，因为我毕竟不知道她是否还健在，如果还健在的话，应该已经成为七十多岁的老人了。她的记忆是否还清晰，是否还记得当年曾让她费心的学生，这一切如今都成为问号了。

刚毕业的几年里，我曾想着努力工作，努力做事，尽快功成名就，回报老师。然而，自己却没有很好地把握自己，没有做到，更没有做好，甚至可以说很荒废，这也是无颜前去的一个因素。

后来的几年里，自己又做了一件本不该做的事，虽然工作没受大的影响，然而经济却遭受了重创，使我始终迈不开自己的腿，三推两推，二十年如过眼烟云，就这样把看老师的时间推了二十年，如今还未能如愿，这也算是自己人生的悲哀了。

我刚踏进会校大门的时候，是姓牛的老师当班主任，说是姓牛，确实有点牛，由于他是万荣本地人，所以特别看重运城本地人，对来自外地的学员，一般是不正眼看待的，正是由于他，使我第一次接触运城人，便对运城人有了一种偏见。然而，曲老师的出现，又让我改变了这种看法，曲老师是在牛老师当班主任三个月后，才接任的，她50多岁，一米五的样子，戴着一副深度近视眼镜，满脸透出的是一种慈祥、一种善良、一种平易近人的感觉，她的出现，一下子拉近了班主任与大家的距离。

也许是我学习语文学得不同凡响的缘故，让曲老师对我多了几分偏爱。我记得，曲老师布置的第一篇作文，我便得到了她的认可，并作为范文在班里讲评、朗读。从此，她对我偏爱有加，没事的时候，经常叫我过去，问这问那，那份关爱，时常让我想到母亲，使我在异乡感受到了别人无法感受到的幸福。

曲老师当时已是50多岁的人了，但她的认真，却是少有的，按说给成人上课，应付过去就算了，可她总是一是一，二是二，只要是上一节课，就把这一节课上好。我至今仍记得她给我们上语文课的情景，手捧着课本，一字一句地读，一字一句地讲，并时常引导大家朗读课文。这些对于一位50多岁的人来讲，是很吃力的，因为当时她的眼睛已经有点花了，看书的时候显得很吃力，有时眼睛就要挨着书了，还是照读不误。所以大家在她上课的时候听得总是很认真，生怕自己的行为影响了这位老人。

曲老师还有一双善于观察的眼睛，透过那厚厚的镜片，折射出来的总是无限的关爱。有一次，我自己出了点事情，思想很不稳定，被她看到了，她问我出了什么事，我想了又想，决定还是不告诉她吧，就没有给她讲事情发生的真实情况，我确实也怕她生气和担心的，她当时有些生气，但还是给我讲了许多道理，说出来学习也不容易，要对得起单位领导和父母，鼓励我一如既往地好好学习。说实在的，要不是曲老师的多次叮咛，我也许会出现比较极端的举动，因为当时的一件事对我的打击太大了（我会在后面的文章中讲到当时所发生的事情），几乎使我失去了对自己的控制力。

日子一天天过的时候还觉得有些漫长，可毕业一旦有了时间，就像那飞驰的火箭，眨眼间就来到了眼前，快要离开会校的时候，我找到了曲老师，并提出了照一张照片作为留念，她当时显得异常兴奋，找出了自己最喜爱的衣服，我们在不大的校园里选了半天，终于选了一个比较理想的地方，照了唯一一次的师生合影。

我至今也不知道她的现状，也没有她的联系方式，因为运城市区的同学几乎没有，附近几个县的同学也缺乏联系，从此也没了她的音信。尽管离运城的距离不是太远，现在的交通条件也十分方便，可我还是始终鼓不起这个勇气，毕竟时间太长了，有点不好意思，更是因为自己努力得不够，丧失了许多进取的机会，总觉得无颜以对老师。假如自己早点努力，假如自己能够很好地把握自己，假如……我想我已经早点去看过她了。

也许她早已忘记了我这个她曾经教过的学生，也许她已对这个学生不再抱有希望，但学生还是会常常想起她，想起厚厚镜片后的那双慈眉善目和经常挂在脸上的笑容，想起那一次又一次的循循善诱。每当我遇到挫折的时候，当我感到失望的时候，我会常常想起她，想起她的样子，想起挂在耳边的教诲。

老师，请你原谅这个不称职的学生吧！

同学向阳

会校两年，我还结识了最要好的一位同学，他就是同学向阳，也是我们毕业后来往最多的同学之一。

我和向阳在一个班，并不在一个宿舍，我压根也没想到我们会成为好朋友，友情经历了二十年依然如故，我不得不感谢上苍的安排，让我结识了这样一位大哥。

向阳是我们班，甚至是全校长得最帅气的男孩，他高高的个子，匀称的身材，无可挑剔的男子汉形象，曾迷倒了会校多少女孩子，如果他重新选择，一定有许多机会。但他最终还是同老家的、在一起相处了多年的女朋友结了婚，这也是我佩服他的主要地方。

向阳的体质特别好，学校组织的5000米长跑比赛中，他在全场几乎是一个频率跑下来，尽管比赛时，有不少高中毕业考进会校的孩子参加，但都被他淘汰了。向阳特别喜欢篮球运动，一有空闲，他就会出现在篮球场上，是学校球队主力中的主力。

我也不知道我们什么时候成了好朋友，但我们在会校的最后一学期，几乎形影不离，到了“如胶似漆”的地步。其实，我是早想同他接触的，可是自身的自卑，加上不爱说话，曾经成了我们之间的一道鸿沟，我们当时毕竟来自比较偏远的山区小县，而向阳他们却来自平川大县，他父亲还是税务局的副局长。可这种隔阂一旦打破，却成就了今天我们哥俩二十年打不断的情谊。

向阳从来没有和我吵过架，尽管他的脾气很不好，经常同别人起火、生气，可从来就是不和我吵，他像是一个可亲的大哥哥，带给我的总是无限的关切，使我每每想到他就似乎有了一种依靠。

没事的时候，或心情不好的时候，我总想同向阳聊聊天，或在他家小住几天，放松放松心情，摆脱一下忧愁和烦恼，把他家当成了自己的心灵港湾。向阳的经济条件比较好，在关键时刻，曾帮了我许多，而我始终未能回报，让我深感愧疚。

向阳有他的缺点，就是不太爱学习，不愿做脑力工作。但他的工作业绩却是异常突出的，尤其在完成任务困难的条件下，向阳几乎成了他们县的“品牌”，每每遇到征收困难、阻力较大的时候，领导和同志们都会脱口而出：“向阳上。”

向阳没事的时候，有时也来山里转转，但经常是匆匆而来，匆匆而去，不过冲着他的豪爽，大醉而归是常有的。虽然我讨厌喝酒，也不胜酒力，但我们在一起的时候，经常是不醉不归的。

我非常珍惜我和向阳之间的友谊，常常为我们的友谊而感慨，时间跨越了二十年，见面的机会也不是很多，但那种心心相印的感觉却像是穿越了时空，给我以无限的温暖。

忆一次挨打的经历

从会校出来，我对运城人有了一种特殊看法，以至于几十年不曾改变，那就是我曾经的一次挨打经历，也是今生唯一的一次，我思考了很长时间，该不该作为自己“税事悠悠”的一部分，想来想去，还是写出来吧，虽然回忆起来很痛，可毕竟是亲身的经历呀！

事情发生在会校的第一个学年的学期会考，当时中专学校比较正规，每个学期都有不同科目的会考，全部的中专学校都要参加的，所以每到这个时候，学校和学生都是极为重视的。这年学末考试的科目是数学，我对数学简直是一窍不通，心里就特别害怕，盼望考试时自己的座位能靠后一些，有会的同学也能帮帮自己，蒙混过关吧。还好考试的前一天，我在考场看到了自己的座位，是倒数第二排的，心里一阵窃喜，心想，这下有门了，起码有了抄袭的条件。

不料，第二天考试的时候，我的考号却被人换到了第一排，当时心里那个气呀！是无法形容的，马上就找到了换我桌号的人，是一个不认识的女同学，我已记不清当时说什么了，估计是很难听的话，并让她把座位换回来，不然我就告老师了，她看我十分生气，再加上她理亏，就把座位换了回来，没想到的是，这就给我挨打埋下了伏笔。考试还是挺顺利的，我如愿以偿地抄到了别的同学的答案，高高兴兴交了卷子，心想不管怎样，这下总算混过去了。正当自己走出考场的时候，迎面过来一个男生，劈脸就是两个巴掌，把我的眼镜打得也不见了踪影。我抬眼看去，发现是隔壁班的一个大个子男生，旁边站的就是换座位的那个女生，一刹那，我明白了挨打的原因，可又惹不起人家，只好忍着疼痛和愤怒，跑回了宿舍。

后来我得知，这两人是另一个成人班的，男的当时在运城城建局上班，女的则不知道在什么单位，他们正在谈恋爱，为了帮女友考试过关，也想在女友面前表现一下，把我的座号换了，命运有时就是这样，该你倒霉的时候躲也躲不过。

事情发生后，心里那个气呀就别提了，加上当时还年轻，一股强烈的复仇心理占据了整个头脑，可怎样复仇呢，远离故土，闹又闹不起，打又打不过。情急之下，我一下想起了母亲曾经讲过的夏县武警学校有一个亲戚的事，好像是姥爷弟弟的女婿，对了，去找他，留在那里学武术，学好武术后去报仇。其实，这也是当时真实的想法，把工作、学习都抛到脑后了，就是要报仇雪恨。

在一个星期天，我独自一人坐上了去往夏县的公共汽车，尽管当时也不知道夏县的准确位置，更不知武警学校的具体情况，我还是硬着头皮出发了。在夏县长途汽车站下车后，我打听到了夏县武警学校的地址，那时也没有出租车，根本不知道有没有公交车，问清了方向，我就沿着公路去了，谁知咋走也走不到，因为路途太远了，可当时抱着找不到不罢休的想法，咬咬牙，坚持再坚持，终于在下午的时候，我看到了夏县武警学校的牌子，当时那个激动别提了，就好像看到了自己报仇的希望。走进学校，我在门房查了好长时间，终于打听清楚亲戚的情况，可失望接着来了。原来，那个亲戚早在前些年因病去世，家属也回到了村里。听到这个消息，我整个人几乎垮掉了，满腔的希望在顷刻间化为了泡影。从警校往回走的路上，我也不知道是怎么回来的，心情沮丧到了极点。

报仇的事儿暂时就这样不了了之了，可在以后好长的时间里，心态咋也调整不好，整日昏昏沉沉，学习也没了劲头，当时曲老师看到我这种情况，找我谈了几次话，我没敢告诉她实情，只说家里出了点事情，可不管自己怎样做，总是走不出那个阴影。

一晃二十年了，打我的那个小伙子肯定早已把这事忘记了，可我挨打的那个场景，至今还历历在目，让我从此对运城人有了很坏的印象，也许是我碰到了运城的“渣男”。这件事情，几乎影响、也可能差点改变了我的人生。可不论怎样，我肯定再也不会想着去报仇了，只是那个时期，给了我一个特殊的印记，使我多了一些生活的阅历。

稷山手术

有一天晚上，我们同宿舍的同学躺在床上，正在聊天聊得火热的时候，我突然感觉不适，发现自己臀部长了一个疙瘩，用手一摸，果然硬硬的，我立刻慌了起来，马上跟大家说了。刚说完，家在河津的王同学便嚷了起来，“瘘，肯定是瘘”。我当时也不清楚“瘘”是什么，只是心里很紧张，听了他们的解释，才知道是瘘疮，说是十人九痔，没什么大不了的，并告诉我稷山有专门的医院，在全国也是出名的，我的心才稍稍安稳了下来。

第二天上课的时候，我看到了来自稷山县的女同学吴喜婷，就想去问问她，可那时，我是不敢同女同学说话的，再加上是屁股上的事，思来想去咋也不好意思开口。下课后，我犹豫再三，下了很大的决心，终于站到了喜婷的跟前。当我说明了情况时，喜婷便笑了起来，说：“这算什么事，我有个同学就在痔瘘医院，星期天你跟我去看好了。”我也没想到喜婷如此爽快，心里一下子感到轻松了许多。

星期天的时候，我便跟着喜婷来到了稷山痔瘘医院，当时的稷山有两个在全国都出名的医院，一个是治疗骨髓炎的，另一个就是痔瘘医院了，这两个医院有一个共同的特点，都是个人创办的，属于个人的专利。在当时的情况下，个人开办医院是不多见的，慕名来这里看病的患者很多，全国各地的都有。

我们来到医院，找到喜婷的同学，她是一个名叫甜甜的女孩，一听名字就挺有诗意的，胖胖的圆脸上，挂着一副近视眼镜，满脸透着稚气。甜甜听我们说明了来意，很是热情，马上向我介绍了医院的情况，并告诉我这是最简单的一个手术，全国各地来这里做手术的人很多，治愈率都达到了90%以上，接着又领我看了医生。说实在，当时也没想马上就做手术，只是想先看看，问问情况，可是当着两个女孩子的面，我觉得不好意思，也就没敢说出口，喜婷也说先住下来，明天再说，我想也是，哪住不是住，就先住在医院里吧。

谁知第二天，医院就安排了手术，进手术室的时候，还是稀里糊涂的，说真的，要不是怕甜甜笑话我，也许我是不做手术的，可看到她鼓励的目光，我还是走进了手术间。手术开始了，虽然打了专门的麻药，我仍然感到了手术刀的划动，并感到了些许的疼痛，好在甜甜在场，一直给我讲与手术无关的事情，缓解了思想上的压力，手术很快便完成了。痔疮手术的恢复一般要三五天，我记得第二天，我就好多了，第三天的时候，便起来运动了。在此期间，甜甜给了我极大的关怀，一有空，便来陪我聊天，她的笑容总是很灿烂，说话总是很随和，一副天真烂漫的样子，稍微能运动的时候，她便找来了羽毛球拍子，没事的时候，我们便在医院的院子里打打球，七天后，我便完全康复了。

在稷山住院的七天里，由于甜甜的出现，我过得十分愉快，我们很能聊得来，慢慢地有了一丝的好感，走的时候，彼此间有了依依不舍的感觉。当时没有手机，也没可以留的电话，只有靠通信联系，我便把会校的联系地址留给了她。刚回到会校，我便收到了甜甜的来信，也马上给她回了信，由于年代毕竟太远了，信的内容确实记不起来了，好像快毕业的时候，甜甜说她们医院要在临汾开设分部，她正考虑是否到临汾工作，并征求我的意见，由于匆忙，我没有及时给她回信。

不过从那时起，我们之间再也没有通过信，更没有见过面，可是我还是时常挂念她，经常想起那个天真烂漫、戴着一副小眼镜，挂着一脸笑容的小姑娘。有时，还真想去看看她，也不知她的情况，是否生活得幸福，但我还是决定不再打扰她。相信她一定会过得很好，因为她本身就是一个好姑娘，好人毕竟会有好报的。

毕业后，我也再没有见过喜婷，只是大约10年前，我的一个亲戚出差到北京，住在一个什么宾馆，当他说来自安泽的时候，在宾馆打工的两口子曾向他打听我的情况，并告诉他，我们是同学。听我这个亲戚回来的描述，我想，他们肯定是喜婷两口子，只可惜没有联系方式，更不知他们的近况。

这是我在会校期间，经历的一次手术，也是今生做的唯一的一次手术，我常常庆幸自己怎么遇到了这么多的热心人，她们在我需要的时候给了我许多帮助，而我至今也未能回报她们，也成了我今生的遗憾。我只有在心里默默地祈祷，祈祷好人一生平安吧！

润物细无声

仲夏时节，我在朋友的邀请下，来到了位于临汾市东北部，距离市区80余公里的安泽县看松涛。

车子刚拐入309国道，我就被眼前的绿色吸引了，一排排的白杨，布满了路的两旁，微风过处，像是一层层绿色的波浪，惊得我发出了“呀”的声响，对于久在城市，被钢筋水泥包裹的我来讲，简直就是一种美的享受。同行的朋友见状笑了起来，这还算绿，你到了安泽就知道什么是绿的海洋。抱着将信将疑的心理，我重新调整了思绪，开始憧憬着安泽的绿。

大约走了不到一个小时的路程，起伏的山峦，蜿蜒的山路，出现在我的眼前。朋友告诉我，绿色浓的时候，你就进入安泽了。果不其然，当车子左拐右拐，盘旋而上，又要下山的时候，我终于看到了那满山遍野的绿，那是怎样的绿呀，就像是扑面而来的绿的云彩，时而浓重，时而淡泊，真像是绿色的地毯，把天底下铺了个严严实实，简直没有一点裸露的地方，要不是还有一条蜿蜒其中的公路，我真的以为自己进入了绿色的海洋。

按照我们出行前的安排，我们此行要去的是位于安泽县城南部的大豁子林点，简单地吃过午饭后，朋友联系了冀氏所的郭所长当向导，便向着县城南部进发了。郭所长是个很利索的年轻人，一路上，他不停地给我们讲述大豁子林点，讲山上密密麻麻的松林和山里的各种动物，讲那无边的松涛，听得我们神魂颠倒，几乎到了忘乎所以的地步，真恨不得一步踏入大豁子林点。正当郭所长讲得眉飞色舞，我们听得津津有味的时候，车子却停下了，原来前面在修路，郭所长马上下了车去交涉，由于压路机占据了整个路面，无论怎样努力，交涉也没有起到任何作用，最终还是过不去。当我听到这个结果，心一下子冰到了极点，要知道我们不远百里，一路奔波，就是奔着松涛来的，眼看着就要进山了，却被挡在了下面，那种沮丧失落的心情是无法形容的。

万般无奈之下，我们在郭所长的建议下，极不情愿地拐进了管辖着大豁子林点的兰村林场，没承想，我们在这里却得到了意外的收获。正像每一个忠厚老实的安泽人一样，侯厂长一看就是那种典型的老实人，听我们倒够了上不了山的苦水，侯厂长却高兴地笑了起来，他说："还用上什么山，你看我们林场的周围，那不是松涛是什么。"顺着侯厂长的指点，我们看到了不远的山上，环绕在林场周围密密麻麻的松林，也同时听到了微风过后的阵阵松涛声。他说："去大豁子林点，看到的也是一样大的松树，只不过站在高处，感觉好一些罢了。"他接着说他已经来到这里二十多年了，见证了林场的发展和壮大，更体会到了国家政策带给林场的新变化，自从国家取消农业特产税以后，国有林场出现了难得的发展机遇，一方面再不用为缴纳特产税发愁；另一方面每年节余的资金又用于新的生产，扩大了生产的规模，经营的林业品种也越来越多，既满足了市场需求，也增加了自己的收入。同时，当地税务所也给了他们极大的支持，最早把取消农业特产税的消息通知了他们，并及时做好了政策衔接。眼下虽然农业特产税取消了，但他们与税务所之间的沟通却从未中断，税企之间成了真正的朋友，还想着同税所共同探讨建设生态示范园呢！侯厂长滔滔不绝地讲话，我的心一下子变得豁然开朗起来，终于明白了国家取消农业特产税的良苦用心，对于安泽这样的森林大县来讲，确实这有着非同寻常的意义，同时也为税企之间良好的关系而感慨。

在侯厂长的盛情邀请下，我们被留在了林场吃晚饭，几乎每一道菜都是他们院内自行栽种的，坐在院内，吃着可口的饭菜，听着侯厂长真切的话语，享受着大自然带给我们的阵阵凉风，我感受到了前所未有的快乐。侯厂长的朴实，郭所长的精干，税企之间的和谐，这不是我们地税一贯提倡和倡导的吗？

离开了林场，离开了安泽，我的心仍然还停留在那里，此行虽然没有看到大豁子的松涛，但我却看到了比松涛更珍贵的东西，那就是税企之间的那种和谐，正是由于我们地税人长年累月地辛勤工作，才换来了税企之间的那种真诚，真是润物细无声啊！

纪检工作点滴

在我从事的近五年纪检工作中，留下了许多值得回味的事，它像人生中的无数个花絮一样，成了工作经历里不可分割的一部分，更像是一笔财富，定格在记忆的深处。

一、不能一棍子打死

有人讲：“一个单位的纪检组长，主要靠办案来树立自己的威信。”这话不能说不正确，只能说它是比较片面的，至少是不全面的。因为纪检组长的工作不仅仅靠办案，还有办案之外的许多东西。我在任时，曾经遇到这样一件事，有一个所长在职时，犯了比较严重的错误，上级给了降级、撤职的处分，这种处分应该是很严重的，离开除仅有一步之遥。这也说明，这位所长所犯错误的严重性，按常理讲，像这样的人，单位领导轻易是不敢再用了。难能可贵的是，这位所长犯了错误之后，能正确对待，在工作岗位调整之后，能认识到自己的错误，工作上特别卖力，所作所为令大家刮目相看，这是不容易的，一般人做不到这一点，遇到类似问题后，很多人不是怨天尤人，就是自暴自弃。我很欣赏这位所长知错能改，我了解这位所长，各方面的能力都不错，之所以犯错误，就是私心比较重，家庭负担也重，所以在处理事情时，总想着自己的利益，结果栽了跟头。当时，我分管人事、监察、办公室工作，人教股一直没有合适的人选，经过多方面的了解，又同当事人进行了多次沟通，认为这位同志不仅能胜任这项工作，肯定还能做好，可给领导建议选调一个犯过错误的同志到这样的岗位，究竟合适不合适，自己心里确实没底。经过反复权衡，我想一是为了工作大局，二是可以帮助犯过错误的同志增强重新开始的信心，同时可以教育更多的同志。于是，我慎重地向局党组推荐了他，并说明了自己推荐的理由。经过局党组的反复讨论，最终同意了我的建议。实践证明，我当初的建议是正确的，从所长到一般人再到副股长，这位同志经历了人生的三步走，而我们也实践了这样一个事实，就是对于犯了错误的同志不能一棍子打死。

二、制度之外的约束

我们现在最不缺的就是制度，墙上挂的，办公桌上摆的，上级发的，自己单位编印的，林林总总，包罗万象，哪个单位没有几十项制度。可大到一个国家，小到一个社区、一个单位，没有制度是不行的，它是法律之外对人行为的一种约束，是处理具体问题的一种参照物。而我们在制度之外还应该有一种约束，就是人的思想，人都是有思想的，有什么样的思想，就会有什么样的行动，这是不争的事实。可人的思想又是从哪里来的，有人讲，人的思想是天生的，一个人好与坏，它在娘胎里就形成了，这固然有遗传的原因，但后天的教育、引导才是起决定作用的。纪检工作在约束、制约的同时，应该把对思想的约束也放在重要的位置上，在四年的纪检组长工作岗位上，我没有办过一个案，并不是不办案，而是根本就没有案，这和我多年坚持不断地同职工多交流、勤沟通，把约束建立在制度之外分不开的。曾经有过这样一件事，在对基层所的例行审计中，我发现有一个所存在着征税不到位的问题，我没有马上向局党组汇报，而是先落实，弄清事情原委，原来是该所怕完不成任务，人为地为纳税人开绿灯，少加了一个点的附征率。在同该所长的谈话中，我首先指出了这种做法对全局工作的危害性，同时告诉他这是一种违纪行为，任务完不成，税源发生波动，应该及时写好分析，上报县局，而不应该采取这种方法，这种做法说穿了，就是一种名利思想，好大喜功，不想落完不成任务的名声。通过谈话交流，让他自己从思想上给自己的行为定性，改变了只要税款不装入自己的腰包就是没问题的想法。针对已经出现的问题，我一是采取了马上追回税款，先保证税款安全的方法；二是召开全所人员大会，公开问题，指出错误，下不为例，引起大家思想上的震动。这样做，第一保证了税款不流失，第二给了该所一个改正的机会。在以后的例年检查中，该所再没有出现类似问题。试想，如果我将问题不落实清楚，不及时谈话交流并加以解决，而是先向领导汇报，再搞全局通报，会出现什么样的结果。

三、增强凝聚力的有效方法

我们经常讲，要增强一个单位的凝聚力，因为这是做好工作的基础，如果职工不爱自己的岗位，不关心单位的荣辱，那这个集体将会是一盘散沙。纪检组长在很大程度上，也是一个单位的核心，做好职工思想工作，增强全局的凝聚力责无旁贷。而增强凝聚力最有效的方法，我认为一靠带头，二靠关怀。俗话说：“只有落后的领导，没有落后的群众。”确实是这样，无论做任何事情，只要领导能够以身作则，群众是不会看不到，做不到的。几年来，在纪检组长岗位，由于分工的不同，机关大大小小的劳动，都是我领队，每次都是冲在最前面，退在最后面，同大家干一样的活，吃一样的苦，根本没有过指手画脚，让职工干这干那，自己享受清闲。所以，只要是我领着干活，速度都特别地快，从没有因为劳动生气。每天早上，我总是七点左右到岗，并不是检查大家迟到，而是帮助清扫院内卫生，尤其是冬天，机关门口的花池，经常刮满了废纸、塑料袋等垃圾，影响机关的美观，每天一到，从花池里面清理杂务，成了我的必修课，久而久之，变成了大家的集体行动。每次带队出去学习，坐车我坐最后一排，把靠前的位置让给大家，发火车票我先给自己拿上铺，就餐的时候，先让着大家坐下，安排自由活动，自己严格执行时间要求，所以每次带队出去，大家都十分愉快。其实，对普通的职工，我们有一点的关怀，也会使他们产生无穷的动力，日常生活中，只要是职工家里有事，没有不到的时候，只要是到了，都尽可能地做些力所能及的事情。一次，有一位税干家里女儿出嫁，按说我也是个副总管，有些事动动嘴就行了，可一看到盘火的人手不够，自己挽挽袖子就下手了，并把她家的事情，当成自己家的事来办，整整三天守在那里，使她深受感动。尽管对自己来讲，是个小事情，可对税干及家人来说，成了大事情，他们总是念念不忘机关的好处，经常讲机关好。这个职工身体不太好，以前总想着调整回县局，从那以后，再也没有提回县局的要求，而是一门心思地工作。

第二辑　亲情依依

爷爷留下的遗产

清明回村里上坟，同大伯扯起了爷爷，爷爷是1894年出生的，如果还健在的话，今年就113岁了。我从未见过爷爷，我出生的那年正月他就去世了，如果说生命有延续的话，我的出生，正好是爷爷生命的延续吧。

我们祖籍河北邢台，爷爷十几岁的时候，为了生活，一人离家出走，浪迹天涯，他走过西口，在口外给皮房打工，当了十几年的伙计，学会了全套的鞣皮技术。曾在太原、洪洞等地开设皮房，由于当时正逢战乱，日本人四处横行，最后选择在山西安泽和川落脚。他以自己的诚实厚道、吃苦耐劳，在和川站稳了脚跟，开起了在当地有名的李家皮房，鼎盛时期雇工达到了几十人，先后在和川置办了三处房产，在东洪驿村买了几十亩的土地。

随着买卖的扩大，爷爷于1948年随县城搬迁至府城，继续做他的皮货生意。当时县城北门一带，爷爷的皮房占了相当大的地盘，成了颇有名气的皮货商人，到1955年公私合营的时候，爷爷积极拥护，60岁时，他以很高的威信出任了公私合营后首家皮麻社主任，直到去世。父亲讲，爷爷担任皮麻社主任后，他亲自蹲在车间，不怕脏、不怕臭，把自己学到的全部鞣皮技术都拿了出来，教给工人们学习技术，培养了许多鞣皮骨干，把皮麻社的生意搞得红红火火，成了全县的先进典型。

据父亲讲，爷爷一生省吃俭用，不吸烟，不喝酒，不赌博，只想着购房买地，积攒钱财。爷爷对自己很节俭，但对别人，却大方得出奇。一生中，他送给别人的钱物以及借给别人的钱物不计其数，父亲十几岁的时候就跟着伙计开始东奔西跑催欠款，大都没有收回，成了泡影，关键是看到条件不好的，回来一讲，爷爷就不让再去了，他常说的一句话就是："谁家没个难处，能饶人的地方就饶人吧！”所以爷爷的人缘是这一带最好的。爷爷最终留给父亲的是一幢土楼房，还被后奶在20世纪70年代以800元的低价，偷偷卖掉了，拿上卖来的钱，随同自己的孙女去外地生活了。后来发现后，父亲起诉至法院，法院判决把800元钱，抵顶了后奶的养老钱，意思是后奶的养老送终，不用父亲管了。父亲当时感觉也不太合情合理，但是也很无奈，只有认命。

父亲讲，爷爷的一生曾遭受三次重创，最厉害的是1940年，所积攒的银圆被一个远房亲戚泄密给日本鬼子所属的黑狗队，最终被日本鬼子洗劫一空。那个亲戚挟带分到的银圆跑回家，也许是上天不容，半路上竟被土匪打劫，身无分文的他走投无路，又返了回来，爷爷非但没有责难他，反而给足了他盘缠，派两个伙计送他回了河南。

1949年后，爷爷积极帮助政府部门解决资金短缺的问题，多次向政府慷慨解囊，同当时政府的许多领导成了好朋友，公私合营的时候，他又带头把全部的厂房设备和资金入社，把购买的土地上缴给集体。

爷爷虽然没有留下一分钱、一间房，但我从心里还是感激爷爷，爷爷没有留下物质财富，却留下了宝贵的精神财富。爷爷的吃苦耐劳、爷爷的与人为善、爷爷的诚实厚道、爷爷的节俭守业，都使父亲与我受益匪浅，我想这应该是爷爷留给我们最大的遗产。

父亲的生日

每年农历七月十三是父亲的生日，他是1943年出生的，今年已经七十六岁了，每年的这一天，我们哥俩和几个叔伯姐弟十几口人，都要一起陪他吃个团圆饭，算是给父亲过生日了。看似很简单的一顿饭，父亲却极为看重，每年早早地就开始唠叨了，弄得我们丝毫也不敢怠慢，每年总是要忙活一整天，其实就是做做吃吃，扯些闲话，拉些家长里短，没什么别的仪式，也没有外人参加，可在父亲看来，却是莫大的幸福。

父亲出生的年月，正赶上日本鬼子横行的年代，听伯父讲，奶奶是怀着爸爸，一路从河北邢台逃荒要饭过来的，路上受尽了磨难，走了两个多月，才来到了我们今天居住的村里，从此在这里落脚。父亲从小体质较弱，又赶上那个年代，没有什么可吃的东西，只是勉强糊口而已。后来，父亲过继给了他的本家叔叔，来到了县城，生活逐渐好了起来，因为当时我的这个爷爷已经很出名了，他开着规模不小的皮坊，生意很火，房产和土地很多。但是，等到了父亲手里，却什么也没有了。母亲常讲，爷爷、奶奶给他们分家，连一根筷子也没给，这也是实事。爷爷几乎将自己所有的财产和土地都用来支持国家改革和建设了，只留下几间供自己居住的土楼房，爷爷死后，又被后奶给偷偷卖掉了，所以父母是完全靠自己的努力，顽强地走了过来。

父亲的一生从事过许多工作，几乎都没有做得太好，到了现在这把年纪，连一个养老的地方也没有，他没有工作单位，没有退休工资，只有七十岁以上老人每月九十五元的养老金。母亲没病的时候，两人做一点小买卖，开一间杂货部，自从母亲偏瘫以后，杂货部便开不成了，母亲离不开人照顾，父亲自然而然地成了全职保姆，他每天五点多起床，把水烧开，把暖瓶灌满，然后熬上米汤，把院子、家里收拾一下，再照顾母亲起床，帮母亲打好洗脸水，把母亲喝的药拿到跟前，把喝药的水倒好，才开始炒菜，馏馍，一早上就这样忙忙碌碌地过去了。一两天还好说，说话间照顾了母亲十年，直到母亲去世。这些活，对于一个大男人，确实够难为的，再加上父亲年轻时，很少做饭，难度可想而知。我曾经给父亲商量过多次请保姆的事，他怕开销大，一直没答应，每天就这样忙碌着，从没有给我说过什么，只是实在累得不行的时候，坐在那里抽几口烟，过过烟瘾，然后就接着忙了。

父亲曾上过卫校，学过医，也在当时的和川公社卫生院上过班，后又被分到府城公社卫生院，我不知道是哪一年，赤脚医生到乡下去的时候，父亲响应号召，到了县城附近的一个村里去当赤脚医生，就一直没有回来过，成了地地道道的农民，他的户口至今还在那个村里。后来，实在无望，母亲一人带着三个孩子太累，挣的钱也不多，养家糊口太难，父亲便丢下了赤脚医生的职业，回到了城里打短工。他当过建筑工人、民工队随队医生，后又在综合厂做过技术工人，然而，到老了也没混成一名正式工人。

父亲算是个苦命的人，他基本上没有自己的事业，没有自己的目标，几乎没有体验过成功的乐趣。可他天生就是个乐天派，从没有发愁的时候，就好像是天塌了，还有地顶着，和自己没相干一样。父亲最大的好处是与世无争，从不羡慕别人，也不嫉妒别人，你有钱，你就阔；我没钱，也不眼红；吃糠咽菜，自得其乐。父亲还有一大好处是与人为善，一辈子，没有同任何人结过怨，别人欺负过他，他从不记仇，过不了几天，就什么都忘了。我见过父亲生气最厉害的时候，也就是一直用白眼珠子瞪着你。父亲的忍耐力非常强，从村里医生到建筑队小工，巨大的反差，他没有一丝的抱怨，春夏秋冬，早起晚归，跟随着建筑队顶严寒、冒酷暑，常常透支着巨大的体力。记得他在综合厂上班的时候，一次去外地定制正月十五用的灯笼，返到长治时，遇到大雪，没有班车，他伙同路人，顶风冒雪一路步行回安泽，直直走了一天一夜，赶在初一早上回到家。

父亲的记忆力惊人，府城街上，乃至周围村里或者他待过的地方，一些人、一些事，包括人名、地名，亲戚关系，他都一清二楚，他同别人聊天的时候，常常是滔滔不绝。一些年长的、年轻一点的，都喜欢同他聊天，问这、问那，他不厌其烦，几乎成了附近的一部活字典。父亲的医术不是太好，但平常的头疼脑热，他都可以医治。他还可以治好“老鼠疮”，年轻时候，有许多外地人找他割“老鼠疮”，我曾经见过，他把刮胡子用的刀片，用火烤一烤，从病人的脊背上切入治疗。尽管这种方法很土，也不符合医学规范，可在那个年代，确确实实医好了很多人。

父亲最大的喜好，就是烟了，可以说是烟不离口，他把烟点着放在嘴上，几乎不用吸第二口，烟灰长长的，几乎掉不下来。吸烟对他来说，成了生命不可或缺的一部分。记得小时候，父亲醒了，先趴在被窝里，开始抽烟，过足了烟瘾，才开始起床。吸烟这种习惯，伴随了他的一生，即便现在，经常咳嗽、吐痰，烟却始终离不了。我有时还劝他少吸两口，可随着年龄的增长，不再劝他了，反而经常惦记，怕他没烟抽。

父亲就是这样一个人，一个平平常常、普普通通的人，他虽然一生平淡无奇，没有给我们留下什么财产，但我依然深深地爱着我的父亲，从内心里从没有鄙视过父亲。我也将用自己的努力，让父亲今后过得更好一些，更踏实一些，更幸福一些，把父亲今后的每一个生日都过好。

母亲的脚步声

每天，当我拐进胡同口，便会听到既熟悉又陌生的脚步声，那沉重的脚步声伴随着拐杖的戳地声，不像是敲打在水泥地上，倒像是戳在我心里。

从日渐沉重的脚步声中，我判断出母亲的病在一天天地加重，她由于糖尿病引起偏瘫已整整四个年头了。四年前五月份的一天，母亲早上起床的时候，突然就不会说话了，手脚也不会动弹，接着话也不会说，整个人瞬间昏迷。我接到父亲的电话，火速同弟弟赶到他们居住的地方，将母亲送往医院抢救，经过一个星期的治疗，母亲终于清醒了，却落下了偏瘫。

母亲的病源于半个多月前，她右胳膊上长了一个小疙瘩，时间已经不短了，想要去掉，我就开始领着她找医生，经过初步诊断，可以手术割掉。我担心在县里做手术，技术、卫生条件不好，于是联系了熟人，找到了市医院当时的骨科主治医生，在临汾做了手术。手术当时很成功，回来疗养时，母亲发现伤口一直不愈合，我赶紧找医生询问，医生说会不会糖高，结果一化验，果然是糖高了，医生让我先买消渴丸，让母亲服用，买上药，还没来得及喝，母亲便突然病倒了。多年以后，我才回想起，母亲手术前，是化验了血的，可为什么没有血糖的化验，如果当时血糖高，也许是不会选择手术的。可一切都太晚了。

母亲是一个好强的人，刚一好转，便坚持锻炼，每天天不亮就起床，拄着拐杖在院子里、胡同口来回转悠。刚开始的时候，她转的圈一次次增多，她自己心里别提有多高兴了，想着自己一定会重新好起来的。可是我心里明白，她只能是维持现状了。因为医生告诉我，她得的是脑梗死，就像一片玉米地，中间都被旱死了，即使有了水，也只能围着周围转，渗透不进去了，再加上，她是糖尿病引起的，糖尿病本身就是个顽症，根本没有好的治疗方法。果真如此，母亲的病四年来一直在逐渐加重，作为儿子，面对现实却无能为力，实在是人生的悲哀。

母亲是天底下最可怜的人。她六岁时便没了妈，姥爷去世后，她没有一个至亲，我有一个舅舅，还是后姥带来的，平常来往较少，母亲再没有其他的兄弟姐妹，生病的时候，身边连一个说话的人也没有，作为儿子我知道母亲心里的痛。我上面还有一个哥哥，三岁的时候被奶奶带回老家玩耍，由于本家姐姐的不慎，没有把他看好，在窑顶上摘酸枣的时候失足落下，当时便没了性命。唯一的妹妹前几年难产，死在了医院的手术台上。这一连串的打击，几乎将母亲击垮了。可她坚强地挺了过来，没承想，自己却病倒了。

母亲是天底下最勤劳的人。生病前她没有好好休息过一天。她嫁给父亲后，便碰上了后奶，后奶是一个很刁钻的女人，母亲每天天不亮就得起床，先去把爷爷奶奶的尿盆倒了，然后赶着做早饭，照顾孩子，还不能误了8点上班。爷爷去世后，后奶偷偷地卖了祖产，一走了之。父母只好租住在别人家里，靠省吃俭用和打零工，硬是买下了两间土房。我清楚地记得，母亲下班后借平板车从砖厂往建筑工地送砖的情景，当时，拉一趟砖，才能挣一块五。为了省下钱买房子，她穿的衣服经常是缝了又缝，补了又补。做医生的父亲不知什么原因从村里回来后，一时没了工作。找到工作后随工程队做随队医生，去襄垣、长治一带修铁路，一走就是三年。其间，母亲一个人带着我们兄妹三人，吃尽了苦，她要上班，我和妹妹要上学，弟弟没人照看，经常是用枕头挤在炕上。每天的三顿饭，每日的缝缝补补、洗洗涮涮，全靠母亲一人支撑。她没睡过一天懒觉，偷过一次懒，我还记得小时候同母亲早上四点钟起床，到城边拉红土，回来打煤膏的事。母亲退休后，又同父亲一起办了个小小的建材门市部，经常自己装货、卸货，里里外外没有闲下的时候，直到发病的前一天。

母亲是天底下最善良的人。在母亲工作的三十年里，她没有和同事吵过架，闹过别扭，哪怕是小小的矛盾也不曾有过。邻里之间，更不用说，虽然当时大家都很穷，但她还是尽自己的能力接济邻居，经常帮他们做这做那。隔壁“红眼老刘”疯疯傻傻，一个人无依无靠，母亲有时做了好吃的，总要匀给他些。那时在大杂院里生活的有十几家人，母亲为人处世的厚道是大家所公认的。特别是在对待公婆的问题上，她虽然处处受刁难，但从不还口，直到现在，我碰到一些当年的老邻居，他们提起母亲还是津津乐道。

母亲是天底下最优秀的人。母亲在她三十年的工作中，从事过许多行业，她干一行，爱一行，钻一行，从未落在后面。她做过县广播站的播音员、政府的档案员、二轻门市部的营业员，四十多岁的时候又学会了会计，在二轻综合厂做会计，直到退休。在她三十多年的工作经历中，无论是做什么事，她从未出现过任何的，哪怕是一丝一毫的差错。母亲还写得一手好字，非常清秀，她一直督促我们好好练，可直到现在，我的字仍然拿不出手。

母亲是天底下最聪明的人。她会做的事太多了，母亲的剪纸是很出名的，以前老房子的窗户上，到处有她的手艺，尤其是喜字，经常是办喜事的家户首选的。母亲做的饭是最香的，尤其烙的饼，在那个缺油的年代，是孩子们最喜欢的佳品。后来母亲甚至学会了摊煎饼，从推磨破碎玉米，到用拐磨打成糊糊，再到煎饼鏊子的火候，她都熟悉掌握。母亲还是做衣服的高手，家中的衣服，无论是老的、少的，都是她自己亲手做的，就是缝补过的衣服，也让人看不出别扭。

说起母亲，我总有说不完的话题，讲不完的故事。我常以母亲为荣，从母亲身上我不但读懂了许多，也学到了许多。我深爱我的母亲，我也祈愿天下的母亲都幸福平安。

母亲沉重的脚步声还在继续，那是她对健康生命强烈的渴望，是对老天不公的一种愤怒，为什么好人一生平安却体现不到母亲身上，为什么她的命运如此多舛。我为不能为母亲做点什么，分担点什么而感到悲哀。我想，唯有以母亲为榜样，走好今后的路，也许才是对她最大的安慰。

想念母亲

听斯琴高娃老师朗读《写给母亲》，眼泪在眼眶里打转，不由得想起了我的母亲，也许是一种巧合，再有月余，我的母亲也该烧三周年了。

前几日，大伯烧五周年纸，我没参加，听妻子讲，几个叔伯姐姐在一起说，再过不久，就该给我母亲烧三周年纸了，我听了，十分惭愧，因为我确实忘记母亲已经走了三年了，想着还是昨天发生的事。常听人讲："天上一天，地上一年。"却不知，地上一天，地下又是几年呢？生活在地下已经三年的母亲，是否也感到了时间的流逝。

母亲在世时，时常念叨，一个大院里，十几个大姑娘，三天两头在一起跳皮筋，没承想，已经走得不剩下几人了。当时，她还掰着不太灵活的手指，数着数，轻声喊着名字，桃花、小梅、清枝呢，可转眼间，母亲走了也快三年了。

三年里，我很少梦到母亲，这也是母亲对我偏爱有加吧，知道我所谓的"忙"，从不愿打搅我。我心里清楚，母亲一生向来不愿打搅别人，总把事情搁在自己心里，尽管忍受着巨大的痛苦和委屈。我们兄妹四人，现在只有两个了，作为母亲，她的忍受力，超过了极限。我上面的哥哥，三岁时，被奶奶领回村里，叔伯姐领着玩，在老院的窑顶上摘酸枣，不小心摔了下来，母亲接到信儿后，步行三十多里，回去时，孩子已经没了。我的妹妹，生二胎时大出血，从手术室出来，已经没有进的气了。一个母亲，遇到两个孩子死亡，其内心的痛苦，是无法用任何语言来形容的。

母亲的命苦，是实实在在的，她六岁时，没了亲娘，亲兄妹只有一人，真正的亲戚，只有住在洪洞的姑姑，姑姑没有自己的亲生儿女，抱养了一个儿子和一个姑娘，姥爷和老姑去世后，和她相处最好的，只有这个姨姨了，虽然没有丝毫的血缘关系，母亲很看重这门亲戚，小时候，我去得最多，待的时间最长的，就是洪洞的老姑家了。

母亲于2005年5月间突发脑梗，在医院昏迷了整整一个星期，半个月后出院，已然落下了偏瘫的毛病，右半身不能动。可她坚持锻炼，硬是用左手实现了基本自理，自己刷牙、吃饭、去洗手间，再后来，用左手扫地、拖地、抹桌子、整理杂物。从她生病到去世的十年间，尽管时不时去医院检查、输液打针，从未躺下过，再大的苦和痛，都是自己承担，在这方面，父亲也一直在说，多大的疼痛，你妈连哼都没有过。去世的当天，母亲接近中午十二点住院，身体已经十分虚弱，下午的时候还坐了起来，我们还说了几句话，满以为，她像以往无数次的住院看病一样，会很快回家的，可这次却没有了以往。

曾记得，上小学时，参加校宣传队排练节目，当时几个学校的学生在一起吃饭，都是自己带碗，我年龄小，吃完饭后为几个年龄大一些的同学背碗，一不小心，袋子带断了，四个碗被摔碎了，那是要赔人家的，又不敢跟母亲说，后来跑到姥爷家，编谎话借了四个碗，暂时应付过去。那时，家家没有多余的碗，后来姥爷去家里找母亲要碗，我赶忙躲了出去，满以为回家后，母亲会生气的，可母亲从不提这件事，一直到她去世，也没有再提起，她把面子留给了孩子，替孩子守住了一生的秘密。

如今，我的孩子成家了，她有了自己的孩子，看到她们娘俩嬉闹的场面，不由得想到了我的母亲。我那一生吃苦受罪，没有享一天清福的母亲。

梦里的妈妈

最近几天，已经两次梦到了我的妈妈，梦里的妈妈依然那么憔悴，好像腰比以前更弯了，白发更多了，突然醒来后，我惊出了一身冷汗，梦里的情景一一闪现，难道在地下的妈妈怕我忘了她的忌日，又在提醒我了吗?

再过两天，就是老妈五周年的忌日了，但是这次我真不能去坟前祭拜了。临行之时，我本计划请假，不参加培训了，就是怕误了给她烧纸，可考虑许多，还是没有请假，老妈的担心应验了。

妈在世时，最关心的是我，我的一举一动、喜怒哀乐，时刻牵着她的心，因为她感觉我从小就是个懂事的孩子，上学一直勤奋努力，长大后上班、结婚、生子，一溜绿灯，她把满腔的爱和希望都放在了我身上。她一生育有四个子女，其中两个已先她而去，对她的打击之大是难以想象的，但她靠自己的坚强一步步挺了过来。

妈在60岁时，得了偏瘫，在最初的几年里，我拉着她四处寻医问药，打听偏方，可效果一直不明显。妈从医院回来后，就没有放弃过锻炼，每天天不亮，自己一个人拄着拐杖，在胡同里来回行走，并学会了用左手吃饭、刷牙、扫地、擦桌子，尽力做着力所能及的活，从没有躺下过，没有让我们伺候过一天，她总对父亲说："孩子们忙，别给他打电话。"偶尔打个电话，还是父亲问:"回家吃饭吗？"我知道，这准是妈在想我呢！可回去的时候毕竟有限，心想着妈有爸照看着，只要保证他们吃好喝好不缺钱就行，用不着天天去，现在想想，真是大错特错了。

妈去世时，整整70岁，在去世的前几年，她的身体每况愈下，即使有时不舒服，她都咬牙坚持，从来不说。连父亲都说："你妈呀，忍耐力是最强的，再难受，都不哼一声。”妈去世的当天，我在太原，下午4点多赶回去的时候，已经在医院了，她见了我，精神似乎好了许多，我还把她扶起来，背靠着说了一会儿话，看到她精神还行，又有同事打电话相邀，我便出去喝酒了，酒喝完后又到医院看了她一次，还同她说了几句话，让弟弟晚上先照护，我便回家睡觉了。午夜1点，接到弟弟的电话赶到医院，老妈已经停止了呼吸。

要不人说，世上没有卖的药，那就是后悔药了，妈在最后关头，所谓最钟爱的儿子，因为喝酒喝多，连陪她最后的机会都没有给她，那是一种怎样的悲哀！

妈6岁时没了妈妈，跟着父亲长大，后来有了后妈，嫁给父亲后，又遇到了刁钻的婆婆，我的后奶特别的尖酸刻薄，妈要上班，要照看孩子，每天早上还要去给她倒尿盆、做早饭，尽儿媳的责任和义务。

妈一生干过许多职业，在广播站播过音，在县委整理过档案，最终当了二十多年的营业员，四十多岁学会计，后来成了企业会计的一把好手。

妈在世时，跟我唠叨过多次，死后不想回村里进老坟，可我一点都没放心里，还是把她葬进了老坟。我知道，她不想回去，是因为那是她的伤心之地，她3岁的大儿子，被奶奶带回村里，叔伯姐领着在窑顶上摘酸枣，从上面掉了下来直接丧命。

那日，我看了余华老师写的《活着》，泪水夺眶而出，书中主人公福贵的经历，竟在某一点上和妈有某些相似，真不知，这世上苦命的人还有多少呢。

有人说，世界上最美丽的东西就是母亲那颗最纯洁、无私、崇高、善良的灵魂。没有一个母亲，不爱自己的孩子，可真正尽孝的孩子又有多少呢？“母亲在，人生尚有来处，母亲去，人生只剩归途。”妈走了五年的忌日就要到了，我不能到她的坟前祭拜，就把这篇短文当作祭文吧，如果她泉下有知，她肯定会收到的。

小　妹

昨夜做了一个梦，梦见小妹脸上施了淡妆，给我讲："哥，你给我10元钱吧，我有急用，我伸手递出了10元钱，交到了小妹手里。"

醒来后，才知是梦，想了一天，晚上吃饭的时候，才说给母亲听，我是怕她又伤心，该不是清明快到了，小妹捎信给她的坟上烧纸吧，母亲屈指一算，小妹去世到今年就整整10年了。

10年前，小妹生孩子的时候大出血，再加上心脏也不太好，死在县医院的病房里，准确地讲，是死在医院的手术台上，因为从手术室推出的时候，只剩下呼呼的喘气声了，快没有生命体征了。

在过后的三个小时里，小妹眼都没来得及睁一下，便匆匆地离开了人世，留下了两个女儿，一个刚刚出生，一个仅有三岁，还略有残疾。

第二天，按照妹夫家的想法，既没有通知亲戚，也没有通知朋友，更没有向医院讨个说法，便草草地把小妹安葬在她婆家村里的一个临时葬人的小窑里了，从此同小妹阴阳两隔。

从安葬完小妹，我再也没有到过她的坟头，在家中，我尽量少地提起她，生怕母亲伤心，没承想，一晃竟10个年头了。

说实在的，小的时候，我不太喜欢她，一是因为她不是太勤快，同母亲没法相比。二是她的长相太像奶奶了，同我和小弟不太一样。小妹从上学起，学习就不好，在读四年级的时候还留了级。

所以我就经常不给她好脸，还因为洗锅刷碗同她打闹，我记得她上四年级的时候，就经常地迟到，上体育课的时候经常无缘无故地摔倒，当时，父母也没太在意，以为她的骨骼有问题，常去医院给她看腿，买鱼肝油给她吃，后来才知道她有风湿性的心脏病，可究竟是怎么得的，什么时候开始的，都不知道。

正是由于身体的原因，小妹初中没毕业就退学了，刚开始在自家的小店里帮忙，后来母亲教她学会计，到母亲的厂里顶替了母亲。没想到，小妹在工作上还是挺上心的，表现也不错。

可是由于有病，小妹的婚姻遇到了不小的麻烦，先后说了几个也没说成。后来才找了现在的妹夫，是一个工厂的工人，老家是村里的，家境并不富裕，虽然不太满意，还是将就着把事办了。

小妹的命真不好，生了第一胎孩子就有毛病，手指和脚趾发育不全，所以就给生二胎埋下了伏笔。果然如此，在孩子三岁的时候，怀了第二胎，母亲知道她的病，是不赞成要二胎的，小妹也做不了主，就这样，一幕悲剧拉开了。

小妹的死，固然有她自身身体不好的原因，起决定作用的还是生二胎引起的，再加上县医院的医生及设备方面的原因，最终导致了小妹的死。

小妹走了10年了，她留给活着的人的痛苦是巨大的。母亲从此没了笑容，并因此患上了忧郁症，若干年后又得了糖尿病，最终形成了偏瘫。

今天写这篇文章，一是纪念小妹，让她在九泉之下安心，但更多的是告诫我们活着的人，一定要善待生命，尤其是女人。

弟弟的婚事

随着弟弟婚期的最后敲定，所有的亲戚和朋友，都松了一口气，看来这次婚事不会改变了。

弟弟是大伯家的独子，已经40岁了，这个年龄恐怕在大城市也属于大龄青年之列了。然而，由于他比较特殊的经历，加上自身存在的问题，以至于婚事屡屡告吹，一拖再拖，几十年就这样一晃而过了。

大伯家住在村里，有五女一子，虽说日子过得艰难，应该还算过得去，因为在农村，女儿不愁嫁，愁的就是儿子娶媳妇，不仅要有房子，还要准备彩礼，所以谁家的儿子多了，肯定是个麻烦事，可是，大伯家有五个女儿，不管日子过得好坏，都出嫁了，唯一的，也是最小的儿子，却在这方面亮起了红灯。

弟弟是最小的，又是男孩，自然是人人对他宠爱有加，特别是在农村，娇生惯养是难免的，所以给他的成长埋下了伏笔。据几个姐姐讲，他小的时候，想干什么，就干什么，大伯从不去阻拦，就连逢年过节偶然割点肉，炒不熟的时候就要吃，直吃得后来见了肉都想吐。这虽说是个小事，但也足以说明了娇惯的程度。再说，弟弟从小失去了母亲，缺少了母爱。记得那年我刚上初中，有一天大清早，母亲接到来人传话，慌慌张张地出门跑着走了，后来才得知大娘生了病，从村里用平板车拉来人就不行了，当时那个交通条件，几十里的盘山公路，加上家境贫寒，一般有病能忍就忍，轻易不看医生，一旦得了病，后果可想而知了，所以弟弟的童年肯定是不幸福的。

在这样的家境中，弟弟长大了，在我去所里上班时，他已经成了一个大小伙子，奶奶去世后，我很少去大伯家，只是过年的时候去看望一下，自然和弟弟接触和交流得少，有时偶尔听说一点他的情况，也是逃学、贪玩等。我记得有一次，他到所里找我，说是借100元钱，当时我工资才50多元，100元还是个大数，考虑到弟弟第一次张口，虽然作难，还是把钱借给了他。没想到过了不久，他便把钱还给我了，可是没过几天又借走了。弟弟二十岁左右的时候，家里便给他张罗起了婚事，这在农村也是很正常的，可是由于彩礼的事情，最终泡汤了，也许对他是一个不小的打击。可在当时，几百元，对于大伯那个家庭，确实拿不出来的。

这里还想提提大伯，人的确是个好人，在村里也有极好的口碑，谁家有事，他都是跑前跑后、忙里忙外地照护，特别是他从小在河边长大，练就了一身的好水性，多深的水都敢下。大伯曾经给我讲过，沁河上下的深坑，他都下去过，所以本村和邻村的人落水了，救人成了他义不容辞的责任，尤其在他年轻的时候，那时沁河水还很大，几乎每年都有落水的，一有人落水，大家便想到他。他只要听说了，不等人招呼，主动就去了。有一次，天气已经很冷了，大伯年龄也大了，可到了现场，他还是二话不说，喝了口酒便下水捞人了。提起他，附近村里的人都十分敬重。但大伯有个坏习惯，就是喝酒，几乎一天不落，可以说几十年下来，把家里喝得四壁皆空，到了关键时刻，一分钱都没有。别人修房子，别人置办家业，都和我不相干，只要有酒喝，什么都无所谓，几个叔伯姐，嫁的几乎都不尽如人意，都同他爱喝酒有极大的关系。大伯还有一大嗜好，爱侃大山，爱吹牛，天下之事，没有不知道的，方圆百里，没有不认识的，几杯酒下肚，海阔天空，唯我独尊，弟弟生长在这样的家里，耳濡目染，也养成了说大话、空话，甚至假话的习惯。

那时，村里买卖牛成风，大伯对“牙行”略知一二，自然加入了买卖牛的大军，经常同本地和外地的牛贩子在一起，这样来钱比起种地，又快又省力，还经常有酒喝，自然对了大伯的劲儿。弟弟耳濡目染，也对贩牛产生了兴趣，刚开始也许做成了几桩生意，但后来生意做歪了，竟有了偷牛的想法，人一旦有了这种念想，就像有了大烟瘾，一发不可收拾。第一次偷牛他竟把目光瞄准了邻居家，还是大伯帮人家分析偷牛贼可能行走的路线，把牛追了回来，可他做梦也没想到，偷牛的竟是自己的宝贝儿子，更让人费解的是，邻居已经抓到弟弟并报了案。派出所的人就在后边，让他把牛松手一跑了事，可是弟弟死活不松手，直等到派出所的人到了，大有好汉做事好汉当的气魄，结果是人赃俱获，后被法院判刑。蹊跷的是，在监狱服刑期间，他竟成功越狱，从监狱里跑了出来，后躲到河北的大伯家，监狱方面来了几次，没有找到人，加上他犯的罪也不重，也就不了了之。可气的是，河北的大伯给他找了临时活，让他先干着，一不留神，弟弟瞒着大伯，从河北偷跑了回来，回来后不敢进村，白天躲在山上，晚上又进村偷牛，结果赶着偷走的牛走到半路，被人发现，直接将他扭送进了公安机关。由于是二次犯罪，加上越狱，他被判了重刑，在监狱劳改，一待就是十几年。

弟弟走出监狱时，已经三十大几了，大好的青春年华就这样毁掉了，回来后，人彻底变了样，知道了靠双手去劳动，可已经很晚了。由于他在监狱劳改，一直在井下干活，有了一定的工作经验，于是在种地的空闲期，他在煤矿打打工，收入还可以。据弟弟讲，几年间，交给了大伯不少钱，可是找媳妇，花了许多冤枉钱，这期间我也帮了不少忙，结果一个也没说成。眼看着弟弟年龄越来越大，婚姻成了头疼的事。其间，村里有一女子嫁到外县农村，恰巧邻村有女的，其丈夫因车祸死了，于是她在中间给弟弟做媒牵线搭桥，尽管经历了不少风波，没想到，这次竟撮合成了。可是大伯手中连孩子娶媳妇的钱也凑不够，好在兄弟姐妹们帮忙，算是把结婚用的钱凑齐了。

弟弟的婚事，其实大伯有直接的责任，已经是七十多岁的人了，眼看到了盖棺定论的时候，说他已经没必要了。今天把弟弟的婚事记下来，无非是想让大家通过这个真实的故事，吸取人生的教训，踏踏实实、勤勤恳恳做人做事，走好脚下的每一步路，以免类似的事情发生，同时祝愿弟弟今后平平安安，婚姻幸福美满。

祖　坟

从今年清明算起，我已经祭扫祖坟三十多年了，虽然父亲有时也跟着回村里看看，但他很少到坟前，叔伯弟弟从监狱出来后，大伯也几乎不来祭扫祖坟了，每年上坟的任务自然落在了我和叔伯弟弟的头上。

说实在的，祖坟里除了两个奶奶，其余的爷爷、奶奶我都没见过，只知道在我十几岁的那一年，祖坟从别的地方迁到了如今这个地方，二十多年间就再也没有动过，唯一有记忆的是奶奶死后下葬在这里，其他的叔伯爷爷、奶奶都是从别处合葬而来的。听大伯讲，亲爷爷是在从河北往山西逃荒的路上，被狼吃得只剩下了一只臂膀，坟里只是一个衣冠冢。奶奶带着四个孩子嫁给了我们现在村里从河北逃荒过来的李家，从此改姓李。留在河北的大伯和孩子们一直都姓郭，河北的大伯早年间也曾在这里生活过，后来回了河北老家，现在已不在人世了，孩子们都生活在河北邢台。我曾经去过一次，他们生活过得还可以。经常听村里的大伯讲他给前辈合葬的事情，这也是他常常引以为豪的地方，说为我们李家办了一件大事。

在我的印象里，大伯一家过得很不好，在村里也是排在最后的，他一生嗜酒如命，只要有酒喝，什么都可以不管不顾，所以尽管有五个姑娘，一个儿子，可光景过得很是不尽人意，五个姑娘，都是因为喝上人家的酒，答应了人家孩子的婚事，其中两个姑娘远嫁河北武安农村，生活得很一般。唯一的儿子因为坐监多年，出狱后，费了不少周折，才找到合适的媳妇。

说是祖坟，其实只有两代人，爷爷的父母和爷爷、奶奶，爷爷那辈也是弟兄二人，父亲是过继给他二叔的，本来二爷爷捡了一个孩子，但不知为什么，相处得很一般，所以就把父亲过继了过来，李家的真正后代只有父亲一人。所有这些，父亲从没有告诉过我，我有时听大伯说说，更多的是从别人的口里打听来的。

二爷爷，也就是父亲过继过来的，算是我的亲爷爷，一生娶过三个老婆，我只见过最后一位，常听母亲念叨，多么多么的可恶，那时我很小，爷爷已经过世，我感觉后祖母对我还是挺亲的，好歹她当时也快七十岁了，对晚辈不再有那么多的恩恩怨怨了，如今三个奶奶都躺在了爷爷身旁，不知地下的爷爷做何感想。

爷爷是经营皮房的，就像《走西口》里开的皮房一样，父亲曾经说过我们家当初开的皮房不比电视剧里面的规模小。

从我和大伯、父亲的接触中发现，他们两人虽然是同母异父，但相同点却是一致的，就是不负责任，什么事情都喜欢将就，所以我亲眼见到合葬时用来给爷爷、奶奶们拾“干骨”的匣子都是透风漏气的，是大伯自己用木头胡乱定制的，父亲见到后却没提一点反对意见，可见两人是多么的相似。

跪在祖坟前，心里竟不知想些什么，最后去世的奶奶走了也有快三十年了，祖坟前杂草丛生，三个坟堆都已经快看不出形状了。当时大伯在坟堆周围种了许多槐树，可树长大了影响别人种地，被种地的人砍了。只是大伯种槐树的时候就要了心眼，怕种地的人侵占了坟地，所以选择了槐树。槐树这东西越砍越旺，所以种地的人也越来越生气，把地里的杂草、犁地剩下的茬子统统地堆在了坟堆上，为此叔伯弟弟跟人家生了不少气，还打电话告诉了父亲。父亲听了像没事似的，说乱点乱点吧，抱着一种无所谓的态度。后来我出面同村里协商，买了坟地周围一点地，但要等到秋后划出来。不管怎样，总算是给先人们争取到了一点宽松的环境，如果说我对祖坟有什么贡献的话，我想只有这些了。

第三辑　垂钓人生

静夜垂钓沁河岸

在家乡，秋天还有一个好去处，那就是沁河岸边。下午下班后，爱好钓鱼的朋友，三人一组，两人一伙，或驱车，或骑摩托，还有骑自行车的，沿着百十公里的河岸一字排开，开车的，跑得较远些，骑摩托或骑自行车的就在县城附近，但钓上钓不上鱼可就不好说了，全靠技术、鱼饵、天气和运气了，不过稍远一点的地方，还是好钓些，不仅仅是鱼多一点，更是一个享受清静的好地方。我也想不起自己从什么时候起，和钓鱼结下了不解之缘，只是每年一到秋季，内心总有一种冲动，渴望拿起鱼竿坐在河边，静静地享受那份宁静，感受鱼儿咬钩的瞬间，那是一种用语言无法描述的心情，是一种局外人无法体会到的快乐。这种快乐超越了钓鱼本身的意义，成了留在心底永远的秘密。

其实，钓鱼不只是种单纯的享受，尤其是在野外钓鱼，那是一种忍力和耐力的极限挑战，是一种意志力坚强与否的综合考验。在这里，你没有依靠，没有外援，遇到任何情况，都靠个人处理，有时还会面临许多危险，如上游的洪水，河边草地里的蛇虫，这都需要你临场判断，采取可行的措施，化解危险，达到钓上鱼的目的。

钓鱼还是一门很深的学问，从鱼竿、鱼线的选择，鱼钩的大小，到鱼食用料，确实有不少讲究，如果你不用心去揣摩，是钓不到鱼的，有时尽管钓到了，那是你的运气，除此之外，你将一无所获。钓鱼者一般选择都是在夜晚，白天鱼是不好上钩的，这也许和鱼的生活习性有关，也和环境有较大的关系，因为晚上比较安静，鱼喜欢出来寻找食物，特别是鲶鱼，更喜夜晚活动。不过鱼终究是鱼，它是斗不过人的，还是被钓鱼的人抓住了活动规律和贪吃的本性，被钓也就成了必然。

夜幕降临的河面上，万籁俱寂，渔友们为了不互相打扰，大都相隔得很远，只能看到不时闪现的手电光，一般是听不到人声的，耳边只有流水发出的哗哗声，在寂静的夜里，特别清晰可闻。此刻一个人手里握着鱼竿，屏住呼吸，全神贯注地等待着鱼咬钩的瞬间。如果有鱼咬钩，你通过手握的渔竿是可以感觉到的，那种感觉真的很奇妙，奇妙得无法形容。鱼一般都会做出试探性的动作，尤其是大一点的鱼，或者受过惊吓的鱼更加敏感。所以想钓到鱼，千万不能着急。等鱼排除了危险，它才会猛然下口，这时你会感觉到鱼线一紧，赶紧用力一挑，鱼就被钩住了。然后一手抓住鱼竿，一手转动滑轮，鱼就会被慢慢地拖到岸边，到了岸边的时候，你用力往岸上一挑，鱼就被甩在了岸上，一条大鱼被你捕获了。整个钓鱼过程看似简单，确实需要很高的技术，不然的话，你是无法独立完成的。

我学会钓鱼已经好多年了，以前不喜好钓鱼，坐在那里感觉很无聊，可自从经历了太多的变故，我逐渐把钓鱼当成了排解心中烦恼的方式，并一直保持了下来。一人独坐河岸，头脑里只有晃动的鱼竿和想象中的鱼，远处时不时传来野鸭的叫声和鱼翻腾的声音，使寂静的夜一下子生动了起来。离开了嘈杂的县城，抛却了一切烦恼和忧愁，只有这时，你才可以什么都不去想，什么都不用做，你才会感到，整个的世界都会属于你一个人，突然间便有了一种超脱尘世的感觉。王安石在《游褒婵山记》中写道："夫夷以近，则游者众；险以远，则至者少。而世之奇伟、瑰怪、非常之观，常在于险远，而人之所罕至焉，故非有志者不能至也。"他讲的肯定不是钓鱼的道理，但对于钓鱼者同样适用，近的地方，肯定钓鱼的人多，而险远的地方，去的人较少。而鱼多的地方常在险远的地方，如果你不费一番功夫，去别人不敢去的地方，你肯定不会有好的收获。其实，不论做什么，都必须下定决心，吃别人不能吃的苦，受别人不能受的罪，对所从事的每项工作，都做到用心去琢磨，用心去思考。这样，你成功的概率就会大大增强。钓鱼本身并没有什么，就看你如何去把握，既不能玩物丧志，荒废工作，还要陶冶性情，化解烦恼。如果真做到了，何乐而不为呢！

有人说："人生是一盘棋，需要太多的拼杀，有的人会轰轰烈烈，以勇士笑傲于江湖；有的则丢盔弃甲，以惨烈隐遁于世。”其实，一切的一切，又都算得了什么，只不过是一场游戏而已。刘邦和项羽，两个盖世的英雄，虽然项羽兵败自刎，刘邦做了皇帝，但千年之后，人生的输赢又算得了什么。有人说：“人生又不是一盘棋，它有别于见一格布一局的棋盘，有别于茶余饭后的片刻消闲。但游戏人生的人，终归是上不了棋盘的。”细想自己活过来的几十年，没有太多争名，没有过多逐利，一切的一切，就像在河边钓鱼，只求一分宁静，一分坦然。

喜欢在河边钓鱼的日子，喜欢无忧无虑的生活，喜欢一切的平和与自然。人，只有在这样的环境里，才可以物我两忘，才可以感受大自然带给我们的神奇，才会给自己的身心放个假。亲爱的朋友，如果您有机会，来这里感受一下，您肯定会得到意想不到的收获。

关于羊的随想

生肖羊年，我突然有了想写写羊的想法，没有什么特别的原因，是因为父亲、我、孩子都属羊，所以对羊的感情较深一些。

羊是一种普通的动物，也许在动物界，羊属于最善良的动物。你看它的眼睛，写满了善良和温情，我敢说，在动物界，羊从来就不会有恶意。我曾经无数次地观察过羊，无论是绵羊还是山羊，无论雌雄老少，无论黑羊白羊，都有着好看的眼睛，它的睫毛细密而绵长，一双黑亮的眸子，透着悠悠的光，仿佛是一汪深泉，让人不由得心生怜悯。

羊有角，那是为抵御侵害而生的，一般很少派上用场。羊角是美丽的，更像是一件对称的艺术品，高高耸立在羊头上，又如挺立的哨兵，守护着自己的安全。不过，最美丽的羊角要数藏羚羊了，简直可以同梅花鹿的角相媲美了。可是，近年来，无数贪婪的人们，为了自己的私利，远赴可可西里非法猎杀藏羚羊，使藏羚羊的生存状况岌岌可危。

羊主要的食物就是草了，它食用的草没有什么可挑拣，凡草都可啃噬，羊的牙齿是坚硬的，我曾经见过被羊啃过树皮的树，光滑得如被木匠的刨子刨过一样。羊吃草的样子很优雅，仿佛是不经意间就完成了。羊善于攀崖，多陡的地方都可以上去，羊脚站立的地方，人是站不住的，有几次，我在崖下看到吃草的羊几乎摇摇欲坠了，有时心都悬了起来，可从来没有听说或看到过有羊从山崖上掉下来摔死。在家乡，羊是随处可见的，春天和秋天的时候，一个人来到山坡上，躺在被太阳烤热的草地上，闻着透着羊味的草香，突然就有了一丝的感动，这里的每片草地，都曾经被羊咀嚼过，大地都是羊的乐园，想想羊的生存空间如此辽阔，心胸也一下子宽敞了起来。

羊的蹄子很小，它迈步的时候很轻，像是怕把小草踏碎。所以，从古至今，凡是被羊踩过的地方，是不会留下痕迹的，这也许是羊最大的优点。小的时候，学校每次布置的为生产队积肥的任务，我最爱捡的就是羊粪蛋了，手提小筐，顺着山间小道，你可以看到满地乱滚的黑色羊粪蛋，用手轻轻地捡起来，丢在筐里，心里的喜悦之情难以言表。羊粪是最洁净的，从摔碎的粪蛋蛋里，你可以嗅到淡淡的草的清香。每年清明前后，如果赶上好的雨天，你就可以在草丛里拣到可以食用的黑色的地皮，据说，地皮就是羊粪蛋蛋变来的。

羊的一生，温顺善良、朴实无华，从不与任何动物争高低，它与任何动物都友好相处，它默默地生、悄悄地长，只是为人类奉献精美的食粮。

我曾经无数次观察过我周围属羊的同学和朋友，清一色地与人为善，与世无争，就是遇到不顺心的事情，也是深深地埋在心底，从不抱怨，好像他们生来就铸就了诚心待人接物的品质，总是把美好的一面留给大家。

亲爱的朋友，如果你也属羊，在看到了羊的许多优点后，是不是不再抱怨属羊的人命苦，而是为自己属羊而感到自豪呢?

渐逝的年味

不知是因为自己年龄大了，还是心态老了，总感觉这年是越过越淡了，从孩提时候盼过年，到年少时候想过年，到青年时期混过年，再到中年时期怕过年，不同的年龄阶段，对过年都有不同的想法，但有一点却是不能否定的，那就是越来越淡的年味。

过年了，候机场、火车站、汽车站依然挤满了回家的旅客，大街上、商场里依旧是人来人往、车水马龙，家家户户的窗前依旧可以听到剁饺子馅的叮当作响声，可对年的渴盼却有了不同的声音：“身在海外的游子想遥寄平安，出门打工的想回家看看，上学的孩子盼望得到休整，上班的人们想享受清闲，在家的老人想和儿女们团圆。”可在这一切的背后，浓浓的年味却还是淡了。

也许是高效率、快节奏的生活改变了人们，也许是繁忙的工作制约了人们，也许是高科技的东西占据了人们的空间，又也许是时代的发展改变了人们的思维。总之，在物质生活越来越丰富的今天，人们对年的期盼不再是那么强烈，甚至一些人有了不想过年、厌倦过年的想法。

如果你稍微留心一下便不难发现，往年一进腊月，每个人都会心不在焉，尤其是一过腊月十六，就开始忙年了，总想着年前应该准备的东西，想着年前应该办的事情，但现在一切都变了，变得不再那么注重，不再那么热情，有时你甚至还会听到“过年真没意思”的言论，说这话的，既有老人，也有年轻人，既有男人，也有女人，按说时下生活是越来越好了，每个人过年的心态应该更积极，相反，除了小孩子，人们已经不再热衷于过年。

记得小时候，那时盼过年，一天等不得一天，几乎天天问母亲，过年还有几天，孩子们也经常在一起，掰着手指头算。因为过年可以穿新衣、吃大肉、放鞭炮，还可以和伙伴们提着自制的灯笼，满世界地瞎跑、游逛，整夜地趴在扑克桌上。那时候大人们过年虽然备受熬煎，要提前给孩子和老人缝制衣服，打扫房屋，洗洗涮涮，还要做各种食物，碾米推磨，做豆腐，蒸年糕，摊煎饼，不宽裕的家庭还要借钱、借粮过年，可每个人的脸上都挂着笑容，他们对生活充满了感激和热爱。

眼下的人们再也不必为过年忙碌了，馒头有人蒸，饺子有人包，各种新鲜蔬菜也是应有尽有，穿的衣物更是不用说了，什么光鲜的都有，就连初一也不用在家做饭了，饭店定一桌，吃了就走人，人们的空闲时间越来越多了，要不腊月二十几了，人们还是不紧不慢的，因为需要做的家务少得不能再少了。不少人把省下的时间用在了打麻将、斗地主、玩游戏上，自然而然对年不屑一顾了。

有时想，这也许是社会发展的必然结果吧，是物质财富的极大丰富改变了人们，有了更多的时间，更多的精力，过更悠闲的生活，对一些传统的节日不再留恋，不再期盼，过年也就成了一种象征。但我总感觉缺少了什么，还是想起以前过年，想起家家户户的忙碌，想起老人和孩子们发自内心的欢愉，想起腊月三十飘舞的雪花，想起大年初一成群结队磕头拜年，想起那浓浓的年味。多想，年味依旧！

红色的藤蔓

机关门前有两个长方形的花池，起先这里种了花草，也种过树木，周围曾经用钢筋做成围栏，来保护花草和树木，但是时间久了，不是树被折了，就是花被掐了，让人很是恼火。后来，大伙出主意，在花池里栽种了冬青，一年四季常绿，由于没有了人为的侵害，再加上精心的呵护，两个花池里的冬青长得郁郁葱葱，很招人喜爱，久而久之，竟成了机关门前的招牌，使过来过去的人们羡慕不已。

一日，请城建局的工人过来修剪，才发现南边花池里的冬青被密密麻麻的红色藤蔓所缠绕，一根接一根的，像是红色的头绳，在冬青丛中左右交织，上下交叉，从远处望去，更像是铺了一层红地毯。起初，我还想，这自然生长的藤蔓，真是恰到好处，给单调的冬青增添了色彩。不料，修剪冬青的工人告诉我，这种红色的头绳十分厉害，它能把冬青缠绕死。我凑近观看，果不其然，一棵一棵的冬青被藤蔓缠绕得几乎没有了呼吸，它的丝带竟夹进了冬青树的肉里，牢固地用手拽都拽不下来，时间长了，冬青不死也由不得它了，我一下对这红色的藤蔓产生了深深的厌恶。

可转念一想，也不尽然，红色的藤蔓虽然可恶，可是为什么在这里它有了生长的空间，两个花池，同是冬青，却只有一个里面有藤蔓，而另一个则没有。这不也说明了这个花池里的冬青喜欢红色的藤蔓，喜欢用它来给自己装扮吗？可它却忽略了在装扮自己的同时，掉进了红色藤蔓布置的陷阱，付出了生命的代价。由此，我想好看的东西，未必就是好的，像这红色的藤蔓，虽然好看，却能置冬青于死地；妖艳的罂粟，虽然风情万种，却能夺走人的生命。自然界中，美丽的陷阱随处可见。而我们的现实生活里，何尝缺少了陷阱，小说《镜花缘》里描写了一个“自诛阵”：此阵不置兵卒，而以“才贝、巴刀、水西”（即财、色、酒）布之。凡入阵之人，若无清醒头脑，见财而贪，见色而淫，见酒而醉，便在欢乐中死亡。

其实，在我们的现实生活中，红色的藤蔓、“自诛阵”等随处可见，关键要看我们如何把握自己，不被红色的藤蔓所缠绕，不被“自诛阵”所毁灭。

蚊子与小人

晚上赶写材料，眼看时候不早，索性就住在机关了。没承想，被蚊子折腾得一晚上也没睡好，你刚把灯关了，就会听到蚊子嗡嗡的叫声，它专拣你的手、脚咬，奇痒微疼，用手一挠，马上就是一个红疙瘩。等你打开灯，却总也找不到它，它躲在暗处，人发现不了的地方，趁人不注意的时候，悄悄地跑出来，狠狠地咬你一下，让人防不胜防。凡是人，几乎没有不受到蚊子攻击的，没有人不对蚊子深恶痛绝的。

由此，我想到了我们现实生活中的一些人，他们同蚊子几乎有着相同的秉性，表面上嘻嘻哈哈，背地里却干着损人利己的事情，被我们习惯性地称之为小人。

小人在我们的生活中，占有不小的份额，他们往往阳奉阴违，时时处处总是盯着别人，一有机会，就会咬你一口，让你无法提防。大凡这样的人，他们的心底特别的阴暗，每天的所想所做，都是在算计别人。大凡这样的人，往往容不下任何人，一切以自我为中心，你出彩了，他嫉妒；你倒霉了，他笑话。大凡这样的人，没有一点善良的心态，他们总是把别人想得很坏，所谓“用小人之心度君子之腹”，大概讲的就是这个道理。

小人与蚊子相同，主要是因为它们有着一样的秉性，都喜欢阴暗，从不敢在光天化日下出现。蚊子攻击人的时候，往往选择在黑夜，人已经熟睡，没有任何防备的时候。如果有灯光，它们是不敢近身的。同样，小人攻击人，总是在人的背后下手，不过，他们比蚊子更善于伪装，在某种程度上，小人比蚊子更可恶。

在文学作品中，也有小人得志的时候，像晋国的屠岸贾、秦国的赵高、

《水浒传》里的陆谦、《杨家将》里的潘仁美等，虽然他们得了一时之快，却终将被历史的车轮碾得粉碎。

其实，做人就应该坦坦荡荡，做人就应该光明磊落，学学我们无数的革命前辈吧，把心胸放得宽些再宽些吧，让那些龌龊的小人之举，让那些见不得人的东西，都滚蛋吧，我们的社会是一个和谐的社会，是一个充满爱心和友善的大家庭。

秋天来了

早上起来出门，迎面一阵凉风袭来，浑身顿觉得清爽了许多。登上660级台阶的荀子公园，更觉得心旷神怡，神清气爽，往日的热浪已被阵阵清凉所代替，虽然还未出中伏，立秋的气息便明显强了起来，一年里的秋天又翩然而至了。抬眼向远方望去，天空高远、白云翻腾，被群山环抱的小城清新、靓丽，胸中瞬间涌起了阵阵波涛，毛泽东同志的《清平乐·六盘山》脱口而出："天高云淡，望断南飞雁。不到长城非好汉，屈指行程二万。六盘山上高峰，红旗漫卷西风。今日长缨在手，何时缚住苍龙？"领袖博大的胸怀，豪迈的气势，让无数人为之折服。

古今中外，不知有多少文人墨客描述了秋天的景象，但所有的描写似乎都是根据自己当时的心境决定的，有写秋天美丽的自然风光和丰收景象的，如唐刘禹锡的《秋词》："自古逢秋悲寂寥，我言秋日胜春朝。晴空一鹤排云上，便引诗情到碧霄。"更有写丰收的诗："缤纷五彩绘秋田，遍地红椒醉万千。稻海翻腾金色浪，高粱风涌赤红帆。葡萄似瑙枝头荡，苹果如灯树上悬。喜看农民怡笑脸，丰登五谷话丰年。"有写秋天肃杀的气氛和寂寥的心境的。如唐杜甫的《登高》："风急天高猿啸哀，渚清沙白鸟飞回。无边落木萧萧下，不尽长江滚滚来。万里悲秋常作客，百年多病独登台。艰难苦恨繁霜鬓，潦倒新停浊酒杯。"但不管作者写作的目的如何，出发点怎样，秋天的美丽是挡不住的，它不仅仅表现自然风光秀丽，更体现了收获的喜悦。尤其是农民，那种兴奋是透在心底，甜在心里的。

站在高高的山冈上，思绪也随着漫天的云雾在飘荡，我想到了人生的秋天，按说四十岁的年纪，已经进入人生的秋天了，可自己的收获又在哪里呀，走过太多的弯路，误入太多的泥潭，失去了许多，在丰收的季节里感觉自己却在收获着些许的悲凉。

人生是没有后悔药的，就像自然界的秋天一样，不会因为春天没有种好而重新开始。要想有收获，只有等到下一个春天去努力。面对人生的秋天，我也应该认真总结自己，反思自己，努力改变自己，好好把握自己，争取在下一个秋天有一个好的收获。

让清凉的秋风尽快吹走夏的酷热，也让它吹走头脑里的酷热吧！

“况山”前的思考

时光似流水，无情而又浪漫，眼看着“六九”已过，“七九”开始。常言道：“七九河开、八九雁来。”每年到了这几天，春天就像赶趟似的，你追我赶，一天一个变化，一天一个惊喜，丝毫没有给人留余地的机会。

站在三楼办公室的玻璃窗前，眼望着近在咫尺的“况山”，竟发现突然间亲切了许多，再过个把月，满山的桃花、杏花就要竞相开放，翠绿的松树也要长出新的嫩芽，不知名的小草即将绿满山谷，“况山”又将重新迎来生机盎然的春天。

“况山”本不叫“况山”，打小起就听老人讲它叫“赵谷堆”或者“赵疙堆”，具体是哪三个字，我至今也搞不明白。前几年在刊物上看到过介绍它的文章，故乡最早为赵国封地，称之为“赵谷堆”或“赵疙堆”都不为过，也许它当时是赵国的一个土堆罢了，也可能有什么别的特殊的意义，只是时间太久远了，又没有什么记载，至于后人称呼它是什么，也只能靠代代相传了。

小的时候，没有什么可玩的地方，“赵谷堆”曾是我们不错的一个选择，以至于在本县上了高中，还是经常爬上爬下的，山上没有路，只有一些上山的小道，上去的人也不多，只是在采蘑菇的季节，山上的人才会多起来，后来山上修建了电视转播塔，上山的人自然多了起来，为了看护转播塔的工人方便，还在上面修了房子，看塔的工人闲下的时候，在周围开荒种了地，把一个本来很荒凉的地方变成了人可以居住的地方。

把“赵谷堆”更名为“况山”还是近年的事。因为经过考证，荀子故里有临猗、安泽、新绛、河北邯郸等多种说法。其中，网络显示最多的是荀子为山西安泽人，既然是安泽人，就应该给老人家找一个立足的地方，要不作为荀子的后代或故乡人也太不够意思了。“赵谷堆”紧邻县城，脚下就是沁河，依山傍水，确实是难得的一块圣地，于是当地人在“赵谷堆”上立了荀子像，在半山上修建了荀子大殿，在山脚下修建了山门等建筑，于是昔日“赵谷堆”也就变成了今日“况山”。

“况山”上的绿化本来就不错，自从开发为荀子文化园后，绿化的步伐加大了，县城各单位分片包干，把以前的荒山全部种上了桃树、杏树、松树和侧柏，形成了梯级型的绿化带，一月一个景，一山一个色，“况山”变成了景观，为前来观光旅游的人带来了美的享受。

荀子是古代著名的政治家、思想家、文学家，儒家学派的代表人物，曾三为齐国稷下学宫祭酒，备受推崇，作为老师，韩非、李斯皆为其学生。三十二篇著作穿越时空，国之瑰宝，史学明鉴，其“吾尝终日而思矣，不如须臾之所学也”，“积土成山，风雨兴焉；积水成渊，蛟龙生焉；积善成德，而神明自得，圣心备焉。故不积跬步，无以至千里，不积小流，无以成江海”。“青，取之于蓝，而青于蓝；冰，水为之，而寒于水”，“水则载舟，水则覆舟”；“法礼兼用”等思想，对两千多年的封建社会产生了深远的影响，直到今天还被广泛应用。

至今安泽县委、县政府已经连续成功举办了三届荀子文化节，打响了文化强县的品牌，荀子文化公园的建设已初具规模，有关荀子文化的研讨会、诗词、绘画展览等活动连续举办，《荀子故里话荀子》系列丛书等一批文学作品相继问世，荀子在游学2000多年后终于魂归故里。

其实，在安泽知道荀子的人不少，但知道他的三十二篇著作，知道著作内容的人很少，更别说深入研究和挖掘了。我想我们在建设荀子文化品牌的同时，是否也要注重荀子文化的弘扬，使先哲不但魂归故里，更让他神归故里，这样，葬在山东兰陵的荀子一定会倍感欣慰的。

一年又一年

时间过得真快，还没感觉到什么，今天已经是正月十一了，这年过得竟越来越快了，十几天的时间，仿佛是一下子过去了。想想人生，也和这过年一样，一年又一年，只是瞬间的事。想到这，不由得想起了过去的生活。

小的时候，生活得很艰难，我们居住在一个大院里西面的两间土坯房里，说是两间，其实只是一坡房，面积不足20平方米，周围透风漏气，一家老小挤在一个土炕上，冬天取暖全靠做饭的余火，再盖点拣来的炭渣，晚上不过八点，火就熄灭了。早上起来，家里的水缸都能结了冰。就是这样的环境，母亲告诉我，房子当时还是租借别人的，后来经济稍微宽裕后，才从主家手里买了回来。当时全家人每月只有八两油，炒菜的时候，母亲只是用油瘩子（专门用布绑在筷子上）在锅里蘸一下，就把葱花放进去了。早晚肯定是粗粮，只有中午才可能吃到面条，母亲也是变着花样在调剂，但无奈粗粮多、细粮少，穿的衣服当然也是打着补丁的。那时孩子们最盼望的是过年，因为过年不但可以吃到各式油炸食品和白面馒头，还可以穿到新衣服（手工缝制的），这一身衣服，一般是要穿一年的。伙伴们走在街上，口袋里装着拆开的小鞭炮，不时插在墙洞里放一个，就感觉自己是世上最幸福的人了。

稍大的时候，仍然盼望的是过年，因为过年的黄衣服、蓝裤子太吸引人了，是孩子们一年的期盼，穿上它别提多精神了，如果再有一顶别有红五星的帽子，那就更神气得不得了，不知会招来伙伴们多少羡慕的目光。那时全然体会不到父母的艰辛，也感觉不到家的寒酸，只想着能在伙伴们面前抖一抖。

再大一点过年的时候，知道了父母的不易，开始帮父母干活，推碾磨面、劈柴火、拣炭核、打扫房屋、张贴对联，凡是我这么大孩子能做的，我都尽力去做。尽管能干点活了，可对年的渴望依旧是强烈的，总觉得等待过年的过程是如此的漫长。

上班了，过年的时候，有了自己的工资，可以为家里购买年货了，还可以为弟弟、妹妹增添点衣物，心里有说不出的高兴，毕竟自己长大成人了。那时过年，生活已经有了极大的改善，吃的、喝的、穿的，应有尽有，过年了，全家人兴高采烈、其乐融融。

转眼间，自己结婚、成家，也有了孩子，过年不再是个人的事，既要考虑老人，又要考虑孩子。不过那时，也没有感觉到过年有多快，日子还是平静似水，只不过从初一到十五，多了挨家挨户喝酒的程序，喝完酒，不是扑克就是麻将，一整夜就熬过去了，等到上班的时候，人还是昏天黑地的，心还不知道在哪呢。

感觉到年过得快的还是最近几年，不知是工作上的事忙了，还是家里的事多了，反正也分不太清楚，每天都感觉忙忙碌碌，心里没有轻松的时候，日子过得真像走马灯似的，一晃一年就没了，根本感觉不到什么，这不是今年一过，孩子都已经十八岁了，自己还能年轻起来吗?

一年又一年，我们普通人都是这样走过的，工作上的磕磕绊绊，家里面的柴米油盐，社会上的大事小情，构成了我们生活的全部。一年又一年，脚步不会停止，生命不会重来。让我们学会珍惜，珍惜父母，珍惜孩子，珍惜工作，珍惜生活中的一切，在有限的生命里，焕发出新的光彩。

第四辑　生活感悟

生活中应多一点宽容

昨日，刚回到家里，女儿便告诉我，脚被开水烫伤了。我问道："咋烫的？"她说："和妈妈出去吃饭的时候，在饭店用暖瓶倒开水，刚拎起来，暖瓶把手断了，结果暖瓶掉在地上碎了，开水溅到了脚上。"还好，烫得不算严重，饭店老板一直道歉并给女儿涂了药，女儿也一直在讲："阿姨，没事的。"妻子也挺宽容，结了账便回了家，虽然女儿的脚很疼，后来都蜕了皮，可没有给饭店找任何麻烦。

说这事的时候，妻子给我讲起了她单位同事身上发生的两件事，一件是在女儿脚被烫的同一个饭店，单位的同事同她的女儿在那里吃饭，吃到最后，女儿的碗里发现了一个小虫子，这位同事便抓住了把柄，不但女儿吃过的面不给钱，连自己吃的那一碗也不给钱了；另一件是在临汾买衣服，在某个商店，妻子同她的同事买衣服，服务员没注意她们，往后退的时候，不小心把妻子同事的脚踩了。按说这也不是什么大事，服务员马上不停地道歉，可妻子的同事却不依不饶，非要人家赔她30元，服务员可能刚到此店打工，根本拿不出30元，无奈地说："赔给你一双袜子吧，这也卖十几元呢！"拿到袜子，她的同事还不算完，又跟服务员硬要了10元钱才算了事。

我听妻子讲了这两件事，心里竟像堵了什么东西似的，也不知什么滋味，按说这两件事都是小事，可偏偏遇到这样的人，小事便不再小了。其实，我们在生活当中，经常会遇到意想不到的、各种各样的、这样或那样的事，好多事并不是有意而为之，如果我们在处理事情的时候，能够相互体谅，将心比心，多一点宽容，少一点尖刻，人与人之间的感情就会加深。如果不管什么事，统统一味拿钱去衡量，久而久之，我们人与人之间的关系就会淡化。近来，有报道说“某某老人讹钱的事”，更让人觉得心寒，不知这位老人是真的活不下去了，还是专门干这营生的，不管怎样，这种行为是令人所不齿的。当今社会不缺乏爱心和善良，当别人遇到困难时，特别是面临生命危险的时候，许多好心人都会挺身而出。然而，越来越多的讹钱事件，让许多有爱心的人，在面临别人需要援助的时候，最终停下了脚步。

生活中，学会宽容，学会真诚，学会善待他人，对我们每一个人来讲，都是至关重要的。

生命需要爱的呵护

一个月前，机关为了美化环境，把位于办公楼西面的花池改换成了水泥平台，光秃秃的。很难看，于是大家想种几棵树。选来选去，最后选定了在我们这里还不多见的龙爪槐。龙爪槐属于国槐的一种，只不过树型是冠状的，远远望去，就像是蘑菇，煞是美观。

说干就干，大家一起动手，把树坑挖好，从苗圃拉回了树苗，说是树苗，其实树已经很大了，听苗圃的师傅说，树龄应该在五六年以上。从下午一直忙活到晚上10点，终于把树种好了，望着自己的劳动成果，心里有说不出的高兴。

从此，我的工作中又多了一道程序，有事没事，总到树跟前转转，每天下午，组织大家给树浇浇水。可没想到的是，树竟一个接一个地干枯了，原先密密的绿叶子，转眼间成了干树叶，我的心里别提多难过了。

原来我们种树的时间太迟了，早已错过了最佳的种树时机，再一个就是树本来很大，成活的概率降低了。周围的同事，也没有一个认为这树还能活，但我仍不死心，“死马当活马医”，我坚持每天给树浇水。

有一天，我惊奇地发现，中间的一棵树，干枯的枝叶上，竟然有了一点绿色，接着竟长出了绿芽。我的心一下子就像进入了春天，别提多高兴，希望终于出现了。我马上把自己的发现告诉了机关曾经种树、浇水的同事。大家都对树有了更多的关注，隔了几天，又有第二棵树长出了小小的叶子，接着第三棵、第四棵树……在我们的精心呵护下，树终于跨过了死神的边缘。

由此，我想到了我们人类，我们的生命也需要爱的呵护，小的时候，父母给了我们爱的呵护；上学的时候，老师给了我们爱的呵护；上班了，单位领导同样把爱的呵护给了我们。我们每个人的生命里都注满了爱的呵护，如果我们每个人，都把这种爱的呵护传递给我们周围的老人、孩子、残疾人以及所有需要帮助的人们，那么我们的社会就会更加和谐。

树活了，它享受了爱的呵护，人如果有了爱的呵护，是否会有一样的结果，我想，答案是肯定的。这时我想起了韦唯演唱的《爱的奉献》，“假如人人都献出一点爱，世界将变成美好的人间”。

这条小鱼在乎

在朋友家坐着聊天，偶然看到一本小学课本，心不在焉地胡乱翻着，却看到了《浅水洼里的鱼》，虽然文章很短，故事很简单，但给我的震撼却是强烈的。文章是这样写的：

清晨，我来到河边散步。走着走着，我发现在沙滩的浅水洼里，有许多小鱼。它们被困在水洼里，回不了大海里。被困的小鱼，也许有几百条，甚至几千条。用不了多久，浅水洼里的水就会被沙粒吸干，被太阳蒸干，这些小鱼都会干死。

我继续朝前走着，忽然看见前面有一个小男孩。他走得很慢，不停地在每个水洼前弯下腰去，捡起里面的小鱼，用力地把它们扔回大海。

看了一会儿，我忍不住走过去对小男孩说："水洼里有成百上千条小鱼，你是捡不完的。"

"我知道。"小男孩头也不抬地回答。

"那你为什么还在捡？谁在乎呢？"

"这条小鱼在乎！"男孩一边回答，一边捡起一条小鱼扔进大海。他不停地捡鱼扔鱼，不停地念叨着："这条在乎，这条也在乎！还有这一条这一条、这一条……

这个故事告诉了我们什么？一是小男孩有着善心和爱心，小小的年纪，就珍视每一条生命，他的举动是善意的，是充满爱心的，他这样做的目的是为了挽救生命；二是小男孩很坚韧，他不考虑能做多少，考虑的是能救一条算一条，绝不轻言放弃，他的脑子里只有一个信念，那就是“这条小鱼在乎”。

这是一个小得不能再小的故事，简单得近乎白描，但却经常发生在我们的身边，被我们所忽视。其实，我们并不是视而不见，也不是忽视，而是我们早已没有了这种坚韧，没有了耐心、恒心和善心。人们常讲：“童心可贵”，有时孩子能做到的，大人未必能做到。

“这条小鱼在乎”，爱心和信念铸就了生命的永恒、恒心和毅力，成就了事业的辉煌。如果我们每个人都能像小男孩一样，始终抱着“这条小鱼在乎”的信念，把爱传递给每一个需要帮助的人，那我们的社会一定会更加阳光灿烂。

人生"≠"十分钟

退出全省信息软件技能比武的现场，心情一下子变得沉重，沉重得仿佛跌入生命的低谷，紧张、无奈、绝望、懊悔，以至于不知所措。短短的十分钟，像是过了一个世纪，在走进考场的瞬间，还在拼命地告诫自己，一定要镇定。可是，进入考场，好像就不是自己了，就连平常玩来玩去的小小鼠标，也像是有了魔力似的，完全不听使唤，最终还是自己打败了自己。

考前的准备、考前的努力、考前的信誓旦旦、考前的奋力冲刺，在现实面前，统统等于零，一时心如死灰，万念俱灭。这种结局，似乎在预料之中，又似乎在意料之外，因为一切皆有可能。

每个人都有自己的梦想，每个人都想功成名就，谁不盼望"人前显圣、傲里夺尊"。然而，现实是残酷的，事实摆在那里，你虽然有一千个理由，一万个借口，但结果只能说明，你是一个失败者。

常言道："要得惊人艺，须下苦功夫。"每一个成功的背后，都是靠心血和汗水浇筑而成，天上永远掉不下来馅饼，一切的一切，全部取决于个人努力。

望着满场欢呼的兄弟地市，望着辛苦了几天的带队领导，望着付出了心血的辅导老师，望着在一起共同学习了三天的同事，大家的心情是可想而知的，我敢说，没有什么比这场面更尴尬了，没有什么比这更让人感到痛心了。一路的无语，一路的沉默，每个人的心情是不言而喻的。

人的一生中有很多"十分钟"，而这次的"十分钟"，却是刻骨铭心的。这次经历如同医生楔进伤骨的一根钢钉，时间长了似乎忘记了它的存在，但无论过了多少年，阴雨天的时候，那个地方仍会隐隐作痛。

其实，更应该反思的是我们自己，日常重视不够，实际操作不熟练，基本功不扎实，等等，都是我们致命的弱点，而这些又都是我们每个人心知肚明的，关键是如何去克服，如何去改变，不能“好了伤疤忘了疼”。

“十分钟”，对于我们每个人的生命来说，也许并不足惜，一次“十分钟”的考场经历也许说明不了太多问题，但是留给我们的记忆和教训却是惨痛的。也许，我们以后还要面临许多新的“十分钟”，这就要求我们抱着平和的心态，正确地对待得与失，正确地看待自己，成功也好，失败也罢，我们都应该从容面对，“不以物喜，不以己悲”。失败算不了什么，我们应该努力去正视它，并不断去改变它，只要不失去自强的勇气，我们就有机会重新夺取我们失去的“十分钟”。我深信，只要我们共同努力，把握住我们人生的每一个“十分钟”，那么我们的生命一定会焕发出新的色彩。

改　稿

说实在的，我很少改稿子，尤其是博客上的，总是一遍成功，随心所欲，享受的是心情释放的过程，所以错别字连篇，逻辑关系、句式结构、标点符号等方面存在许多问题，自己也知道，可是很难回头，总觉得又不是要发表，自己写给自己看的，好坏无所谓。可是，最近由于县作协准备出刊物，从中选取了部分文章，不改不行了。没想到，许多文章回头看看、改改，需要改动的地方简直太多了。

先说错别字，可以用连篇来形容了，自己平常很难找出来，在粗粗校对了一遍后，匆匆交给了一个非常有责任心的文友，这一找还真是不少，一篇文章中少的地方也有十几处，有的字还经常混用，比如“的、地、得”的混用，“象和像”“那和哪”的不分，等等，都是一些常识性的东西，在我这里全成了问题，等负责校对的文友告诉我的时候，才恍然大悟，一想也对，平常随意惯了，再说自己讲话时发音经常发错，有时女儿听到了，给当场纠正，自己还不以为然，写下的文章肯定更难改动了。

再说语句，也是随着自己的性子来的，根本没有考虑到用得对不对，合适不合适，最好笑的是，还把词语用颠倒了，比如“阳奉阴违”，在我脑子里的老印象是“阴奉阳违”。“牛年马月”，一直想着是“驴年马月”，等等，这些日常用语，平常根本不留心。更别说其他方面的问题了，常常是这个问题还没完，意思还没有表达清楚，又转到别的方面了，不伦不类的地方多得是，真是不改不知道，一改吓一跳。

仔细想想，出现这样或那样的问题，关键是自己文化底子薄，充其量高中毕业，其实连高中都没念完，就上班了。以前上学时，经常抱着厚厚的小说看热闹，名著几乎一篇也没有读过，更别说学习写作技巧了，等到上班了，业余时间都消耗在“玩”上，打打扑克，喝喝酒，每天晃过来悠过去，无所事事，可就是对看书不感兴趣，稀里糊涂地混了十年。等想要写点东西时，已经是上班十年后，被分到地税局办公室的时候，新的机构刚刚成立，各方面的人才奇缺，虽然自己写不了什么，可还是“筷子里面拔旗杆”，硬着头皮上了。当时写作，只是很简单地编发信息，写写总结，当然标准都是很低的。曾记得当时的局长对这方面挺重视，并给了我许多的指导。有一次写一篇反映地税干部在全县开人代会期间宣传税法，上门送宣传材料的文稿，写好后，将文稿拿给局长看，局长看后把标题改为“人代会前十分钟”，这一改，整个文稿立马有了动感，使人一看标题就有了兴趣，结果文稿被省局选用转发了。这件事给我的启发很大，没想到小小的文稿还有这么大的学问，从此，我开始注重写作，开始翻阅一些刊物和资料，查看一些工具书，为自己写点小东西做铺垫，一来二去，文稿的编发率明显上升，信息、简报、征文经常被省、市局采用，《一位老检察长的情怀》还获得了1998年《税收征管与山西经济》有奖征文一等奖，《一位视税收为第一的经理》上了《中国税务》杂志，《山乡小所不寂寞》等在《税收与企业》杂志上发表，自己写作的积极性逐步提高了。

尽管这样，自己的局限性还是很大的，信息也好，简报也罢，都是简单的，供内部学习的东西，不需要太深太细，更不需要过多润色，把事情交代清楚即可，所以文字表达的要求也就不是很严格，自己养成了不严谨的坏毛病，同时办公室杂事繁多，多少也影响了阅读。下班回家往床上一歪，常常以电视为伍，虽然有时也读书，可除非是急着用的，根本没有阅读的习惯，所以在写文章方面自己像只井底之蛙，没见过大世面。

这次修改稿子，对自己的触动很大。无论做什么，认真是首要的，而这恰恰是自己所缺乏的。再者应该坚持阅读，吸取别人的精华，同时改掉自己不注重修改稿子的坏毛病。写文章不能只顾量而忽视质，应该养成良好的习惯，把“改”字牢记心间。

幸福的感觉

昨天晚上，我们单位的踢踏舞经过了最后一次的彩排，今天晚上就要表演了。在彩排结束的瞬间，我突然感觉到了一种久违的快乐，一股暖流瞬间涌上心头，觉着自己幸福极了。

也许，这就是幸福的感觉，在你苦苦寻觅，又苦苦期盼的时候，不经意间，像一个幽灵，突然闯进了你的心房。这瞬间的激动，让你觉得，你就是世界上最幸福的人。

一个月前，我接受了局长的委托，开始带领大家排练踢踏舞，组织人员、联系场地、聘请老师、带头训练，每天还要处理工作上的事情，排练时又遇到许多意想不到的困难，不顺心的事时有发生，有时竟堵得心里满满的，真想撂挑子不干了。可机关是一个整体，精神文明建设代表的是机关的形象，作为班子成员，我不应该有这样的想法，虽然心里纠结，但还是一天天坚持了下来。

时间像流水，虽然悄无声息，但流过的地方还是留下了痕迹，我们的踢踏舞，也在流水般的日子里，慢慢地长进着，一点点地熟练着，尽管中间有许多磕磕绊绊，但还是一天天进步着。有一天我突然发现我们的踢踏舞基本成型了，有了舞蹈的韵味，有了整体的美感，有了整齐划一的动作。这时我才想到，其实我们中的每一个人都是优秀的，大家都是努力的。

我们每天的生活半径就是这样，家、单位；单位，家；工作、生活；生活、工作，简单重复，重复简单，在这样单调平凡的日子里，我们每天都在寻找属于自己的快乐和幸福。领导的一次关怀、同事的一声问候、工作中的一点收获、家中孩子的一声爸妈，都会给我们带来幸福的感觉。就像我们曾经看过的电视剧《幸福像花儿一样》，平凡的生活，平凡的人生，平凡的故事，构成了我们普通人幸福的生活。

其实，每个人幸福的感觉是不一样的，富人有富人的标准，穷人有穷人的活法，它没有一个准则，也没有一个是非界限，关键是看个人的理解和对幸福所持的态度。去年腊月，天气十分寒冷，我在回家的路上，看到经营菜店的夫妇，在零下十几摄氏度的户外招揽生意，一个帮助拣菜，一个收钱结账，冻僵的笑容定格在脸上，幸福就在他们的心里荡漾。

所以，幸福的感觉就在我们的身旁，就在每一次小小的收获和每一次小小的成功中。

回家过年

平淡的日子真如流水一般，眼看着就要过年了。这是中国人几千年的传统，是大家最看重的节日。每年到了这个时候，世界上最繁忙的春运就拉开了帷幕，回家过年几乎成了国人最大的愿望。其实，在外的每个人回到家中，就是短短的几天，走走亲戚，看看邻里和朋友，可没有这几天，一年里就好像短缺了什么。我有一个朋友，每年都是大年三十才到家，尽管从腊月三十到正月初三，在家的时间只有短短的4天，可是对于他来讲，算是完成了自己的使命似的。他说："回家过年，不仅仅是看望父母，更多的是一份离不了的乡愁。"

从上学到参加工作，我一直生活在父母的身边，每年过年自然都和父母在一起，虽然后来搬出了老院，可生活的城市，也就巴掌大的地方，单位、新居、老宅相距不到百米，每天三地来回奔跑，见父母的面很容易，根本体会不到长年在外游子的那种感觉，那种对家乡、对亲人、对故土的思念。直到2008年1月南方发生雪灾，交通不畅，广州火车站积压了大量乘客，当记者无意中采访到一个女孩的时候，才得知她一个人已经在车站广场上等了六天六夜，为的就是回家过年，看看病重的父亲。

每年的春运是交通部门最繁忙的时候，全国的交通枢纽几乎人满为患，数不清的人要回家过年，学生放假、农民工返乡，成了主流。在外一年了，都想回家看看，看看父母、妻子、儿女，拜访拜访亲朋好友。挣了钱的想回家，没有挣到钱的也想回家，家成了在外游子们心里唯一的寄托。最近我在《读者》上看到一篇文章，是写一位台湾老兵，从台湾回到大陆，一根拐杖，一头银发，满脸沧桑，颤颤巍巍。在生命即将燃尽的时刻，他还是踏上了回家的路。尽管家里可能早已没有了亲人，也没有人会认识他，可家的概念在他的脑海里已经根深蒂固。也许从这位老兵身上，你就可以想到漂泊在外的人回家的迫切了，你就不难理解火车站拥堵的人流了。

也许回家过年以后，你的感觉仍然是平平淡淡，山依旧，水依旧，故乡的面貌依旧。唯一变化的是父母日渐苍老的面容，是日渐增添的对儿女的思念。儿女们能回家过个年，也许是老人们一年的期盼。我虽然从未远行，从未离开过故土，也不可能再走出故土。但我深深理解做父母、做儿女的心情，理解游子们那一份长长的乡愁！能回家的时候，还是趁早回家过年吧！

喜欢下雨

喜欢下雨，不是一时的感情冲动，不是长久无雨的渴盼，而是一种心情的释然，一种难得的精神放松。

小的时候，下雨天似乎是孩子们玩得最开心的时候，伙伴们挽起高高的裤腿，赤着双脚，在田野和街道上来回奔跑、追逐、嬉闹，任雨水冲刷在头上、脸上以及身体的各个部位，虽然浑身淋得透湿，泥点溅得满脸都是，却全然不顾，早已把回家挨打抛到九霄云外去了。清人高鼎曾赋诗：“草长莺飞二月天，拂堤杨柳醉春烟，儿童散学归来早，忙趁东风放纸鸢。”虽然写的不是雨后的场景，但无忧无虑的孩子们始终是生活的主角。

在乡下上班的时候，下雨天，也是难得的好日子。整个世界沉浸在一片静寂之中，躺在床上，听着窗外滴滴答答的雨声和着远处传来的一两声蛙鸣，真是一种天籁的声响。有时，一个人跑到田野边，静静地走在田埂上，大片大片的玉米地一望无际，雨水滴落在玉米秆上，似乎可以听到玉米拔节时欢快的声响。或者，踏着湿润的草地，静静地走，静静地想，路旁的野花在雨中娇艳欲滴，不知名的小草挺起了绿油油的身段，毫无顾忌地东张西望。有一只青蛙突然从脚下跳起，惊得你浑身立马起了鸡皮疙瘩。常常想起诗经里面的句子：“蒹葭苍苍，白露为霜。所谓伊人，在水一方。”那时的我还在想，脚下不知名的野草，会是千年前的蒹葭吗？千年后的今天，所谓的伊人，又在哪里呀?是雨雾中那个缥缈的幻影吗？是心目中的那个她吗？戴望舒《雨巷》里“一个丁香一样的，结着愁怨的姑娘”会不会出现在这苍茫的原野上。然而，世上的美好，也许永远都在诗人的心里。

下雨天，还是喝酒的好天气，三五人凑在一起，打打“五十K”，画个

“老鳖”，再凑个份子，买几瓶酒，点两个菜，个个喝得东倒西歪，光着膀子跑到外面淋淋雨，对着无边的旷野大喊几声。那份惬意、那份悠然、那份酣畅淋漓和无拘无束，也是一种难得的心境。

人到中年，杂事繁多，我还是喜欢下雨。雨天，一个人，一把小伞，走在无边的旷野上，任四处飘浮的云雾，将你裹来裹去，整个人，整个心，融入了这静寂的世界之中。一切的烦恼、忧愁，一切的不顺心，都会随着云雾飘浮在无际的空中，真是放松身心的一个好办法。

眼下，喜欢下雨，我真希望雨能净化人的灵魂，雨能抚平人心灵的创伤。

喜欢下雨！

男人四十

男人四十，是一个成熟的标志，还是一个成熟的概念，似乎没有一个完整的定义。就像是一棵大树，已经长到了枝繁叶茂，果实遍地的时候，它不再疯长，只想着粗壮；又像是秋后正在拱子的玉米，经过了春的萌生，夏的考验，正准备在秋天一展风采。

男人四十，是一个颇有争议的阶段，年轻将不再拥有，可心还依旧。就像别人说的，处在一个既不老又不嫩的年龄，前面有了成功和失败的经验，后面还有奋斗的时间和空间。可四十岁的年龄，毕竟少了风花雪月下的浪漫，少了卿卿我我，少了血气方刚，少了一时冲动；代之而来的是异乎寻常的沉稳，是前思后想，是犹豫不决，抑或是难得的沉默。

男人四十，像是站在了整个人生的制高点上，顶起了家庭、事业、健康三座大山。上有年迈的父母，下有成长的儿女，更有离不开的事业，还有各种各样的社会关系。处在这样的年龄，一个人托起的往往是整个家庭，一个人的荣辱、一个人的成败、一个人的得失，一个人的健康，有可能影响的是一个家庭。

男人四十，并不是人们常说的“一朵花”的年龄，那只是一种向往，一种渴盼，对于大多数的男人来说，犹如过了晌午的太阳，虽然还有较高的温度，但维持的时间肯定不会太长，也许会是昙花一现，只能留下美好的回忆。唐代诗人杜甫曾作《蒹葭》：“摧折不自守，秋风吹若何。暂时花戴雪，几处叶沉波。体弱春风早，丛长夜露多。江湖后摇落，亦恐岁蹉跎。”即使衰败后花叶摇落，还担心岁月虚度。

男人四十，其实，就是人生的中转站，累了，可以歇歇脚；渴了，可以喝点水；烦了，可以静一静；困了，可以打个盹。因为这时候，该定型的已经定型，该结果的已经结果。几十年的打拼，几十年的积累，几十年的努力，几十年的奋斗，都有了一个初步的结局（不论是好还是坏）。所以，在这个中转站，你可以稍事休息，总结过去，畅想未来。只有这时候，你才会发现，不管你做出怎样的决定，都应该是理智的，是成熟的，是符合自己实际的。因为这时候，你已经没有了退路，没有了重新开始的勇气，也没有了年轻时的浪漫，更没了不着边际的想象，一切似乎都变得很实际。

海明威说："人生最大的遗憾，是一个人无法同时拥有青春和对青春的感受。"四十岁的男人，已经是青春的尾巴，已经没有遗憾的时间和空间。三毛说："我来不及认真地年轻，待明白过来时，只能选择认真地老去。"作为四十岁的男人，我们明白了吗？我们选择的是什么呢？是继续奋斗，还是在选择老去呢？

不能消失的“春晚”

2009年的“春晚”，在人们的期盼、赞扬或埋怨声中落下了帷幕，结束了自己的使命。作为一个普通的观众，我真的为它又一次完美谢幕而激动，为众多的导演、演员以及幕后工作人员的付出而感动。

从1983年开始，“春晚”开始走进了我们的生活，走进了我们亿万个家庭，毫不夸张地说，我和家人是在“春晚”的欢歌笑语中度过的，“春晚”早已成了我们生活中不可分割的一部分，成了普通老百姓的一种向往和精神食粮。

改革开放以来，随着人们物质生活的极大丰富，大家过年再也不必为柴、米、油、盐而煎熬、奔波了，对精神生活的需求越来越迫切了。“春晚”正好填补了广大老百姓对精神生活的需求，眼下就连偏僻的山村，不识字的百姓都知道了“春晚”，知道了赵本山、冯巩、郭达和蔡明，知道了唱歌和跳舞的众多明星，他们对“春晚”的期待和盼望，甚至已经超过了对过年的渴盼。

然而，前些年，“春晚”曾招致不少人的批评，甚至有人提出取消“春晚”的言论。平心而论，央视“春晚”是中国最高艺术水平的结晶，它凝聚了广大编导、演员和幕后工作人员的巨大心血，他们的出发点和落脚点是为了把最好的节目展现在全国乃至全世界华人的面前，他们不敢有丝毫的懈怠和马虎，他们放弃了与自己家人、朋友团聚的机会，为了全国老百姓都能看到高水平的演出尽了自己最大的努力。

诚然，这几年，随着人们文化水平不断提高，人们的欣赏水平也有了极大提高，人们不再满足于一般性的演出，于是对春晚的期待也越来越高。

“春晚”的节目包括了歌曲、舞蹈、杂技、相声、小品、戏曲等不同的艺术类别，不可能适合每位观众的“口味”。还有就是每个节目，特别是小品，它不但要求演员功底扎实，还要求编导独具匠心，如果没有非常好的剧本和台词，就是再好的演员也发挥不了作用，所以“春晚”是一个综合的艺术体现。

如果你稍微留心，就会发现，每一年的“春晚”都有自己的精彩之处，都有自己独到的地方。还有一点也是毋庸置疑的，就是无论是演出的节目质量，还是舞台设计、灯光运用，已经越来越先进了。“春晚”也正在想方设法满足更多观众的视觉享受，为普通的老百姓送上精神“大餐”。如果真的停办了“春晚”，可能全国十几亿的观众会在大年三十不知道自己该干什么了，他们已经把“春晚”和自己的生活紧紧地联系在了一起，所以，“春晚”真的不能消失。

第五辑　故土情深

故乡的绿

早就想写写故乡的绿，然而一直未能动笔，究其原因有多方面，最主要的是怕写不出写不好，玷污了这方绿；更怕表达不好，失去了故乡绿的原味。但从骨子里，还是想写写故乡的绿，想让更多的人和我一起感受故乡的绿。这种愿望一旦形成，我发现竟然是那样的迫切，是那样的欲罢不能，于是匆忙间有了这篇短文。

故乡的绿，是一种原始的绿，就像是刚刚走出原始社会的猿人，给人以朴素的美感，让你一眼便看透它的内涵。无论东西南北，从踏入故乡的第一步，你就会感觉到它的与众不同，它的非同凡响，它独有的魅力。尤其是在你走遍黄土高原的沟沟壑壑后，才会有更深的体会，满山遍野，草木参天，郁郁葱葱，一望无际。走进安泰山，就会发现古老的植物在这里应有尽有，粗大的藤蔓、结茧的枝条、满地的苔藓和清澈的溪流会告诉你这里的久远。

故乡的绿，是一种豪放的绿。就像是高原上的游牧民族，给人以粗犷的美感。站在大豁子林场高高的瞭望塔上，望着绵延起伏的百里林海，听着耳边响起的阵阵松涛声，你会有一种玉树临风的感觉，你会发现10万亩的松林，像是蛰伏在你脚下的百万雄兵，任你驱使，由你调遣，一种海纳百川的气概油然而生。

故乡的绿，是一种醉人的绿，就像是贵妃醉酒，给人以雍容华贵的美感。每每看到它，你都会陶醉其中的，不说那从北到南百公里的沁河林带，也不说那青松岭上的林海，单是那棵棵毫不起眼的、随处可见的、叫不上名字的灌木和杂草，就足以吸引你的眼球，因为每一处山峦和低谷，都被它们所覆盖，它们常年扎根在故乡的土地上，用自己无边的绿和无私的爱，把坡坡墚墚、沟沟岔岔裹了个严严实实，无论你走在故乡的任何地方，都会被绿所感染，被绿所陶醉。

故乡的绿，是一种小巧的绿，就像是小家碧玉，给人以玲珑剔透的美感，遍布全县的数百条河流、小溪，像是镶嵌在绿色环抱中的颗颗明珠，把大小山川环绕。每一条小河、每一条溪流，都有着不同的韵味，有的奔放豪迈，瀑布散落；有的清澈见底，鱼虾尽见；有的曲径通幽，晶莹闪亮；有的蜿蜒曲折，首尾难显。它们被绿色所包裹，为绿色提供生命之源。它们就像是相亲相爱的一家人，相依相伴走过了千年。

故乡的绿，是留在血脉里的。它是故乡人上上下下、男女老少几十年不懈奋斗的象征，是故乡人战胜自然，还原自然的历史见证。几十年的艰苦奋斗，几十年的痴心不改，才换来了今天的绿。

故乡的绿，是真实的；故乡的绿，是亲切的。它没有东北绿得那么霸气，也没有西双版纳绿得那么清秀。它就是它，有着黄土高原的浑厚，有着三晋小江南的灵气。

我爱故乡的绿。

家乡的弯弯柳

在家乡的沁河边，曾经有一排整齐的杨柳，它们的躯干清一色地倒垂在碧波荡漾的河水里，小时候是孩子们戏水的好地方，被孩子们亲切地称为弯弯柳。

经历了岁月的变迁，走过了四季轮回，你的婀娜、你的多姿依旧停留在儿时孩子们的心里。你不苛求荣华富贵，你不追求外表华丽，你就是你，朴实无华、默默无语，为儿时的我们留下成长的印迹。

记忆中的你，是那样的慈祥，长长的身躯一直伸到河水的中央，你的爱在沁河汇集，你的情在孩子们身上尽显。即使孩子们扭断了你的臂膀，折断了你的手指，你也从不悲伤，像母亲一样，依旧呵护着孩子们成长。

记忆中的你，是那样的妩媚，长长的枝条遮挡了夏日艳阳，微风吹皱了河面，吹乱了你的秀发，你依旧用宽大的裙摆，让怀春的少男、少女，依偎在你的身旁，听你述说着遥远的故事，在你的注视下走向远方。

记忆中的你，是那样坚强，洪水无数次地冲向你的躯体，你依然挺立在岸旁，用自己的爱，守护着河堤，守护着一方。你知道自己的职责，明白自己的使命，坚信自己的担当。

你没有《诗经·小雅·采薇》中描述的“昔我往矣，杨柳依依”的风情；你没有诗人贺知章《咏柳》中的“碧玉”；你没有杜牧《柳绝句》中的万般情态；更没有李商隐《柳》中的如线如丝。

你就是你，结实的躯干和弯弯的柳枝，给儿时的我们无限欢欣，没有人能看出你的年轮，没有人能摸透你的心思。你像是一位少女，在春天春风的吹拂下展露容颜；你像是一位青年，在夏天火热的骄阳下经受考验；你像是一位中年人，在秋天披一身霞装，去把整个沁河点燃；你像是老年人，在冬天的风雪中依旧挺直自己的腰杆。

我说不出你的伟大，讲不完你的故事。你是在外游子的念想，长长的乡愁寄托在你的身上，你的根始终扎在了这里，你的爱永远留在了这里，纵使千年过后，你依然是你。

春到黄花岭

春到黄花岭，带给你的不仅仅是震撼，更有数不清的情结，数不清的眷恋，数不清的爱意，数不清的激动。

出县城，沿309国道一路东行，大约半个小时，便可以到达黄花岭了。其实，人还没有到黄花岭，就已经沉醉其中了，因为沿途道路两面盛开的满山黄花，已足以让人陶醉了。如果这个时节赶上一场小雨，就更让人惊艳了。雨后的黄花岭公路两侧，青山如黛、黄花含情，薄雾在山间轻轻地漂浮着，经过春雨洗礼的黄花在青松的映衬下更加鲜艳夺目，令人心旷神怡，仿佛在人间仙境中穿行。

走进黄花岭，那满山遍野，绵延几十里的黄花在绿色的青松、白色的山杏花、粉红色的山桃花的点缀下，像是一幅浓墨重彩的中国山水画，在不经意间泼洒在沟沟壕壕上，放眼望去，远山近岭，到处是一片以黄花为主的花的海洋，这时节，无论你走在黄花岭上的任何一个地方，都会被黄花所包围，被花香所熏到。

从古到今，一说起春天，人们想到的都是桃花、杏花、梨花，古人咏春的诗句，也是以桃花、杏花为多。像白居易的“人间四月芳菲尽，山寺桃花始盛开。长恨春归无觅处，不知转入此中来”，崔护的“去年今日此门中，人面桃花相映红。人面不知何处去，桃花依旧笑春风”，都是写桃花的。写杏花的更多了，像李商隐的“日日春光斗日光，山城斜路杏花香。几时心绪浑无事，得及游丝百尺长”，杜牧的“清明时节雨纷纷，路上行人欲断魂。借问酒家何处有，牧童遥指杏花村”，温庭筠的“香灯伴残梦，楚国在天涯。月落子规歇，满庭山杏花”等。许多的名诗佳作中，描写黄花的不多，也许长在山野的黄花太不招人眼了。

黄花，就是连翘开的花，它是一种落叶灌木，叶子呈卵形或椭圆形。先开花后长叶，花黄色，果实可入药。其实，这种花在全国不少地方都有，所不同的是，我们这里最多，而且是满山遍野，随处可见。

黄花岭有许多的民间传说，其中有炎帝采药中毒，被老农所救，为感念这方水土上生活着的朴实百姓，把采好的药种留在了这里。还有尧帝从平阳东巡路经此地，见到这里穷山恶水、瘴气氤氲，百姓受疾病困扰，痛不欲生，于是心生怜悯，羽化成仙，撒下万千种子，成就了今日连翘。而“翘”字，正是尧王羽化成仙的见证。

传说毕竟是传说，是人们对美好生活的一种向往。但是黄花的美丽和作用，确实是不容忽视的。我爱黄花，爱它无拘无束，自由生长；我爱黄花，爱它金碧辉煌，富贵高雅；我爱黄花，爱它不讲条件，随遇而安；我爱黄花，爱它不讲索取，只求奉献。它只是大山里面一种普通的灌木，却不仅能给人带来美的享受，而且还能给农民带来巨大的收益。它不同山桃比妩媚，不与山杏比艳丽，它就是它，默默地生，悄悄地长，让自己在奉献中升华。

或许您一生中从未听说过这样的地方，或许您的记忆里满是黄色的油菜花，或许您的旅行计划里从没有这样的安排，或许您压根都没有想到会有这样的地方。可是，如果您来了，我相信您会驻足的；如果您来了，我相信您会留恋的。这是一个名不见经传的地方，这是一个外界少有人知道的地方，这就是太岳山深处的黄花岭，一个自己给自己命名的地方。

槐香安泽，在槐花的香气中遁入夏天

安泽夏天的记忆，是从槐花开始的。当漫山的槐花怒放，安泽的夏天就要真正开始了。如果想寻找槐花最好的采摘处，则没有比青松岭更好的去处了。

5月26日，适逢冀氏镇举办有关槐花的系列活动，我们作协、诗词楹联协会、音协、书协等，在县文联的组织下，来到了青松岭风景区，体验了一场槐花盛宴。

青松岭自然是以青松著称的，而它的山脚下、道路旁却长满了密密麻麻的洋槐树，每当花开时节，来这里采花的人前呼后拥、络绎不绝，像是赴一场盛大的槐花宴会。来这里采槐花，主要有两个原因：一是这里的槐花，身处高山，冰清玉洁，没有一点污染，捋下来可以直接入口。二是这里的槐花，采摘方便，沿青松岭风景区公路两侧，不管你停在任何地方，伸手即可摘到。冀氏镇党委、政府更是看准了青松岭槐花这一独特的优势，在去年成功举办第一届槐花节后，今年又举办了第二届，尤为关键的是，他们把做强做大槐花产业和脱贫攻坚结合起来，带动贫困户开发槐花产品，打造槐花产业，获得了初步的效益。

槐花是天然的食材，从古至今，人们喜欢槐花，不仅是它给人类带来美的享受，更在于它可以食用，槐花味道清香甘甜，富含维生素和多种矿物质，被历代医家称为“凉血要药”，性味苦凉、无毒、归肝、大肠经，具有清热、泻火、凉血、止血的作用。在物质极度缺乏的年代，槐花成了人们度过饥荒的功臣。历代文人对槐花的喜爱，在诗中表现得淋漓尽致，这里要首推唐朝诗人罗邺的《槐花》：“行宫门外陌铜驼，两畔分栽此最多。欲到清秋近时节，争开金蕊向关河。层楼寄恨飘珠箔，骏马怜香撼玉珂。愁杀江湖随计者，年年为尔剩奔波。”

据镇上工作人员讲，山下的“有客松墅”，已经围绕槐花开发了十二道菜，有“槐花小豆腐、槐花丸子、槐花炒鸡蛋、粉蒸槐花、冰糖槐花、槐花山珍汤”等，主食有“槐花饺子、槐花包子、槐花不烂子”等。这次的槐花节活动，冀氏镇可谓独具匠心，他们不但开展了“从青松岭出发，讴歌造林精神”的征文活动，邀请作协、诗词楹联协会、音协举办了以歌颂青松岭为主的文艺晚会，把“槐花宴”办到了节目现场，并把扶贫工作队和贫困户请上台来，品尝槐花宴，让包村干部与贫困户面对面，当地企业与贫困户面对面，文联各协会同青松岭面对面，助力青松岭旅游文化，激发贫困户的内生动力，实现旅游与扶贫的共赢。

台上的节目还在进行，台下的“槐花宴”已经开场了。听着台上的歌声，闻着槐花的甜香，品着地道的槐花菜，尽管没有酒，我还是醉了。我知道，我的醉，来自动人的歌舞，来自槐花的飘香，更来自于贫困户绽放在脸上的笑容，让这花香伴随着你我他，一起遁入太岳山的夏天，一起去感受安泽人火热的情怀吧！

春　雪

下雪了，头一天晚上还是蒙蒙细雨，第二天早晨竟变成了漫天飞雪。一大早起来计划出门办事，却恰巧碰到了去冬今春的第一场雪，而且下得越来越大，按平时下雪的经验判断，应该至少是中雪以上了。

雪虽然阻挡了行程，竟没有感到丝毫的沮丧，反而有了一种欣喜若狂的感觉。我索性迎着雪花，漫无目的地走在悄无声息的大街上，虽然今天已经是正月十四了，但在山里，不过了十五不算把年过完，所以大部分的人还沉睡在甜蜜的梦乡里。路两旁的树木上已经串起了团团雪花，刚刚挂起的大红灯笼也被白雪笼罩，只留下了下半截红红的身子，上白下红，别有一番风景。好事的鸟儿早已不知躲在了哪里，马路上的积雪已经很厚了，走在上面，嚓嚓作响，松软极了。由于地温已经升高，不少雪已经开始融化了。我想如果不是天气已经转暖，这雪一定积得还要厚，由于雪在不停地下着，稍远一点的地方都被朦胧的雪雾遮挡得隐隐约约。站在空无一人的雪地上，柳宗元的《江雪》脱口而出，“千山鸟飞绝，万径人踪灭。孤舟蓑笠翁，独钓寒江雪”。此时，虽不在寒江上，却体会到了一种孤独。

前几天，我还感叹，怕是今年看不到“正月十五雪打灯”了。因为一冬无雪，已经打春了，要下肯定也是雨，没承想自己的预言还是错了，想到这脸上马上有了灼热的感觉，肯定是脸红了，真有点不自量力，自己的想法哪能和千百年来流传的谚语相比呢？先人不知观察了多少年才总结出来的东西，实践检验一定不会错的，就像我们今天说的节气，节气的转换是那样准确无误，真为先人的科学总结而折服。不管怎样，雪还是下了，下在了正需要的时候，“瑞雪兆丰年”，可以想象今年肯定又是一个好年景。

走着想着，不知不觉中已经来到了沁河边上的堤岸上，常言道：“吃惯的嘴，跑惯的腿。”也许是常来这里的缘故，思维还是把自己带到这里来了，雪已经把整个河面盖了个严严实实，没有一点裸露的地方，不过认真点还是可以听到雪下面的流水声。如果不是雪的覆盖，原先冰雪覆盖的河面上已经可以看到流水了，毕竟春天就要到了。堤岸边是一望无际的杨树林，此刻虽然还没有绿叶的保护，但满枝的雪花把它们装扮得更加妖娆了。河对面就是荀子文化园了，经过几年的建设，已经初具规模，荀子像、荀子大殿、山门、登山步道、盘山车道、动植物标本楼等已经建成。在荀子文化园的右侧，各方人士又集资修建了望岳楼，现在一像、一楼交互辉映，给这个千年古县增添了不少的魅力，即便是风雪弥漫的天气，站在县城的任何一个地方，这两处风景格外引人注目。

雪花还在无声地飘着，远山近岭还在雪雾的笼罩之下，整个县城还沉浸在过年的喜庆里。远处偶尔还有零星的鞭炮声，调皮的孩子们是不会放过这个好机会的。可我还是听到了不同于鞭炮的声响，循声望去，我竟看到了河岸树枝下的几只小鸟。虽然它们还不敢张开嗓子大声地唱，不敢在雪花飘舞的枝头上飞来飞去，但它们分明已有了活力。尽管雪花还在飞舞，但春天的脚步已经很近了，让我们和这自然界的精灵一起去拥抱春天吧。

新　绿

因为崴脚的原因，已经快两个月没有进行户外活动了。其实，每天早上醒来的时间还是原样子，只不过有时懒得起床，因为起来也出不去，不如干脆赖在被窝里，天冷的时候，感觉还蛮滋润的，可是随着天气的转暖，再在被窝里待着简直就是炼狱，浑身上下没有自在的地方，还是出去走走吧。

出小区，沿着街道来到沁河边的大道上，一种久违了的感觉涌上心头，竟莫名其妙地有了一丝冲动。往年的这个时候，我几乎每天都要从这里经过，也没有感到有什么特别的地方，可是今年的感觉明显不同了，也许是久坐家中的原因吧。沿河岸人行道上的柳树已经伸出了长长的枝条，像是少女的裙摆，随着微风轻轻飘动。是啊！唐朝诗人贺知章的《咏柳》不是赞美过春天的柳树吗？“碧玉妆成一树高，万条垂下绿丝绦。不知细叶谁裁出，二月春风似剪刀。”尤为特别的是路两旁花池里，绿色的冬青，紫色的叫不上名字的花木，犹如新出土的绿芽，晃着让人陶醉的绿，一池一池的花木，一直连接到路的尽头，清新的绿色也就一直延伸到远处看不到的地方，让人顷刻间产生无尽的遐想。

自从这条滨河大道建成后，这里就成了人们晨练、散步的好去处，像往年一样，这个时节出来晨练的人，已经很多了，有年迈的老者，有年龄小的青年，甚至还有儿童。但多数还是中年人，他们处在家庭、事业的高峰，各种负担都很重，太需要出来放松放松心情了。来这里看看绿色的植被，呼吸呼吸新鲜的空气，可以帮助他们解除工作和生活的烦恼，焕发出新的热情。现在的绿色被水泥、砖瓦、钢铁、塑料和各种新型建材包裹得太多了，人人都活得匆匆忙忙，没有时间看星辰大海，没有时间去郊外踏青，完全把自己封闭起来，时间久了，已经忘记了原始的东西，忘记了支撑我们生命的绿色。

人们常感慨，四十多岁的人，负担最重，一方面，承受事业上的压力，虽然工作大都已经稳定，但还想着“更上一层楼”；另一方面，承受家庭的压力，孩子需要接送，老人需要照顾，各种各样的社会关系需要协调，让不少人都感到疲于应付。有时想想，人生应该换个思维，不必过分追求事业上或经济上的成功，不必给自己增添更多的压力，应该是个不错的选择。于娟老师说：“在生死临界点的时候，你会发现任何的加班、给自己太多的压力、买房买车的需求，这些都是浮云。如果有时间好好陪陪你的孩子，把买车的钱给父母买双鞋子，不要拼命去换什么大房子，和爱的人在一起，蜗居也温暖。”她短暂的一生：30多年的苦学、奋斗，得到了硕士、博士头衔，但还没有得到副教授；她的科研成果无人知道，贷款买了房子刚刚入住，结婚有了孩子，却被确诊为乳腺癌晚期，虽经治疗，但还是无法挽救生命，只留下了一本著作《此生未完成》和深深的遗憾。

也许平常从这里走过，对于“新绿”见怪不怪了，即使偶尔路过，也会不以为然。其实，生活里每时每刻都有“新绿”出现，就看你发现了没有，感悟了没有，就像我们的生命，任何的年龄段，都会有新的“绿色”孕育，不一定年龄大了，就什么都枯萎了。我想，珍惜生命，珍惜我们生活的每一天，应该从发现“新绿”开始。

清　明

明天就是清明了，天气依然阴沉，已经是早上六点了，才刚刚有了发亮的痕迹，从暖暖的被窝里爬出来，立刻就感到了丝丝的寒意。从昨天下午开始，淅淅沥沥的小雨就一直下个不停，像是在证明着千百年来不变的季节，很可能是季节变换的前奏吧，是啊！也许从明天开始，一个春暖花开的季节就开始了。

我不止一次地在听《春暖花开》这首歌，常常被优美的旋律所陶醉，沉浸在那个春暖花开的日子里，思绪随歌词而飘荡，“春暖了花将离开你，要学会勇敢和独立，我们在一起却沉默不语，随四季随今天是晴或雨，花开的想你酝酿一片晴天，听着远方捎来的纪念，像首诗念着一年过一年，读过一遍还是会很想念，春暖迎着没有你的夏季，成长的路还要继续，过去在天空下起一场雨，雨下着我好想等会安静，春暖花开，每段岁月都有新生的光彩，希望就像春雨，守护新苗的萌芽，愿你万世平安一切都无恙，春暖了你花开在心上”。

也许我天生是一个多愁善感之人，喜欢幻想，喜欢游荡，喜欢看虚无缥缈的云，喜欢看大海里的海市蜃楼，喜欢一切的纯真和善良，在我的想象里，世界应该是一个和谐的家园，人人都应该敞开心扉。但我绝对不是一个幻想家，我知道应该怎样去劳动，怎样去创造，怎样去生存，我有自己的理想和信念，有自己的生活和追求，我想象着陶渊明“采菊东篱下，悠然见南山”的生活，回想着曾国藩“十年征战，一身袍衣”的辛苦，渴望着自己有所作为。但我想象不出诗人海子，一首《面朝大海，春暖花开》的诗歌曾温暖了无数人，却唯独没有温暖自己。

这时我想起了唐朝诗人杜牧的“清明时节雨纷纷，路上行人欲断魂，借问酒家何处有，牧童遥指杏花村”，想着清明不仅是一个春暖花开的开始，还是一个祭祖扫墓的时节。每年的这一天，海内外的华人尽管举行祭奠的方式不一样，都要给自己的祖先扫墓，寄托自己的哀思，唤起对亡者的思念。陕西黄陵县每年都要在这一天举办规模巨大的祭祀中华始祖轩辕黄帝的仪式，来自海内外的无数华人，都会前来祭拜自己的祖先。自从上班的那天起，转眼间二十多年了，清明回家给祖父母们上坟已成了自己的分内事，其实那片坟墓里埋葬的人，我只记得奶奶的模样，其他的爷爷和奶奶，我只能在大伯和父亲的叙说里想象了。但是，尽管这样，我和地下的他们，都有着千丝万缕的关系，所以对清明上坟祭祖，不敢有丝毫的懈怠。

其实，清明的真正含义是春种春耕的开始，《淮南子·天文训》云：“春分后十五日，斗指乙，则清明风至。”《岁时百问》说：“万物生长此时，皆清洁而明净，故谓之清明。”我们常听到的“清明前后，点瓜种豆”，说的也是这个道理。

不管怎样，清明是真真切切地来到了，它将把一个崭新的春天带给我们，让我们一起迎接春暖花开的日子吧！

秋　雨

世上没有什么比秋雨更缠绵了，淅淅沥沥又如泣如诉，云遮雾罩又无声无息，仿佛秋天的使命已经完成，完全失去了春的温柔，夏的火热，只剩下秋的悲凉了。

常言道：“一场秋雨一场寒。”随之而来的将是北风的呼号，气温的降低，花木的凋零，人烟的稀少。大街上已经看不到穿短袖的男孩、着裙装的少女，街边凉亭里，没有了下着象棋还斗着嘴的老头，连喜欢跳广场舞的大妈也没了踪迹。世界失去了亮丽，停止了喧哗，突然间变得异常安静，云已经覆盖了整个天际，到处都是灰蒙蒙的。

漫步在长长的沁河堤岸上，眼前的柳条没有了妩媚，在秋风的吹拂下瑟瑟发抖，那曾经昂扬的生命，曾经给我们遮挡烈日的枝叶，俨然间失去了鲜活，耷拉着头，像是做错了事的孩子。河水明显地消瘦了，就是哗哗的流水声，也变得沉静，节奏缓慢了许多。河岸边不时还可以看到擎着雨伞垂钓的人们，那份执着，那份悠闲，那份怡然自得，让人凭空生出些许的感慨。

我放慢了脚步，也放慢了心情，分明听到了地下秋虫的呢喃，河里鱼儿的呼吸，看到了岸边草儿渐黄的梢蔓，看到了随风飘舞的片片黄叶。我不禁想到了人生，从呱呱落地的婴儿到步入不惑之年，仿佛一瞬间，又仿佛路程漫漫。其间的个中滋味，只有经历了，才会有所失、有所得。在这个多情的秋雨季，在这个见证了小城春秋的沁河岸，把风儿轻轻舞动，把雨丝织成浪漫，也许心儿就飘荡在这绵绵秋雨中了。

是秋雨拉长了思念，把相思刻在了眉间，恰似片片飘落的柳叶，即使凋零也要走过一个季节。世上有多少多情的少男，就有多少怀春的少女，多情的秋雨也止不住淡淡的愁怨。把少男、少女的眼泪浓缩成思念的源，随着滚滚的沁河水，一直流向那无边的黄河吧，谁也不再劝慰，不再留恋。还是把泪落在梦里吧，也许情感之路必须有秋雨的陪伴。

是谁家的窗户里飘出了悠扬的歌声，透过秋雨慢慢地浸透到我的心灵，在这多情的雨季幻化成一个梦，就像这绵绵无期的秋雨，从开始就没有结束的时候。学会生活，就学会了编织梦想；学会感恩，就学会了做人；学会思考，就学会了成熟；学会勤奋，就驾驭了成功。此刻，把梦想放飞吧，让多彩的生活在秋雨中慢慢绽放，慢慢成熟。

雪　景

也许是心诚则灵吧，盼望着的下雪天终于来临了，而且是一发不可收拾，一连下了七八天，还没有停下的意思，直到现在窗外还飘着鹅毛大雪，让人们过足了雪天的瘾。是啊！记忆中，已经有七八年没有连续下过这么大的雪了，刚下雪时，我还拿着相机四处寻找雪景，生怕雪化了，雪景也没了。眼下可好了，雪景随手可拍。昨天和几个同事还跑了十几公里，到老井山上拍雪景，奔跑在淹没了脚脖子的雪地里、松林里，深一脚、浅一脚地搜寻着眼中的景物，稍不留心，再摔个跟头，雪窝里滚滚。看着彼此满脸、满身的雪，一种久违了的儿时才有的快乐油然而生，心情也随着漫天的雪花随处飘荡了。

现在的人们越来越注重生活品质了，以前下雪多与少，气候冷与暖，好像也没人太在意，因为大家连温饱也解决不了，哪有什么闲工夫去关心自然界的变化。现在却不同了，人们关注更多的则是环境的变化，生存的环境，生活的质量。这不能不说明社会进步了，人们对生活的要求也随之提高了，连自然界的变化也引起了普通百姓的关注，大家不约而同地说："好多年没有这样下雪了。"

我打小喜欢下雪天，不说雪给童年增添的无限乐趣，给万物带来的滋润，单说雪天的清静，就让我留恋，让我沉醉。一个人走在空无一人的原野，任雪花无声地飘落在身上、地下，听着脚底下踏雪的咔嚓声，竟比听了一场高雅的音乐会还过瘾。记得有一年大雪天骑着自行车去税所，三十多里的山路，推着车子走了四个多小时，路上竟没有碰到一个人，满世界的银装素裹，雪海茫茫，人渺小得只剩下了一个影子。但是，随着环境的变化，连续的大雪天很难遇到了，就是下再大的雪，以前的那种心境怕是再也找不到了，且不说现在四通八达的交通，川流不息的汽车、三轮车、摩托车无孔不入，就说我们现在的年龄，心里也似乎没有了空隙，好多好多的事，不由你不想，好多好多的事，不由你不做，就是下雪天，也没有清静的时候，因为处在这样的年龄阶段，心里的焦虑只有这个年龄段的人才能体会得到。上学时曾读过鲁迅先生的《雪》，那时虽然记住了几段精彩的语句，但是，却无法懂得作者的深意。现在再读，似乎理解了先生当时的心境。不同的时代，不同的境遇，雪似乎有了特殊的含义。

这次下雪，我还真是过足了瘾，不只是答应孩子照几张雪景，需要到处看看，更觉得自己应该到雪中走走，清醒清醒自己的头脑，理一理自己的思绪，让自己的心也变得更加圣洁。其实，我想真正的雪景应该是在我们每个人的心中，那是一片没有污染、洁白无瑕的天空，是一处没有纷扰、没有嘈杂的净土。每个人在那里可以放松心境，可以无拘无束，可以信马由缰，可以大声疾呼。

春天的召唤

山里的春天来得总是那么迟，当山外的各种鲜花已经怒放，这里才刚刚吐露新芽，尽管节令迟了许多，但春天还是向我们走来了。“一切都像刚睡醒的样子，欣欣然张开了眼，山朗润起来了，水涨起来了。”

经过严冬的考验，积蓄一冬的能量，万物在顷刻间得到了迸发。白杨、河柳、青松、国槐、小草，所有的草木仿佛在一夜之间换了新装。就连前几日被冰雪包裹得严严实实的沁河，也在瞬间露出了欢快的笑容。

走在山坡上，你会发现，不知什么时候，小小的山桃树、山杏树上已爬满了粉红色和白色的花骨朵。高高的树枝上，成对的鸟儿正忙着衔枝筑巢，它们高声地鸣叫，吸引了寻春的孩子们的目光。

走在清澈的小河边，你会看到小鱼、小虾游动的身影，偶尔翻开河边的石块，你会找到藏在下面的螃蟹，宽阔的河面上，久违了的水鸟，探出了头，不停地扑扇着翅膀。

走在松软的、尚在露头的草地上，你的心情马上会有说不出的感觉，你会感到一种少有的轻松和舒畅，是啊！春天，一个充满活力、充满希望的季节已悄然向我们走来。

我不知道历代的文人墨客为什么都对春天情有独钟，他们在留下了无数赞美春天诗词文章的同时，也给后人留下了心中的希望。我想，赞美春天，是因为春天是万物复苏的季节，是播种的季节，更是希望的季节。只有在春天种下希望，才能有机会等到秋天的果实。这就像人生，如果不在年轻的时候打下基础，成就一番事业，那只能是“老大徒伤悲”了。

也不知从什么时候起，我对韩愈的《早春呈水部张十八员外》，有了一种割舍不下的情感，“天街小雨润如酥，草色遥看近却无。最是一年春好处，绝胜烟柳满皇都”。那种意境，总是让我对春天产生无尽的遐想。

我特别喜欢春雨蒙蒙的日子，举一把小伞，走在铺满小草的乡间小路上，嗅到的是新鲜泥土的气息，看到的是茫茫烟雨中田野、村庄，偶尔从遥远的地方飘来几声鸡鸣和犬吠，更使人对美好的春天有了挥之不去的眷恋。

春天是短暂的，春天在召唤着我们，它已经来了，我们准备好了吗？

槐花飘香

在山里，白色的杏花、粉红色的桃花、黄色的连翘花以及不知名的各色野花早已消失得无影无踪的时候，乳白色的槐花便带着一股甜甜的香味飘然而至了。

这个时节，无论你走在山里的任何一个地方，芬芳的花蕊，甜甜的花香，无时无刻不在包围着你，追踪着你，陶醉着你，让你尽情享受大自然带给你的无限温馨。

槐花，顾名思义是槐树上开的一种花，是北方常见的一种花，花期短，花味浓，花可生吃，也可做成各色小吃。槐籽可入药，槐木木质坚硬，具有多种用途。槐树的生长不受任何的条件限制，只要有一点土，它就可以生长，它的根系比较发达，一般不需专门种植，只要槐籽飘落的地方，就可长出槐树，所以在家乡几乎遍地都是。

我自幼喜欢槐树，更喜欢槐花，小的时候，家里条件不好，我想方设法为家里减轻负担，在院里挖了兔子窝，开始养兔子，兔子最喜欢的食物，就是槐树的枝叶了。每天一放学，我便到北门外的路边，为兔子准备槐树枝叶。由于槐树枝叶上有刺，手上常被刺出一道道的血印子，可每看到兔子下了小兔，或者是兔子长大后被外贸公司收走，有了收入的时候，心里就有了莫大的欣慰。槐花更是山里人家家户户必备的食物，在那个缺吃少穿的年代，捋回的槐花，可以做成槐花不烂子，成了春天里的主要食物，也可以挑拣后用开水抄一下晾干备用，晾干后的槐花不仅可以做成饺子馅，还可以配制各种菜品。我那时把槐花捋回来，母亲加工后配以佐料，一道精美的槐花不烂子便出现在眼前，成了大人和孩子们争抢的食物。如果家庭条件好的，配上肉，做成饺子馅，那种天然的香味，改变了人们的味蕾，至今让人回味无穷。近年来，随着人们生活水平的提高，人们更加注重回归自然，槐花被开发成多种菜品，甚至出现在互联网上的购物车里，更是受到人们的欢迎。

在安泽1967平方公里的土地上，到处可以见到槐树，房前屋后、犄角旮旯、高山峡谷、河岸沟汊，只有你想不到的，没有你见不到的。曾多次听七十多岁的退休老干部孙德富讲他的故事，还是几岁的时候，他从河南跟随母亲一路逃荒来到传说中的岳阳山，就是为了活命，为了有口饭吃。他说，在他们老家流行着“要想活命，就上岳阳山”的谚语。等来到这里，才知道这里的土地是可以养活穷人的，饿了的时候，一把槐花，曾救了多少逃荒人的性命。所以多年后的今天，他仍感念岳阳山，感恩上天赐予的槐花。安泽是个典型的移民县，据统计，来自河南、河北、山东的人口数量占总人口60%以上，大部分是祖辈逃荒来到这里的。

常言道：“一方水土养一方人。”安泽这方水土，生长了槐树，盛开了槐花，养育了生活在这片土地上的人们。生活在这里的人们，感恩这片土地，感念槐花曾经的救命之恩，从而选择把根扎在了这里，成为这片土地上新的主人。时间流逝，岁月轮回，历经千年的槐花，正以它独特的风姿吸引着越来越多的人。

第六辑　家乡印记

留在记忆里的弯弯柳

几乎每个人都对故乡有着刻骨铭心的记忆，而这些记忆是从一些细小的、轻微的，近乎看不见、摸不着的东西入手的，正是这些点滴的东西，构成了我们对故乡的印象和记忆，它可以是一棵树、一座房子、一尊石像，也可以是一条街道、一座山峰、一条河流，甚至可以是河边的一条木船、一只水鸟、山上的一种动物。而留在我记忆深处的是故乡沁河边上的弯弯柳。

已经记不起它出生的年代了，小的时候，它就成片地生长在沁河边上，春天的时候，孩子们爬上去，折一段柳条，松皮、抽竿，做成柳哨，吹奏着只有自己才能听懂的音乐；夏天的时候，弯弯柳变成了跳台，站在高高的粗壮柳枝上，一个猛子扎下去，便到了河中间，柳树下边是孩子们天然的看台，只有勇敢的孩子才有机会站到跳台上；秋天的时节，快乐而浪漫，孩子们踩着柳林里松软的叶子，在片片金黄的色彩间，捉迷藏，玩游戏，把童年的欢乐洒满林间；即便是在寒冷的冬天，孩子们也时常来到林间，捡拾被风吹落的柳枝，帮父母准备做饭和取暖用的干柴。

忘记了从什么时候起，成片的柳林开始锐减，先是修了学校，后来新开了道路，再后来成片的柳林不见了，只剩下河岸边孤零零的两棵弯弯柳，依旧保持着旧日的容颜，给在外的游子们一丝心灵的安慰。可是，不久前，这两棵饱经风霜的弯弯柳也在城市化的进程中消失得无影无踪了。

我想说的是，在全国上下环保意识普遍增强，人们对树的保护越来越重视的今天，已有许多城市宁可不建设，也不再破坏已有的环境。还有一些城市花巨资整体迁移古树，而本来“无伤大雅”，也许根本并不碍事的两棵垂柳，却最终没能保得住自己的性命。

如果说在这个世界上，每个人的脑海里都只能贮存和珍藏一个故乡，且故乡的概念又是相对独立的，若干年后，我们到哪里去寻找自己的故乡。面对几乎千篇一律，被钢筋水泥包裹的城市，故乡在我们的记忆里即将消失殆尽，若干年后，我们还用怎样的情怀去抒发关于故乡的情结。我曾经接待过三位幼时在故乡居住过的老人，他们记忆里的故乡，是流淌不息、清澈见底、鱼虾遍布的沁河，是红砖青瓦、气势宏大的西大庙和东大庙，是被四个并不高大的土石城门看护的精致小城，是小城里仅有的石板铺就的几条街巷和朴实善良、热情好客的居民。他们这些记忆里的东西，对于今天的我们，已经成了一种回忆。就像我们的弯弯柳，将来留给儿孙的，只能是我们的描述，我们的回忆了。

远的不说，我们身边的和川古镇，还是原先的样子吗？不少人在痛惜，如果我们和川的古街犹在，如果我们的阁子还存，如果我们古老的建筑早一点得到保护，我们留给后代的岂止是记忆，更是一笔宝贵的财富。

著名文学家沈从文说："一个士兵要么战死沙场，要么回到故乡。"我们时常也追寻着古人"少小离家老大回，乡音无改鬓毛衰，儿童相见不相识，笑问客从何处来"的场景和感动。然而，今天的人们，回到故乡，别说是儿童不相识，我们还能找到记忆里的青山绿水，记忆里的石阶和青苔吗？还有那条街道小巷，那个早已嫁人的"丁香"姑娘吗？

一个没有故乡的人，注定是没有身世的；一个不知道自己身世的人，注定是悲哀的。我们所身处的这个时代，变化的东西太多了，不变的东西太少了。而变化的速度，已经不允许我们有片刻的幻想和犹豫，在记忆消失之前，最好给我们自己，给我们的子孙后代，留一点记忆里的东西，也许是我们这代人最应该做的。

记忆里的老牛车

那日，坐船游览鸭绿江，看到江岸朝鲜一侧，一头正在拉车前行的牛，缓慢地走在江岸边的小路上，一种与生俱来的亲切感，瞬间从记忆的深处翻了出来。

我的家乡在山西省临汾市安泽县，属太岳山区，一个被称之为“岳阳山”的地方。之所以称为“岳阳山”，是因为它位于太岳山（霍山）的南面即阳面而得名。从古至今，岳阳山都是水草和土地丰腴之地，前来逃荒，在此落脚的人不计其数。这里盛产粮食，也适合牛、羊等动物生存与繁殖。1942年10月，太岳区党委、太岳行署、太岳军区司令部整建制来到安泽，正是得益于这里特殊的地理位置和良好的生产和生活环境。从我记事起，牛和牛车就是我们这里最主要的生产和运输工具，贯穿全境109公里的沁河沿岸，是牛的天然牧场，遍布全境可耕种的耕地是牛发挥作用的主战场。我的童年、少年，乃至青年的生活里，牛和牛车始终没有离开我的视野，直到它消失的那一天。

从小生活的县城，其实和农村没有什么区别，县城周围不出百米全是清一色的耕地，县城驻地府城大队的九个小队，有三个生产队的队委会，就设在城里，村民也都住在城里，加上奶奶的户口在第一生产队，家中在一队分有可以种菜的自留地。姥爷家属第二生产队，姥爷是二队队长。有个干哥属于第四生产队，干哥的爸爸是四队的保管。这样，虽然我们家是吃商品粮的，但我从小还是同农村打成了一片，那时村村、队队养牛，有专门的牛车搞运输，所以我便早早接触到了牛和牛车。当时，生产队的牛和牛车很是金贵，队长往往都安排根红苗正又极负责任心的人饲养和管理，各队还设有专门的饲养处。那时想坐牛车，还是非常简单的，队里派车拉东西，随时可以在牛车上坐一会儿。但要私自用一次牛车，是不可能的，队上派车都要上队委会的，尽管姥爷是队长，也不敢私自用牛车，干私活就更别想了。记得有一次，在和川乡下居住的奶奶生病，来县城住院，还是人力拉的小平车送来的，队里的牛车是根本用不上的。最早的牛车轮子，还是木制的，中间的轴也是木制的，牛拉得特别费力，走在路上，牛车发出嘎吱嘎吱的响声，特别清脆，有着一种特别的韵味，十里八里外的人都听得见，成了那个时代的特殊印记。后来，有了钢珠辐箍和充气轮胎，这应该是牛车的一次革命，对牛来说是一次解放，牛车终于脱掉了沉重的壳，变得灵活和轻巧。我见到的牛车属于后一种，那时母亲就职于手工业管理局下属的门市部，专门卖牛车和马车上用的鞭梢、缰绳、鞍子、车轮、牛铃铛等物件，经常同赶车人打交道，日子久了，生产队里的几个车把式我都认识了，只是现在，他们的名字一个也叫不上来了，后来随着时代的发展，牛车的使命结束了，他们的职业生涯随之终结。

第一次真正学会赶牛车，已经是高中时期了，学校过星期天，我们几个要好的同学去村里帮一个同学家收秋。那时，承包责任制已经多年了，村民的家中，都有了自家的牛车，牛是一家人的半个家当，种地的时候犁地、耙地，运农家肥，收秋的时候往回拉玉米。同学的家里就有一辆牛车，也许是有一种天然的缘分，我特别喜欢这牛车，跟同学的哥哥学起了赶牛车技术。赶牛车，需要提前做好准备工作，先把牛车、牛鞍、牛笼头等准备好，再把牛从牛棚里牵出来，然后让牛后退到车辕里，把牛鞍放在牛脊背上，从两边用专门的皮条固定在车辕上，这样就把牛车架好了，然后给牛套上牛笼头。当然，驾车的牛开始一定要经过驯化的，按土话讲叫调教，牛是有脾气的，特别是犍子牛，力气大，脾气倔，可一旦调教好了，干活、驾车也是没说的。但是不是所有的牛都是可以调教的，这需要养牛人的经验和眼光。从那时起，我知道了赶牛车要懂得牛语，前行喊“驾”，左转喊“嘚嘚”，右转喊“咧咧”。牛鞭子是必备的，可是轻易是不能用的，只是到了要紧处，上坡上不动时，或者牛不听话时，才用一下牛鞭。可只要你一举鞭子，牛就像知道一样，马上躲闪着并变得乖巧起来，牛也是怕打的。夕阳西下的时候，我们将一天剥好的玉米装满牛车，然后赶着牛，拉着满车的玉米，迎着天边的晚霞，慢悠悠地走在沁河边的乡间小道上，心里感到惬意极了，一天的疲劳也烟消云散。

上班后，和牛及牛贩子打交道的机会更多了。那时有一种税，叫“牲畜交易税”，是乡下税所主要的税源。我所在的税所，地处沁河岸边，养牛的人特别多，加之此地交通比较便利，古时便有牲畜交易的习惯，形成了夏、秋交易的两大市场。每次赶会，前来交易的牛挤满了蔺河滩，交易牛的人，更是数不胜数，见到的牛，更是五花八门了。

后来，还有一次坐牛车的经历，是在一次同师傅下乡时，中午喝多了酒，从喝酒的那家出来，骑上自行车回所里，刚出村没多远，酒力发作，坐在路边的草地上休息，不承想就睡着了，醒来时已是黄昏，浑身没劲儿，连车子也骑不了。恰巧过来一辆牛车去镇上，我和师傅把车子存放到村里，坐上牛车，晃晃悠悠回到了所里。

不知不觉，三十多年过去了。如果不是在这里见到老牛车，牛车几乎从记忆里消失了。是啊！社会在发展，一种新文明的诞生，注定着旧文明的衰退，这是历史的规律。

连翘花儿开

连翘是安泽的特产，黄花是荀乡的名片。每年清明前后，满山遍野的黄花，像约好了似的竞相开放，把一道道山川铺垫得像盖上了金色的棉被。此刻，在春日煦暖阳光照耀下，无论你走在安泽的任何地方，天是蓝的、云是白的，大地是黄色的，一幅在地球上比较罕见的以黄色为主基调的油画就会呈现在你的面前，让你陶醉在太行山最早的春天里。

花卉品种繁多，大多娇贵，黄花则不然。其形乖巧玲珑，花瓣简单明了，中间的花蕊细长如丝，观其神色，活脱脱一张婴儿的脸。花开时节，横七竖八的枝条上堆得满满当当，把稚嫩的枝条压得弯弯的，像一串串成熟的葡萄，只是这葡萄有着金黄的色彩，发着晶莹的亮光，如果这个时节，赶上一场春雨，那是再合适不过了，被雨水洗过的黄花娇艳欲滴，真正应了那句“回眸一笑百媚生，六宫粉黛无颜色”了。最近两年，气候反常，清明过后，常常会有一场雪光临，起初还担心黄花会不会挺过去，谁知黄花不仅挺住了大雪的纷扰，反而更加娇媚，黄花上面盖着雪花，下面挂着串串冰凌，像串起来的黄白相间的冰糖葫芦，这样仙界都不会有的景色，却被老天爷留给了安泽这个神奇的地方。于是，这个地方也流传着神农为百姓尝百草，中毒后感动上苍，从而撒下了连翘的种子以救万民的故事。连翘属落叶灌木，树形松散，枝开展或下垂，但极长。曾听朋友讲，他们进山采青翘，常常是在连翘树上面行走的，让我大感惊奇。在深山里，连翘枝蔓已经相互连接成为一体了，可见生长年代的久远。

生活在安泽，对黄花再熟悉不过了。每年清明时节漫步在公路旁、山野里、田地间，黄花激情绽放，灿若华灯。尤其在黄花岭、草峪岭等较为密集的地方，花开得分外耀眼，仿佛要把整个春天点燃，金黄的花朵开遍了山里的角角落落，只有你想不到的，没有你看不到的。

我喜欢黄花，不仅因为它富丽堂皇、蕴含富贵，还有日久生情的缘故。对我来说，它们贯穿了我的童年、少年、青年和中年。从出生到现在，已经过去了五十多年，五十多年里，无论是上学，还是工作，我从未离开过这里，也就从未离开过黄花。但小的时候，是没有专门看过黄花的，不像现在，还要开车跑几十里路去看黄花，黄花在我的眼里，就是一种普通的山野花，长大后才知青翘不仅会开花，每年秋季还能长出青翘，可以采摘卖钱，所以每年都会跟着邻居家阿姨去附近的山上采几次青翘卖钱补贴家用。那时没有车，自行车都少有，我们去采青翘，只有靠步行。大早起来，背上点干粮就出发了，一般是不会带水的，渴了就在附近找泉水，找不到泉水，小河边用手划拉开一片，用嘴吹吹周围的杂物，趴在河边就可以喝。我记得第一次采青翘，不会用手捋，一个一个从枝条上摘，一天也采不了多少，后来采多了，才学会了把枝条折断，撇上一抱，找个阴凉下面慢慢摘，既省力，还采得多。当时，一天下来也就卖个三元、五元，却是一笔大收入了。

黄花的花期非常短，最鲜艳的时候，大概就是十几天。它边开边落，边落边开，花开让我欣喜，花落让我感动。花开时悄无声息，花落时还是悄无声息，仿佛是一夜之间，突然开放，也是一夜之间，突然飘落，让人凭空生出无限的感叹。为了看清楚黄花是几瓣，如何落地，我曾趴在花下仔细地观看，即便如此，我也很难捕捉到花落的瞬间，黄花常常是在不经意间悄然飘落。

许多花是先长叶再开花，连翘则不同，是先开花后生叶，待到花落时，叶子便拱了出来，直到把花彻底地打败。花期刚过，绿叶出生，就开始等待果实了，我到现在也想不明白，花落完，只剩下叶子的连翘，是如何结下果子的。我见到的许多果树，是花带着果子出生的。

黄花岭是安泽黄花最为集中的地方，每年花开季节，来这里赏花的人络绎不绝，形成了以黄花为主，以杏花、桃花为次，以青松为点缀的黄花岭风景区。风景区面积21万亩，除野生连翘外，油松、山桃、山杏、杜梨、沙棘、刺玫、刺槐、胡枝子等植物应有尽有，是自然生态的王国。这里一年四季风景如画，春季，满山尽披黄金甲；夏季，苍山如黛夜清凉；秋季，无垠旷野秋声默；冬季，万里雪飘入梦长。

安泽野生连翘总面积达150万亩，年采摘量达400万公斤，约占全国产量的四分之一。近年来，安泽县委、县政府抢抓机遇，不仅使“安泽连翘”成为国家地理标志产品，还成功举办了三届黄花节，并以花为媒，吸引了大批外地客商。近年来，在黄花岭签约的企业达到了十余家，签约投资52亿元，为安泽建设“一区一河”，打造“五个安泽”打下了坚实基础。

连翘花开，幸福进来。连翘花不仅装扮了安泽的山河，还给安泽人带来了实实在在的收益。连翘花用它的深情拥抱着家乡的山川、河流、村舍和乡亲，用它无私的爱馈赠给生活在这片土地上的人们。我们有什么理由，不由衷地赞美它呢？

安泽红叶

少时读杨朔先生的散文《香山红叶》，总感觉意犹未尽，通篇好像只有一个老向导在讲故事，几乎看不到红叶的影子。那时年少，对事物仅限于感性上的认识，缺乏深入理解，对文章自然也是一知半解了。

重读杨朔先生的散文《香山红叶》，已然是几十年以后的事情了。最近几年，家乡的旅游业发展较快，宣传力度较大，形成了春有黄花、夏有青松、秋有红叶、冬有雪景的自然景观。于是产生了想把家乡四季景色介绍给大家的想法，想写《安泽红叶》，自然就想到杨朔先生笔下的《香山红叶》，于是，拿来诵读，竟有了完全不同的感觉。经过了岁月的磨砺，我对事物的认知似乎有了更多的思考，加深了对《香山红叶》的理解和认知，更觉得自己无论写什么，都无法表达出安泽红叶的内涵，这也许成了我迟迟不敢动笔写《安泽红叶》的理由吧。

近日，县里组织作协到红叶岭采风，我自然加入其中。适逢府城镇一年一度的“相约府城，红叶传情”活动。爬山比赛中，人头攒动，四公里的山道上，到处都是欢歌笑语，不少家长带着孩子参加，更增添了几分生气。一路上，相机的咔嚓声、孩子的惊呼声、游客的说笑声、爬山者的气喘声，不绝于耳。路两旁，山谷里，时不时涌出的或暗，或玫红，或大红，或黄里透红的叶子，在青松的辉映下，让人赏心悦目，真正感受到车在山间行，人在画中走。

红叶岭，我是到过多次的，但每次来，都有着不同的感觉，无论是阳光明媚、白云悠悠的晴朗日子，还是阴雨连绵、白雾茫茫的阴暗天气。无论是满目苍翠、郁郁葱葱的夏季，还是红叶满山、灿若云霞的秋季，那种与生俱来的自然之气，那种天地之间的和谐，带给你的不仅仅是心灵的净化，更是一种摄人心魄的震撼。难怪去过香山，又看过安泽红叶岭的游人，不禁发出了阵阵感叹，说安泽的红叶比香山红得还浓、还烈。不过我想，不管怎样，京城的香山，早已有了历史的积淀，是地处荒野的安泽红叶岭无法比拟的。

其实，在安泽看红叶还有不少去处，可以毫不夸张地说，1967平方公里的土地上，沟沟梁梁、河岸溪边，随处可见。在这个季节里，无论走在安泽的任何地方，随时那么一瞥，你就会看见一簇簇、一片片的红叶，在向你招手，只是在红叶岭相对集中连片罢了。

红叶岭上，建有专门的道路。大家能步行的步行，走不动的坐车，说说笑笑，留影拍照，不知不觉中，四公里的山道，在不经意间，已被我们甩在了身后。站在高高的瞭望塔上，周围的景色一览无余，漫山遍野的红叶被绿色的海洋包围着、簇拥着，随风摇曳，像一艘巨大无比的轮船，在绿色的大海里游荡，令人心旷神怡。

下了瞭望塔，大家余兴未减，相约到林间小路上走走。我由于来过多次，加之感觉脚踝不舒服，于是悄悄脱离了大家，来到了瞭望塔下，看林工人居住的地方。只见门一侧，贴着一张红纸，上写喝水10元，推门进去，还真有不少人在喝茶。“好生意呀！”我脱口而出，不料旁边一位正在倒茶的高个子师傅涨红了脸马上回应：“不要钱的，不要钱的。”原来这位正是这间房子的主人。师傅名叫苏建福，今年已经53岁了，家就住在红叶岭下的村子里。在和他的闲聊中，我得知，和他在一起看护这片林子的还有一位姓张的师傅，这几天因家中有事，回去了。平常这24万亩林子就归他们看护，瞭望塔就是他们工作的地方，每天上下瞭望塔不计其数，特别是森林特险期，每过十几分钟，就要上去观察一下。这些都不算什么，最难熬的就是冬天了，一场大雪下来，四周白茫茫一片，吃饭、喝水都成了问题，新鲜蔬菜更是成了奢侈品，而孤独、寂寞则是最大的敌人。听到这里，我想起了青松岭上的看护人原慧江，有一次我跟他聊天，说：“你见过野猪吗？”他说：“见过，有一年冬天下大雪，他一人值班，早上出去抱柴火，恰巧碰见一头野猪。”我说：“你不害怕吗？”他说：“几天不见人，脑子都木了，见到野猪就问：‘你从哪里来的？’野猪哼了一声，掉头走了。”他说得虽然有些夸张。但在那样的环境中，一个人是可以变傻的。

这时，去林间小路上看红叶的都回来了，大家高兴地拿着手机，相互看着留下的美好瞬间，盛赞着红叶岭如画的景色，全然忘记了还在一旁倒水的看林人。是的，他们都是普通的护林工人，也许，他们的一生都将默默无闻，都将与这片山林为伍。然而，正是有了像他们一样的护林工人，才有了安泽的黄花、红叶，才有了安泽的碧水蓝天。此刻，我似乎找到了安泽红叶的精髓。

唐城唐王寨

我想，在中国叫唐王寨的地方应该很多，因为唐朝是我们这个民族曾经最辉煌的时刻，而作为开国功臣的秦王李世民，在这块偌大的土地上厮杀、拼斗几十年，最终帮助其父推翻隋朝夺取天下并在“玄武门之变”后成功逆袭皇位，开创了历史上著名的“贞观之治”而流芳百世，其留下足迹的地方肯定不止一处了。

安泽唐城这个叫唐王寨的地方由来已久了，据《安泽县志（1997年版）》介绍：“唐王寨在唐城南3公里东，孤峰兀立，顶东西长24丈，北南宽10丈，自西向东三阶登高，最高处有石墙残迹和砖块片，唐城及以北山川尽收眼底。寨下村名梁家（晾甲）圪台，相传系唐兵攻取霍邑设的主帅寨。”

随行的宋素琴老师告诉我，早在20世纪80年代，当年的文化馆馆长、《安泽县志》主编逯丁艺老先生就搜集、整理了唐城人张玉秀老人讲述的“唐城与唐王寨的传说”，并收录在2001年出版的《安泽民间故事》中。

我们去唐王寨之前，尽管县三晋文化研究会有关同志给我讲了多次唐王寨的风光，我还不以为然，以为它只是一个历史遗迹罢了，哪会有什么独特的地方，只是眼下全县搞全域旅游，唐城镇也在赶时髦吧！下了车，毒辣的太阳照过来，马上有了一种被炙烤的感觉，随着大家往山上走，一点心绪也没有，一心还想着别的事情。过了正在建设的寨门，迈上二十多级的台阶，便开始沿车道前行，也许是受地理条件所限，新修的道路非常陡，愈往前行，感觉愈加明显，需要双腿使劲用力，头上的汗滴马上滚落下来。正在懊恼间，栩栩如生的唐王李世民出现在眼前，他头戴官帽，身着黄袍，目光炯炯地注视着远方，举手投足间王者风范展露无遗。七拐八拐，我们走进了一片宽阔场地，随行的镇上李副镇长告诉我，这里依托得天独厚的地理条件，修建了供儿童游玩的玻璃栈道、游乐设施等，使孩子们在感受唐王寨历史之余，体验现代生活的乐趣。可见，建设者把历史和现代相融合的良苦用心。沿着台阶再往上走，空气里多了一种清新、湿润，路边的树木陡然间变得粗大起来，形态各异的松树给人以无穷的想象，仿佛是千年前，大唐士兵在寨前放哨、训练。我想，这里应该是1400年前前往唐王寨的必经之路吧，尽管修了台阶，硬化了道路，依然感觉到陡峭。临近寨顶，出现了一组雕像，那是唐王李世民和他的部下出征时的一个场景，看到这组雕像，使我想起了苏轼的《念奴娇·赤壁怀古》的诗句："遥想公瑾当年，小乔初嫁了，雄姿英发。羽扇纶巾，谈笑间、樯橹灰飞烟灭。"虽然写的是三国周瑜，但周瑜肯定不能同唐王相提并论，因为不仅不是一个朝代，而且唐朝的"贞观之治"曾经在当时引领了世界。从雕像前往右走不远，便到达了唐王寨的顶峰。站在高高的瞭望塔上，周围的山势一览无余，只见群峰环绕、重峦叠嶂。山脚下的蔺河从北至南，清晰可见。在冷兵器时代，地势和水源都是最重要的，唐王寨立群峰之间，居高临下，脚下又有充足的用水，可见唐王当年把这里选作山寨也是有诸多考虑的。

据说，当年李渊带兵攻打霍邑，久攻不下，又逢连日阴雨，粮草不济。李世民建议，屯兵唐王寨，一方面阻击隋兵，另一方面整顿唐军，筹备粮草。最终，取得了攻打霍邑的胜利，为唐王朝的建立，奠定了坚实的基础。

其实，印证安泽唐城唐王寨的存在，应该还有许多。其一，唐王本从太原起兵，太原是他们征战的起点，安泽唐王寨距离太原仅仅200余公里，地理上提供了这种可能。其二，在唐王寨的脚下，分别有两个古村落，叫东晾甲圪台和西晾甲圪台，传说为当时唐兵晾晒盔甲的地方，还有一个叫大米疙瘩的村子，传说是为唐兵提供军粮的。其三，在安泽县境内，有三座唐王庙，一是来自民间故事里的传说，当年唐王寨的战事结束后，士兵们在唐城镇的庞壁村建了一座很大的唐王庙，为李世民塑了骑马征战的金身。可惜，现在已看不到了。二是安泽县和川镇安上村有一座唐王庙，庙里有正殿、偏殿和戏台，庙前还立有年代久远的石碑，但由于年久失修，已经坍塌得非常严重，可惜的是，《安泽县志》里没有它的记载。三是安泽县马壁乡王河村的唐王庙，《安泽县志》里记载建于清嘉庆十二年，上院正殿三间，东西厢房六间，下院东西楼房各三间，正南戏楼大门完好。这三处唐王庙，绝不是空穴来风，应该和唐王有着千丝万缕的联系。此外，在安泽县冀氏镇青松岭，有一座敬德庙，尉迟敬德是唐王手下的猛将，极有可能曾在这里征战。在冀氏镇与古县南垣乡交接处，还有传说中的罗成墓，有他战死的淤泥河。这些都为唐王曾经在安泽一带活动，提供了信息，使安泽唐城唐王寨成为一种可能。

历史毕竟过去了1400多年，当年的遗迹已经消失或正在消失，有的已经变为古老的传说。无论是唐王寨、唐王庙，还是更多的历史遗迹，只是给后人留下一个凭吊怀古的地方，更多的是为今人提供一个休闲的去处，使大家在繁忙的工作和生活之余，既可以感受历史，又可以放松心情，从这点讲，安泽唐城唐王寨确实是一个好的去处。

邂逅雨中东唐

东唐我是去过多次的，雨中邂逅还是第一次，那种无任何雕琢的美，那种如梦如幻的景，一如那初浴的芍药仙子，灵动而飘逸，以至于让人久久不能释怀。

4月19日，适逢杜村乡举办山水文化节，我们作协应邀参加。早上出发时，还留意了一下天气情况，阴晴参半，想着不会下雨。可出发时，竟淅淅沥沥地下了起来，由于大部分人都没有准备雨具，所以盼着不要下雨。我心里在想，好不容易组织个活动，如果下雨，那不成心给大家添堵嘛。

老天爷像是有意和我们作对似的，一路上，雨渐渐大了起来，到东唐下车的时候，雨已经连成一条线了。心想，“这下活动泡汤了，还采什么风呢，这鬼天气，早不下，晚不下，偏偏让我们赶上”，心里不由得诅咒起天气来。可已经来了，只好听天由命吧。

“哇，真漂亮。”随行女同志的一声惊呼，吸引了我，抬眼一看，满目的鲜花竞相开放，红的、白的、粉的、紫的，一时间，令人目不暇接。同行的万老师告诉我，这是一片芍药花，是村里利用核桃树地空余的地方种植的，一方面为了观赏，另一方面还有经济价值，可谓一举两得。走近一看，烟雨朦胧中的芍药花，更多了几分妩媚，就像是仙女下凡编织的一个五彩的梦，那样的清新动人，凑过去，轻嗅一口香气，顿感神清气爽。花间有轻轻地白雾飘起，笼罩在花的周围，充满了神秘。那一颗颗的水珠，依附在花瓣上晶莹剔透，像极了一颗颗挂在花瓣上的珍珠，那种似落非落的画面，让人顷刻间产生无限遐想。

唐代诗人窦梁宾曾写过《雨中看牡丹》：“东风未放晓泥干，红药花开不奈寒。待得天晴花已老，不如携手雨中看。”仔细想来，确有道理，虽说写的是牡丹，但牡丹与芍药同属芍药科，外貌酷似，如同姊妹俩，被称为“花王”与“花相”。芍药的花期很短，只有8—10天，在开得正盛的时节相遇，不能不说是人生一大幸事，何况又遇上了这样绝佳的天气，想想刚才在车上还埋怨天气，真为自己好笑，看来，任何事情都没有绝对呀！

这时，同行的摄影协会老师，已经迫不及待地拿起了相机，在花丛中寻找着最佳的镜头，显然，他们比我们更兴奋，这样的雨中邂逅，还真是可遇不可求。果然，不一会儿，我的微信里，便传来了晓峰主任的照片，那千姿百态、鲜嫩无比的雨中芍药，那含苞待放、欲罢不能的雨中花蕾，那云雾缥缈、似梦似幻的雨中花丛，仿佛把你带到了仙境。我突然想起了不知在什么地方听到的一句话：“此景只应天上有，人间能得几回见。”后来在百度上一搜，原来是杜甫的《赠花卿》，原句是“此曲只应天上有，人间能得几回闻”，不禁哑然失笑。

花还没有看够，主场的锣声已经敲起来了，乡里人在泗河对面的山脚下，搭起了临时舞台，远远即可看到“杜村乡首届山水文化节”的字样，一说山水，首先想到的是南方，是桂林。在安泽看山水，不少人肯定会不以为然，连我这个本地人，也想不到自己生活在这里五十多年的地方，有什么山水可看，可东唐之行，彻底改变了我的思想，也许，正是这恰到好处的雨，给东唐增添了无穷的魅力。

淅淅沥沥的雨，不停地下着，河对岸的山林，漂浮在云雾之中，时而清亮、时而隐匿，山梁上高挺的青松整齐地排列着，像是一排排整齐的哨兵，守护着这片水域。山脚下的泗河水欢快地奔腾着，溅起了一个又一个小小的浪花。水是孩子们的爱物，尽管有点冷，可还是挡不住他们的热情和好奇，踩着河里的石头，来回跳跃着，衣服、鞋子浸湿了，还全然不顾。河水的上游，恰到好处地修了一座小水坝，利用天然的地理位置，形成了一个不大的水面。令人惊奇的是，里面竟然可以划船，孩子们早已按捺不住，纷纷地钻进了乌篷船里，船在艄公的划动下，轻轻地沿着宽窄不一的河面划动着，河的两面是齐腰高的水草，像极了洪湖水里的芦苇荡，让人感觉到了南方，到了鲁迅笔下的乌镇。

当然，戏的主角是来自临汾师大和县音协的孩子们，他们和着细雨，把一首首动听的歌曲，唱给这山、这水和对岸观看的无数乡亲，让大家听到了这来自天籁的声音。我想，这歌声只有唱在这山水之间，唱在这雨雾之中，唱在最贴近地气的地方，才是永久的、值得回味的。这山这水，也仿佛受到了歌声的感染，变得更加迷人。

邂逅雨中东唐，让我见到了别样的风景，使我对生我、养我的这片土地，产生了更深厚的感情。雨是偶遇，山水是永恒，我们只有更好地爱护这山这水，把大美安泽永久地保护下去，才是吾辈之职责。

夜宿车道村

朋友崔从尧都来，相约车道村看看，于是便欣然前往。

车道是一个行政村，位于安泽县城东北部，远离县城40余公里，属和川镇管辖。这是一个典型的依山傍水的村落，也是一个贫困村。2015年，年近60岁的傅庆华，被选调到这里当第一书记，他带领群众种植水稻，修建公路，拓宽河道，发展旅游。经过三年的努力，车道村发生了翻天覆地的变化，不仅摘掉了贫困的帽子，还成了远近闻名的富裕村。前来这里参观、学习的人络绎不绝。朋友崔和傅庆华本是老相识，又有共同的摄影爱好，早就想到傅所任职的村里看看，便有了这次夜宿车道。

我们是在城里吃了午饭后前往车道的，时令刚进入初秋，天空一下子高远了许多，一路上沁河沿岸蓝天白云，大片的芦苇随风摇曳，时不时看到成群的鸭子在水面上游来晃去，这让久在城里居住的朋友，到哪里，都感到新鲜，不时停下车来，取出新购的“无人机”拍摄。就这样，我们走走停停，不知不觉中，到车道村已是下午4点了，见了面，顾不上寒暄、客套，傅便领着我们围着村子及周围跑了一遍，朋友崔更是“无人机”加相机，来不及就用手机，看哪里，都是景，恨不能把村庄的一切都框入机中。也难怪，碧蓝的天空、潺潺的流水、低头沉思的稻谷、水上刚刚建成的水上舞台、迎风挺立的玉米、田园特色浓厚的村庄，都是摄影家眼中绝好的题材。而村里媳妇们自编自排的广场舞，更是让我们吃惊不已。那种洋溢在她们脸上的笑容和自信，让你看到了农村的真正变化。

时间总是匆匆又匆匆，不知不觉间，山村的夜色已经降临了，当西天的晚霞尚未完全褪去，村庄便在刹那间归于沉寂。这突然的沉静，使你有点措手不及，没有一点的思想准备。平时我们已经习惯了嘈杂的生活，一时竟感觉无法适应。吃过简单的晚饭后，天完全暗了下来，只有微弱的月光和满天的繁星闪烁，我在手机上查看了一下，这才注意到，这天是农历六月初八，应该是一月中月色较暗的时候，可这样的月色，却给了星星们展现自我的机会，它们努力地眨巴着眼睛，尽最大的努力展现着自己。回到村委住处，门外已有三三两两的村民，蹲在黑影里翻看手机，顿感惊奇，问后得知，原来他们是在这里蹭网的，倒也成了乡村的一种时尚。朋友崔和傅继续聊着准备举办手机摄影展的事，我也插不上嘴，起身出门，走进了夜色里的村庄。

乡村的夜晚像极了一幅泼墨的山水画卷，放眼望去，无尽的墨色尽收眼底，白天的绿色已被层层的黑暗所包围。村边的这条路，是新修的水泥路，一面临河，一面紧挨着村庄，村子并不大（还包含黑郎、西小庄两个自然庄），只有47户人家，临河的地段，有一些稍微宽阔的耕地，以前种植玉米，傅来到后，进行了大胆的调产试验，聘请技术人员种植了水稻，并喜获丰收。近年来水稻的长势更加喜人，几十亩的水稻已灌满了浆，弯下了头，进入最后的生长期。路上没有一个行人，只有稀疏的月光和星光，照在光滑的水泥路上，无形中增加了光亮。影影绰绰的水稻，隐藏在无限的黑暗中，一阵晚风吹来，稻谷特有的香气直钻入鼻孔，使人沉醉其中。稻田下面是小河，河对面是山，此刻山的轮廓已经看不到了，只能凭白天的印象想象它的样子了。顺路再往前走，听到了哗哗的流水声，下午遇到种水稻的东北人。在聊天中，他告诉我，眼下稻田整治还不太理想，没有完全实现河水自流，需要借助电力抽水补充，眼下是稻谷最需要水的时候，有时晚上也要补充水分。我听到的流水声，应该是他正在往稻田里抽水吧。他说："一个人管理60多亩水稻，也不算什么，就是不能缺了水，水稻必须用活水，还要保证稻田里的水位，否则的话，肯定要影响稻子的产量和质量。"村边的这条小河并没有什么正规的名字，因为在村边流淌，就随着村名，叫作"黑郎河"。它可真正称得上车道村的"母亲河"，不仅浇灌着河岸的土地，养育着两岸的村民，还是沁河的一条支流。如今，这条河上已经筑起大坝，一方面用于水稻浇灌，一方面搞旅游开发。村里的水上舞台，建在水的中央，成了村民自娱自乐的地方。人们一说到山水，想到的都是南方，其实，北方的山水也是独具特色的。

这时突然想到了朱自清先生笔下的《荷塘月色》，那是我上高一年级学的第一篇课文，语文老师米海田声情并茂地讲解，让我至今记忆犹新。当时虽然背诵了，却根本读不出文章的好，以后再读《荷塘月色》，才渐渐地感受到了散文大家的功底。现在我们无论文章，还是诗词，一直在学习、模仿古人，看得越多，越感觉惭愧。我想如果朱自清先生此刻在这里，肯定又有稻田夜色的文章出炉了。还真想起他老人家文章里的句子：“荷塘的四周，远远近近、高高低低都是树，而杨柳最多。这些树将一片荷塘重重围住，只在小路一旁，漏着几段空隙，像是特为月光留下的。树色一例是阴阴的，乍看像一团烟雾；但杨柳的丰姿，便在烟雾里也辨得出。树梢上隐隐约约的是一带远山，只有些大意罢了。树缝里也漏着一两点路灯光，没精打采的，是瞌睡人的眼。这时候最热闹的要数树上的蝉声与水里的蛙声，但热闹是他们的，我什么也没有。”我想，稻田夜晚四周的景色，应该也是非常迷人的，虽然没有皎洁的月光，可漫天的星星，依旧带来了斑驳的光亮，也许，正是因为没有月光，才更有其独特之处。只是，自己进入不到那种意境罢了。

想着走着，不知不觉间，又回到了原点，朋友崔和傅谈兴不减，不过又多了两人。傅介绍说，是村里的村主任和会计。原来，他俩出门考察水上乐园项目，刚刚从外地回来，来不及回家，便来向傅汇报。我听他们说着、议论着计划采购的水上项目设施，哪些适用、哪些经济、哪些利于长远发展的事，谈得兴趣盎然。看到我在一旁有些困，傅提议我和崔先休息，他们到楼上去讨论。他们刚走，我便倒在沙发上睡着了，也许是午饭后没休息，或许是路走多了，朋友崔还试图唤醒我上床去休息，都没有成功。一觉醒来，翻看手机，已经是深夜两点多了，出去解手，楼上灯火通明。傅说话的声音清晰可辨，仍在和他的助手们规划着车道村的发展，看来，他们又要度过一个不眠之夜了。

返回躺在沙发上，已经没有了一点睡意，我一直在想，城里一个将近60岁的人，却把自己的后半生和一个村庄紧密相连，这是一种什么精神呢！是什么，其实已经不重要了，重要的是，他还在尽心竭力地、义无反顾地为车道村的明天谋划着，他是百姓的福音，一个真正的共产党人。夜宿车道，让我看到了风景以外的东西。这才是夜宿车道最大的收获。

安泽煎饼

说起煎饼，大家马上想到的是山东煎饼，因为山东煎饼，已经是一张名片，深深地印在国人的脑海里了。然而，在山西省安泽县，几百年来，煎饼同样是百姓餐桌上的主力。

安泽煎饼的起源，已经无从考证，应该还是源于山东的，因为安泽是个外来移民比较多的县，居民主要来自山东、河南、河北三个省，外来人口的大量涌入，不仅带来了先进的农耕技术、风俗习惯，也带来了饮食文化，安泽煎饼应运而生。安泽有一大特色，就是没有地方方言，有一年春节，临汾电视台搞了一个十六个县市大拜年，选择的地点都是本县市具有代表性的建筑，拜年的用语当然都是本地的方言。十六个县市的主持人，一讲话就可以听出是什么地方人，唯独安泽，拜年讲的是普通话，让人倍感诧异。不过，安泽本地人是可以从口音上分清是安泽哪个乡镇的，可出了门，一口清一色的普通话，虽然不太标准，但大家都可以听得懂。还有在安泽，不管你老家是哪里，不管你操什么口音，也不管你居住时间的长短，只要在一起了，大家就是一家人，从来没有欺生的习惯，人人都可以在这里落脚生存。所以，在安泽，几乎家家户户都会摊煎饼，也就不足为奇了。

20世纪六七十年代，尤其是在农村，煎饼鏊子是家中必备的物件。那时的物质生活非常差，粗粮是主要的食物，而粗粮精工细作的主要方法，就是摊煎饼了。我出生在县城，居住在一个大杂院里，有十几户人家，分上下两个院落。上院和下院，都有一个用来拐煎饼糊子的小石磨。那时，母亲在县手工业管理局下属的经理部当营业员，主要经营五金杂货，门市部里卖得最快的就是煎饼鏊子、水桶、水缸和汆壶了，这些都是那个时代老百姓常用的物件，煎饼鏊子还经常断货，常常是这里刚到货，那里便销售一空了，有时还让母亲提前给留下。我们家当时的经济条件也不好，父亲在外地打工，家里家外全靠母亲一人料理，每月的粮油需要精打细算，粗粮也要精工细作，因此她很早就学会了摊煎饼。为了让母亲摊煎饼，每当放学稍早或星期天，我便和小伙伴们到附近的山上，割一捆一捆的铁杆蒿，晒在院子里。有时也准备一些玉米窝子、玉米茬子，或者一些干松毛，备母亲摊煎饼烧火用。摊煎饼的工序很复杂，不但非常费工夫，还费粮食，所以一般的家庭十天半月，甚至一个月才会摊一次，更有甚者到快过年的时候才会摊。每次摊煎饼都要提前做准备，先是剥好玉米，拿到石碾上碾碎，用细箩过筛，制成玉米面。把玉米面放入水桶里加适量的水搅拌后，再到小石磨上拐，这可是一个主要工序，至少需要两个人配合，一个人在前面用手转动石磨上的木塞子，用勺子往石磨上的小孔里，注入搅拌好的玉米面糊，一个人在后面用套在木塞子上的加力杆，来回用力使石磨转动起来。如果人手充足，可以在加力杆上搭把手的，加力杆的下面还有一个用来支撑加力杆的两面开杈的棍子，起稳定加力杆的作用。石磨分上下两层，注入石磨小孔里的玉米糊子，经过上下两层石磨的碾压，从石磨下方的出口流出来，下面再用一只水桶接上。磨好的玉米糊子，放在家里发酵一个晚上。第二天一大早，便可以使用了。摊煎饼前，要先把煎饼鏊子用石块支好垫平，把柴火点燃塞进鏊子下面，使鏊子热起来，然后用油搭子把鏊子擦干净。摊煎饼的人坐在鏊子后面的一个小木凳上，身后一边放柴火，一边放玉米糊子。鏊子加热后，用勺子从水桶里舀出玉米糊子，倒在鏊子上，用专门做的竹批子，均匀地摊在鏊子上，由于鏊子已经加热，摊在上面的玉米糊子马上变成了金黄色，用竹批子从一个角沾一下，用手揭起来，放在旁边的盖垫上，一张煎饼就算摊好了。摊煎饼火候的掌控是非常关键的，既不能使鏊子过热，也不能过凉，过热会糊，过凉又摊不熟。煎饼摊完后，把圆形的煎饼折叠成长方形，一摞摞摆放整齐，就成了餐桌上的煎饼。刚摊出来的煎饼，既香又甜，经常在好远的地方，就能闻到香味，在那个年代，煎饼的诱惑力，是难以想象的。

安泽煎饼的香甜，得益于安泽的优质玉米，得益于安泽特殊的气候、水文和土壤条件。安泽属亚温带大陆气候，一年四季分明，春季干燥多风，升温缓慢；夏季炎热湿润，雨量适中；秋季温和凉爽，阴雨连天；冬季北风凛冽，雪花飘飞。据《安泽县志》介绍："安泽全年日照平均为2157.7小时，日照率为57%，年度差异较大。日照在200小时以上有7个月，其中5—8月日照977.5小时，占全年日照总时的38.8%，有利于农作物的生长和成熟。昼夜温差一般在11℃—15℃之间，年无霜期约175天。34年记录的降水平均值为586.8毫米。安泽地表水丰富，沁河纵贯全境109公里，有23条支流注入。安泽的土壤属褐土系，富含氮磷钾等多种元素。"正是由于安泽昼夜温差大、无霜期长、土壤有机物多的特殊条件，才使这里的玉米穗大粒饱、色泽金黄、口感香甜。

随着时代发展，物质条件极大改善，家家户户摊煎饼，已经成为一段历史，即便是农村，现在也看不到传统摊煎饼的人家了，村里的石磨也荡然无存了。可是，煎饼作为一种传统美食，一直受到人们的喜爱。摊煎饼的手艺也被完整地保留了下来，成为一种产业，规模化了，磨面、拐磨、发酵，已经实现了机械化，鏊子加热也不用烧柴了，安泽煎饼已经有了自己的品牌。

可是，不管煎饼如何演变，安泽人对煎饼还是情有独钟。一些上了年纪的人，从外地回来，吃饭时依旧离不开煎饼，就是出门出差，或者看望朋友，路上带的还是煎饼。煎饼就像安泽的大叶茶，成了安泽人的一种象征。

小米焖饭

对于地道的安泽人来讲，感情最深的应该还是小米焖饭，这种来自大自然的馈赠，是其他地方无法比拟的。可以毫不夸张地说，走在安泽1967平方公里的土地上，无论任何一个角落，你都可以看到地里诱人的谷穗，闻到小米焖饭的香味。因为，在广大的农村，没有一家不种谷子，没有一家不会做小米焖饭，没有一家做不好。

“食材好，食才好。”安泽得天独厚的自然和历史条件是谷物种植最好的地方之一。安泽属暖温带大陆性季风气候，四季分明，日照时间长，相对湿度大，无霜期长，尤其是肥沃的土地，适宜农作物的生长，拥有有机玉米、小米、蔬菜、松蘑、羊肚菌、木耳以及700多种中药材，是山西的“大林场、大粮仓、大药场”。安泽还是炎帝初国，据《竹书记年》载：“炎帝神农氏，其初国伊，继国耆，合称，又曰伊耆氏。”《据史直解伊氏邑》中记载：“史学界伴随着炎帝故里在使高平的考证研究，据史佐证，被历史尘封已久的‘初国伊’也开始浮出水面，渐露真容。”他在文章中，以不容辩驳的史料证实，安泽古称伊氏邑。从中可以看出，安泽的谷物种植，不仅品质最好，而且历史最悠久。安泽退休老干部孙德福，多年来一直致力于“岳阳山”的研究，在他的文章中，可以感受到他对这片土地深厚的感情，他在《上岳阳山》一文中说，他们老家在河南汤阴，土地少得可怜，遇上灾荒年，村里的人只好四处逃荒要饭。清朝光绪年间，北方大旱，地里颗粒无收，父亲无奈，用独轮车，推着母亲上了岳阳山。因为在他们老家，流传着“上了岳阳山，不愁吃和穿”的谚语，他们知道，岳阳山里才是他们可以活命的地方，像孙德福一样，逃荒来到岳阳山的人家不计其数，而安泽正是岳阳山的核心地区，后来的事实也验证了他们当初的选择。

安泽小米焖饭的做法多种多样，最常见的就是，把米淘好洗净，直接倒在锅里，加适量水，用文火慢炖，称作焖小米。焖小米全靠个人经验的积累，小米的软硬程度，依个人口味而定，有的喜欢软一点，有的喜欢硬一点。最好吃的配菜，应该是炒土豆丝了，小米饭的甜香，配上猪油和老黑酱炒出来的土豆丝，是20世纪六七十年代出生的人，挥之不去的记忆。

随着生活条件的改善，小米焖饭也在不断推陈出新，出现了咸小米焖饭，即将猪肉、豆角、土豆等，在炒瓢里炒好直接同小米焖在锅里。最可口的要数土鸡小米焖饭了，把新鲜的农家鸡，开膛破肚剁成块，铁锅干炒至七成熟，加入适量水慢炖，待快熟时再加入洗好的小米，出锅后那种特有的香味，会直接改变你的味蕾，让吃过的人欲罢不能。还有就是炒小米了，先把洗好的小米在开水锅里捞一下，要等到小米三四成熟，就是小米开花后，捞出后放在笼里蒸十几分钟。然后，配以肉炒或素炒，肉炒可以配鸡脆骨、排骨等，素炒配小葱鸡蛋、韭菜鸡蛋等都可以，这样炒出的小米，色泽金黄，颗粒饱满，可谓色香味俱佳。近年来，更是推出了小米羊肚菌、小米辽参等。

在安泽，做小米焖饭最地道的地方，当属杜村人了，他们焖小米技术出神入化，焖一锅米可以供一村人吃饭。直到现在，村里的红白喜事，都要用大铁锅焖小米。那种场景，我见过多次，每次都很震撼。因为焖出的小米，不仅清香四溢，关键是没一粒烤焦，真正称得上惊奇。他们在院子里垒好灶台，把大铁锅架在上面，加水、加热、注入小米。大铁锅下火势熊熊，焖小米的师傅有条不紊，他在铁锅旁不时用特制的木铲子翻看，指挥烧火的人掌控着火势，直到小米焖熟。难怪抗战时期，太岳区党委、太岳军区、太岳行署在杜村驻扎两年之久。不仅仅是杜村特殊的地理位置和群众基础，更是地道的小米饭，给他们提供了生活上的保证。眼下，杜村乡搞红色旅游，小米焖饭是必备的佳品。

朋友，若来安泽，一定要去尝尝安泽小米焖饭，感受安泽厚重的历史和传统文化，感受安泽人的热情好客。

府城旧事

打小生活在府城这个地方，恍惚间已经过去了五十多年。五十年间，无论上学还是工作，我从未离开过这个地方。这里几乎贯穿了我的一生，其间一草一木、一街一景、一人一物是那样熟悉和亲切，就像一幅陈旧的木刻版画，深深地印在了我的脑海里。

旧时府城有许许多多的院落，每个院子里，都有许多住户，大的十几家，小的三四家，我故事里的主人公就住在这样的大杂院里。那时的府城很小，除了一条南北街外，就是前街和后街了，前后街的住户居住非常集中，一些政府机关也夹在其中。后街说起来只有半条街，街的南面住户较多，北面除了住户以外，还有政府机关。从南北街和后街交叉的丁字路口数起，街北连着有五个院落，我说的是第三个院落，院子里住着七八户人家，院子并不大，却分上下两院，上院有三四户，院子中间有一户，下边院子有四户，院子没有大门，只有一个共用的大门道，两旁是面向街面的房子，西边是两层的土楼房，有四大间，最早是“红眼老刘”和他的一个弟弟建的，后来成了“黑白铁”的厂房。东边的两间门面是王姓人家的，后来被“黑白铁”租赁用作修理自行车。王姓人家是这个院子里最大的户，人口多，房子也多，还是老住户，不像我们大都是后来入住的。院子里坑坑洼洼，大部分地方，都用高低不平的青石板铺成，裸露的地方成了雨水汇集地，下大雨的时候，上面院子的水冲下来，加上下院的水，又急又大，需要人站在大门道往外面马路上扫。否则，水极易灌进屋里。就这么大的院子，家家户户还养着鸡，鸡拉的屎遍地都是，听母亲说过，我小的时候，每次在院子里玩耍，奶奶都要紧跟着在前面打扫鸡屎。除了鸡以外，还有两户人家在院里养了猪，每到春季中午时分，是院子里最热闹的时候，家家户户都在院子里搭建的简易棚子下做饭，母鸡也到了下蛋的时候，鸡叫声此起彼伏。虽然有点杂乱，可家家户户都希望自己家的鸡叫，鸡一叫，就可以到鸡窝上面专门为鸡下蛋准备的窝里收鸡蛋了。在那个物质极度匮乏的年代，收到一颗鸡蛋的心情是可想而知的，更是孩子们最乐于做的事，时间长了，是谁家的鸡叫声都分得清清楚楚。“红眼老刘”就住在我们这个院子里的下院最西边两间低矮的土房里。

太阳已经升起老高了，老刘的呼噜声还是清晰地从糊着麻纸的窗户里飘了出来，我们几个小伙伴，蹑手蹑脚地走到老刘家低矮的窗户底下，用几块旧砖垫起来，踮起脚趴在他家的窗台上，想看一看老刘屋里到底藏着什么秘密，这已经成了我们每天的惯例。因为老刘家里，几乎没有人进去过，只是听大人们说，他每天晚上都要在自己住的房子里挖“现洋”，并大喊大叫“抓贼”，他还见不得晚上邻居家里有灯光，谁家有光，他就怀疑谁家在挖“现洋”，就会在院子里大叫。他整夜整夜地不睡觉，天一亮，反而睡踏实了。此刻，我把手伸进嘴里，蘸上吐沫捅开一个小洞，用眼睛努力地向屋里张望着，一束阳光顺着我捅开的洞照到老刘的炕头，老刘眼睛微闭，均匀地打着呼噜，睡得正酣，这应该是老刘一天中最惬意的时候，因为只有这个时候，他才可以梦到他想要的“现洋”。老刘是一个“疯子”。自从我记事起，母亲就告诉我，老刘是个“疯子”，让我离他远点。我们住在一个大院里，又是隔壁，只有几步远，出门进门总能看到他，尤其是冬天的时候，遇到好的天气，他常是搬一个小凳子坐在门口眯着眼睛晒太阳，手经常不自觉地伸进宽大的棉袄里，不停地摸着什么，时间久了，才知道他是在摸虱子。他的头上常年裹着一条脏兮兮的白毛巾，有时偶然取下来，露出已经没有了多少的毛发，一双红肿的眼睛总是布满了血丝，他的腰微微弓着，一副谦恭的神态。每当老刘取下裹在头上的毛巾时，我总会藏在老刘的身后，用手指去弹他的光头，老刘并不恼，只是憨憨地笑笑，似乎并不生孩子们的气。但他也有恼的时候，有几次竟站了起来，追赶弹了他脑门的孩子，还骂了起来。好在他并不是实打实地去追赶，随着孩子们一哄而散，老刘又回归原位，开始了他的“工作”。我们住的后街，离十字街很近，出门左拐四十米，到丁字路口再右转，走几十步就是十字大街了，那是县城最繁华的地段。街正中心，有一尊高高的毛主席雕像，周围用铁栏杆围着。街的四角，分别是烟酒、交电、大食堂和百货，十字街东西向的街叫前街，往东可以通到沁河边，往西可到汽车站。十字街南北向，分别是南门外和北门外，南门顶头就是小河口，现在的义唐河小桥北，北门外顶头就是往北走的公路，现在的农机服务中心门口，再往前，就是一片柳林，柳林往前就是沁河了。即便离街中心很近，老刘平常也很少出大门，就是偶尔帮对面居住的卖菜籽的刘老头往街上送送货担，平时没见他买过什么东西，更没进过邻居家串门。他的话极少，一个大院进进出出几十口人，几乎没见过他和谁打过招呼。有一次，我一个人在院里玩，老刘突然招手让我过去，他要领我进他屋里，我犹豫了片刻，虽然很害怕，但好奇心占据了上风，我太想进他住的屋里面看看了，于是我蹑手蹑脚跟在他的身后，进了他的房间，屋里面太暗了，刚进去什么也看不见，眼睛适应了好一会儿，我才通过门洞里射进来的光线，看清了房间的布置，靠窗的地方是一个灶台，灶台前堆积了一些麦秸和柴草，锅台上落着厚厚的灰尘，旁边放着两只未洗的碗筷，锅盖敞开着，锅里似乎还有剩下的玉米糊糊，靠近烟囱的地方，有几片已经看似发硬的窝头。房间里北墙上，有两个小窗户，糊着厚厚的麻纸，由于北面的山墙与邻居家的山墙挨得很近，本来就没有什么光线，加上厚厚的麻纸，几乎透不进一点光，最里面靠南的角落里是老刘睡的炕，炕沿的左边有一个木头箱子，看不清箱子的颜色了，只是黑乎乎的一片，炕的右面地下果真有一个不小的坑，坑边还有土堆和挖土的工具，我马上明白了，母亲说他挖“现洋”，每天晚上刨地的声音，就来自这里了，原来他真是在自家屋里挖“现洋”。看到我跟着进了他家，老刘显得很兴奋，他摸索着走到炕沿，手伸进了箱子里，摸索了半天，终于把手拿了出来伸向我。我感到了一丝恐惧，老刘却咧嘴笑笑，张开了黑乎乎的手。我惊奇地发现，那是两块包着透明纸的水果糖。我摇摇头，表示不要，并扭头往外跑。老刘像是很生气，几步赶了过来，往我手里塞。正当我手足无措时，听到母亲在喊我，老刘应该也听到了。他愣了一下，手一哆嗦，糖掉在了地上，就在他低头捡糖的时候，我逃出了他的屋子。回到家里，我没有把进老刘屋里的事告诉母亲，那是她根本不允许的，但在我心里认定，大人们说的也许都错了，老刘压根不是个疯子。我很好奇，不知道母亲为什么说老刘是疯子，在我的眼里，丝毫看不出老刘什么地方疯了。有一次，我问母亲，老刘怎么是疯子，母亲说："小孩子还管闲事，跟你说不清楚。"听了母亲的话，我不再打听老刘的事，但从那次进他家后，我对他的关注明显多了，有几次，母亲烙了葱花饼，我还偷偷地给他送去，我看见他眼里闪着的泪花。

老刘的户口在二队，那时府城有九个生产队，一队在北门外一带；二队在后街、前街及城墙岭一带；三队在南门外一带；四队在西沟；五队在五里庙；六队在小河南；七队、八队都在南滩；乌鸦凹在河东属于九队。姥爷是二队的队长，自然是管老刘的，每次通知老刘下地，他很少去，即便去了，也不会干活，时间长了，便不再通知他，他也不挣工分，平常靠做点小买卖为生。

老刘最终还是死在了一个冬天，那天我放学回来，看见院子里有许多人，姥爷也来了，因为他是队长，队里大事小情他都要在场。母亲说老刘死了，也许已经死了几天才被发现，人已经被埋了，他在这里本身没有亲人，是队里出面，按"五保户"把他打发了。

若干年后，老刘的儿子找来了，那时舅舅已经是队长了，他接了姥爷的班，他帮老刘的儿子找到了城墙岭上埋葬老刘的地方，并找人帮忙把老刘挖了出来。老刘的儿子收拾了老刘的遗骨，把老刘带回了老家。

再后来，听父亲讲老刘的故事：老刘大名刘立柱，原是阳城人，在阳城做小买卖，专卖大叶茶。卖茶期间，他结识了一个猎户，是河北人，一来二去成了朋友，他便把此人带回了家里居住。没承想，时间久了，此人竟和他妻子勾搭上了，反而把老刘逼出了门，真正的"引狼入室"。万般无奈之下，老刘独自出门做生意，这才来到了安泽县，之所以选择安泽县，是他在阳城卖茶叶的时候，来过几次，知道太岳山里养穷人。来到安泽落脚后，他还是经营老本行，走村串户卖大叶茶，靠着诚实守信、童叟无欺，积攒了不少钱，购置了许多房产。老刘的"疯"，问题出在他把自己住的房子租给了一个姓卫的河北刻章人，这个人在租他的屋子里挖了一个坑，他自己说是放萝卜的，老刘不知咋知道了，说他在屋子里挖走了"现洋"。当时还报了警，警察来到现场，确认是在屋里挖坑存放萝卜，事情到此也就结束了。事后老刘把姓卫的撵走了，自己住了进来，从此却犯了癔症，一直怀疑屋子里有“现洋”。事又凑巧，队里冬季在附近积肥挖粪，在离我们院子不远处，恰巧挖出了一罐“现洋”，老刘当时也在场，这更加深了他的怀疑。雪上加霜的是同老刘一起来安泽做买卖，一起修房子的不同姓弟弟，又把他们一起修建的土楼房偷偷卖了走人，遭此打击后，老刘便一蹶不振了。每天什么也不干，就是傻愣愣地在院子里晒太阳，晚上不睡觉，用镢头在家里胡挖，直到最后死去。父亲说老刘卖茶叶的时候，还赊出去不少账，随着他的疯，他的死，账也就不了了之了。

城墙岭 城壕院 城隍庙

安泽是千年古县，在县城所在地府城，有许多地名虽然久远，却有着特殊的印记。

一、城墙岭

记得大约在20世纪70年代初，我六七岁时，姥爷和姥姥家，从现在的县人大、政协办公楼所在地，搬到了城墙岭。当时搬家是为了修建县委办公楼而动员住户们搬迁的。在我的印象里，老院是个四合院，院子全是青石铺地。我记得姥爷家是第一个搬上去的，搬家的时候，他挑着箩筐，里面装着锅碗瓢盆一些常用的东西，我跟在后面，上了龙头坡。现在想想也许姥爷是队里的队长，带头搬迁吧。因此，姥爷家就占据了城墙岭上的第一个院落。当时的城墙岭，还没有人居住，除了队里的几块耕地，就是成片的坟丘了。那时人们识字的也不多，大家都把城墙岭说成是“陈家岭”或“成家岭”，我打小也是从长辈们那里听来的名称，从未想过它的真伪，反正人们一提起城墙岭浑身都起鸡皮疙瘩，先不说死人夜间闹鬼火什么的，单就经常出没的狼群就把人吓坏了。那时野狼在深夜时常在大街上觅食，家里喂养的猪，常常是早上起来就没了踪影。特别是冬天，天气寒冷，天一黑人们就睡了，丢猪是常有的事。有时半夜听到猪叫，等你穿好衣服出来时，狼早已把猪叼跑了。家里养猪，防狼是最主要的，要不一年的辛苦就白费了。所以，当时的城墙岭更是无人问津，一般人是不愿意去那里居住的，姥爷和姥姥搬家肯定也是出于无奈。

我的印象里，把“陈家岭”或“成家岭”换成“城墙岭”是姥爷和姥姥搬家以后的事，那时姥爷和姥姥已经过世。有一年去舅舅家走亲戚，在一起拉闲话，舅舅说起在岭上种地，发现常有盗墓贼出现，据说有汉墓。后才注意到，岭上原来是一层一层的夯土堆起的，特别坚硬，一直延伸到后西沟的上面，原来是古城墙，城墙的下面，埋有古墓。小时候我和伙伴们也时常从岭上走过，上面有一条路可以通往西沟，至于城墙，压根没有想过，就是想过，也无人敢去看的。听舅舅说过后，我有意无意中去看过几次，果真是层层夯土堆就的城墙。我才恍然大悟，叫了若干年的“陈家岭”或“成家岭”，原来是自己的音误，真正的名称应该是城墙岭。后来街道规划整治门牌号码，都使用了城墙岭的名称，只不过是我孤陋寡闻罢了。于是我翻看了《安泽县志》，并在网上进行了搜索，一直尝试着解开城墙岭上的城墙之谜，然而很失望，《安泽县志》上有关城墙岭的记载很少，只有“民国二十九年秋日军于草沟岭扎据点，孤守九个月。三十一年二月，日军于城墙岭筑碉堡，盘踞两年多”。再没有其他的记载，不过《安泽县志》上有“今治府城，西汉伊氏县治。北魏建义元年于南40里地置冀氏县，曾名故城，也称附城。唐中叶戍府兵设附城关。宋置府城寨。明清复称关。民国年称镇，第三区行政公所治”。从《安泽县志》上推断，也许城墙岭上的城墙建于唐中叶，或者是宋，也许是更早的汉代，因为城墙脚下有汉墓。由于没有记载，城墙岭上的城墙也许会永远湮没在历史的尘埃里。今天的我们只有靠着自己的想象，想象着当年城墙的风采，府城城郭的繁华。

二、城壕院

有了城墙岭，城壕院就好解释了。对于城壕院，也许不知道的人要多些，它的准确位置是在县水利局对面的胡同里，原先政府家属院的下面，整个院落是一排的窑洞，大约有十几孔吧，小时候人们都叫它“成活院”。至于是哪三个字，谁也搞不清楚。城墙院的名字出于我的联想，当时我家在后街（现在的城关信用社边）的大院里居住，院子里住了大约十几户（还有租住的），分为上下两个院。院内青石板铺地，没有大门，只有一个胡同口。胡同两边是当时黑白铁社的厂房。之所以对城墙院如此熟悉，是因为我们居住的院子和城墙院是相连的，通过后院谢家旁边的一个陡坡（孩子们只能爬上爬下），穿过一大片荒草地，便可以直达城墙院。那一片荒草地曾是周围孩子们的乐园，经常在里面玩捉迷藏，有时也分成两队玩打仗，土坷垃扔得满天飞，打得难解难分，那时玩也不计后果，也不怕谁把谁打着了，孩子们似乎都很结实，有时真的打在身上、头上也不当回事。荒地的西墙根，有一棵高大的槐树，我们经常爬上爬下，学电影里的故事，把它当成了瞭望哨，爬树时常把腿磨得血肉模糊，还自告奋勇争着往上爬，爬到树上，周围一览无余，可以直接看到城墙院上被青草覆盖的窑顶和冒着青烟的烟囱。城墙院里的窑洞大都低矮，小小的窗户上糊着厚厚的白麻纸，只有一块小小的玻璃，可以看到外面，窑洞里面光线非常不好，加上日积月累的烟熏火燎，整个窑洞里黑乎乎的，阴天下雨的时候更是如此。那时家家户户都这样，也没感觉有什么不好。城墙院里的住户不算多，主要以周姓和冯姓为主，最外面是一户姓党的。从城墙院里出来，穿过不宽的胡同，直接就到了北门外。我常常想，当初的城墙，也许是跨过城墙院的窑顶，一直延伸到北门外的城门，再到沁河边上的。城墙院里的窑洞，也许是为看守城墙的士兵和马匹而建的。把城墙院的名字改成城壕院，源于一位老邻居的母亲。有一年，光屁股长大的玩伴，家中姑娘出嫁，要我去喝喜酒，见到了当时已经80岁的阿姨，多年不见，话题自然唠得多些，说起了我们小时候的事情，说到了城墙院。阿姨坚决地说，那是城壕院，不是城墙院。我仔细琢磨，叫城壕院确实应该更贴切些。不管城墙院，还是城壕院，和城墙是密不可分的。

三、城隍庙

《安泽县志》上记载：“府城主要建筑有东西大庙和中南二阁，东为圣母庙，位于东街北侧（今大礼堂），两进，前院正南为戏楼和大门，东西厢房为学校教室；后院三楹供奉天仙圣母娘娘，两侧角殿供河伯与牛马王，东西厢房住庙首和教员，总体建筑虽系土木结构，然雕梁漆柱，彩绘牌坊，琉璃瓦厦，颇为壮观。西庙供关羽武圣（今武装部），前院厢房住区警杂员，后院厢房区公所占用。镇中十字街东北角建文昌阁，南街尽头（今万象市场对口）一阁供南海大士。四周有土筑城墙，厚六尺，高九尺，东北南三门砖碹，西里门砖碹、外门石砌。318间民房紧密排列，单臂间隔，脊檐串联。民国二十八年（1939年）九月，日军战败，放火焚烧府城六天六夜，片瓦不存，变为废墟。”从县志记载上看，我所说的城隍庙，指的是西庙，即供关羽武圣的庙，之所以把它称之为城隍庙，来源于数年前接待过的三位老人，他们姊妹三人来自河北石家庄，当时已经80多岁了，很小的时候，曾在府城居住过，留下了深刻的印象。后几经颠簸，最后落脚到河北。年龄大了，常常想起生活在这里的情景，于是趁着还能走动的时候，来这里了一下多年的心愿。

可想而知，他们来后的心情了，他们所说的城隍庙，就是《安泽县志》上说的供奉关羽武圣的西庙，早已荡然无存了。他们说的北门，根本也不存在了。我带着他们从北门外的沁河边到武装部（原西庙地址），来回走了一趟。从他们的眼神中，我看到了满脸的失望。从他们的讲述中，我重新认识了府城，认识了曾在梦里存在的家乡，四周被城墙包裹的小城，精巧别致的石制城门，城外环绕着清澈奔腾的河水，城隍庙里香烟缭绕，士农工商和睦相处，一派和谐自然的田园风光。

其实，在我的记忆里，依然残存着城隍庙的影子，由于居住在附近，我和小伙伴经常去当时的政府院子里玩。清楚地记得，政府往西面走的院子里，仍有残破的带有雕刻花纹的石质圆形门洞，现在想想，颇有些今日圆明园残柱的样子。通过门洞，是一大片长满荒草的后院，到处是残垣断壁，可能就是城隍庙旧址了，当时是武装部的一个后院。政府大门的正对面，是大约四五十多级，分为两层的青石台阶，两面都有石制的栏杆，可以直接上到当时的广播站，这台阶是不是庙里的东西，就不得而知了。

城隍庙究竟毁于何时，《安泽县志》上没有详细记载，只是说日军战败，放火焚烧府城六天六夜，片瓦不存，不知大庙是不是毁于日本人手中，没有考证。不管怎样，随着时间的推移，《安泽县志》上记载的东西大庙、文昌阁、城墙、城门等一切都不复存在了，现在的许多人对过去的府城已经淡忘了，今天的府城已经彻底改变了过去的容颜。一座现代、文明、和谐、幸福的新府城，出现在我们的生活中。今天写下这篇小文，为记忆里的府城，留下点可以回忆的东西。同时愿今天生活在这里或者今后仍然生活在这里的人们，都能一如既往地热爱这块土地，一如既往地为这块土地的今天和未来竭尽全力。

变 迁

我的家乡在太岳山南麓，一个叫安泽县的小县城，这里地处山区海拔较高，冬季寒冷而漫长，每年冬天是最难熬的时候，外面冷，家里也暖和不到哪里去，取暖成了最大的心病。时间久了，一到冬季就煎熬，不少老年人选择了“候鸟”生活，冬天出去居住，天热了再回来，给生活带来了诸多不便，百姓常有怨言。从去年冬天开始，这里的冬天不再寒冷。

屈指数来，我在这个小县城居住已有五十多年了。五十多年时间里，无论是上学，还是参加工作，从没有离开过这里，对这里的一街一景、一砖一瓦、一草一木、风土人情有着更深刻的了解，同时也领略了这里冬天的寒冷。

20世纪60年代末，我出生在现在的府后街（过去叫后街）的一个普通大院里，说是大院也不大，可住的人家不算少，大概有十家，分上下两院，房子挨着房子，不仅破旧，还透风漏气。每家只有一个小窗户，窗户是那种老式的木制格子，基本全是麻纸糊着，只有窗户中间一小块玻璃，可以照射点太阳光。门的做工也十分粗糙，还能看见上面的窟窿眼，晚上插住门，中间留着很大的缝隙，明显感觉到风往里灌。每到冬天，早上起来，门后的水缸都要结冰。那时冬天取暖，全靠在炕上，家家户户做饭的火，从炕洞出去，再通到屋顶的烟囱，这样，睡觉的炕，成了冬天取暖的最佳选择。可是，不做饭的时候，炕也是凉的，做饭主要靠柴火，加一点原煤，条件稍好一点的，捡一些机关倒出来的炭核，晚上做完饭后，覆盖在火上，可以延长一些时间，但绝对坚持不到后半夜，晚上解手，早上起床，是要下很大决心的，冷成了那时刻骨的记忆。

20世纪80年代中期，府城信用社扩建，我家搬到了南滩，现在的土地巷。刚搬过去时，周围全是地，站在院里，直接可以看到马路。由于是当年修建，当年搬迁，赶上那年多雨，特别潮湿，加上周围又没有建筑物，到了冬天，四面大风包裹，没有遮挡的地方。虽然家里买了焦炭，用上了铁板焊接的带水箱的炉子，仍然十分寒冷。

20世纪90年代初，结婚成家，住上了新房子，新房子有了土暖气，所谓土暖气，就是自制小锅炉，兼顾做饭和取暖。那时土锅炉刚上市，技术所限，几乎每天晚上都压不住火，早上起来，家里依旧冰凉，还得重新掏灰、生火，每天手上、脸上都是洗不净的煤灰。尤其是那年冬天，妻子分娩，家里又冷又潮，暖气又不给力，结果落下了一身毛病。

2000年后，住房改革，妻子所在的教育系统有了家属楼，我们买了最高的五楼，搬进了教师安居小区。想着住进了家属楼，冬天不会再冷，可事与愿违，搬进去的当年冬天，做饭的阳台上，接满了冰碴，水管、下水道都给冻住了。晚上在家看电视，不是披着大衣，就是盖着被子，家里的温度始终徘徊在13摄氏度左右，最高上过18摄氏度，冷的时候，都在9摄氏度上下，无奈之下，购买了空调，补充点温度，将就着过冬。其间，小区将燃煤锅炉改造成燃气锅炉，承包人也一换再换，就是温度不换。当时，安居小区的暖气费是全县最贵的，温度是全县最低的。前年，盼望了多年的大暖，终于供暖了，效果却依旧不尽如人意。就这样，我们在安居小区住了十几年，也冻了十几年。后来考虑到年龄逐渐大了，爬楼梯成了问题，加上暖气效果也不好，就把房子卖了，暂时搬到了孩子的姥姥家。

转机出现在去年，县里更换了暖气公司，疏通了天然气管道，增设了供暖泵站，加大了财政补贴力度，困扰县城多年的大暖问题不仅得到根本性解决，而且暖气费用下调。祖祖辈辈生活在县城的人们，从此再也不用为冬季取暖发愁了。

第七辑　生活纪实

雪路纪实

下雪了，我想起了2009年那次雪路上的经历。按说，那天我还特意看了天气预报，知道要下雪，况且从早上的新闻里，已经得知了太原下着大雪的消息。可是，考虑到有些要紧的事情要办，还是出发了，前往临汾的路上，天气阴沉得十分厉害，心里还默默祈祷，雪尽量来得迟一些吧！

本来计划中午办完事，下午返回安泽，恰巧机关的冬装到了，局长想着我们就在临汾，顺便把这事安排给了我们。可是由于办事耽搁了时间，联系好货车装服装的时候，已是下午3点了。当时天空中已有零星的雨滴飘落，还想着不会下大的，也就80多公里的路，将就着就回去了。谁知，出发还没多长时间，雨点就密集了起来，走到曲亭的时候，雨夹雪都来了，我怕时间长了把服装淋湿，于是停下车，在附近的商店买了篷布和绳子，把服装盖好，并用绳子系牢，又接着前行了。

“屋漏偏逢连阴雨”。就在我们担心雪越来越大，还能不能安全到达的时候，前面堵车了，大小车辆已经排起了长队，当时也顾不了许多，我在前面开着小车带路硬往前挤，可挤到事故现场，再也动不了了。原来，一辆大货车同一辆皮卡相撞，事故不是太严重，可是路面已经全占满了，司机报了警，正在等待交警处理，可看样子交警一时半会儿来不了。现场勘验不完，谁也走不了，只有等待了。望着越来越大的雪花和越来越暗的天空，此刻每个人都心急如焚。

好在等待的时间还不算太长，交警来了，很快处理完事故，开始梳理交通后，我们总算又可以前行了。可是，开车的司机却不干了，他开始担心自己即便是能到达安泽卸了货，也不一定能返回来了，于是同我商量，能不能联系车来接一下。我想，这么大的雪，客货车又没有防滑链，就是能下七里坡，也上不了草峪岭，何况车也是亲戚找来帮忙的，出点事情也不好交代。想到这里，我便同意了他的想法，开始打电话同机关办公室联系，说好让他们派车到七里坡上接，又安排与我同行的同事，开我们的车去七里坡接应，我坐客货车在后面走。走了没有多长时间，司机师傅的电话响了，原来是我们局长打来的，由于我的手机没电了，刚才就是用师傅的手机联系的，所以局长把电话打给了师傅。他告诉我，草峪岭已经堵车了，接我们的车来不了，恰巧明天他在临汾市局有个会，让我代替参加一下，返回去，住临汾吧。我一听傻眼了，返也没法返，因为我已经把自己坐的车派到了前面等同事去了，而他手里拿的手机也没电了，一时还没法联系，只好开着车再往前走走看。

走了一会儿，雪更大了，还刮起了大风，路面已经模糊不清了，如果再往前开，客货车随时都有无法返回的可能。于是我决定自己下车往前走，让客货车先掉头返回。当时还想，道路刚疏通，从临汾回安泽的车肯定少不了，说不定遇上认识的，搭上他们的顺风车就可以到达七里坡。天知道，这只是自己的一厢情愿，从客货车上一下来，我就知道自己的决定错了。天已经完全黑了，风夹着雪花不停地打在脸上，刺得生疼，眼睛都睁不开，浑身冷得直打哆嗦，只有小跑着前行，身后先后过了几辆车，招手后都没有停下的意思。是啊！在这样恶劣的天气里，都是急着赶路，谁肯停车呢？再说，风雪这么大，就是熟人也看不清。就在我不抱希望，继续赶路的时候，一个熟悉的车牌号一闪而过了，是单位的另一辆车，要是自己在路边再坚持一下就好了，他们肯定会看到我的，心里的懊悔就别提了。手机没电又无法联系他们，唯一的办法就是继续往前走，找到自己坐的车了。

风雪迎面扑来，公路上已经积起了厚厚的雪，每走一步感觉特别吃力，步行的速度非常缓慢，有时真的不想再走了，可漫天的风雪打消了自己的想法，不走，会冻死。就在感到无助的时候，我突然发现路边有了人家，窗户里面还有灯光，何不借老乡家的电话一用，跟他们联系一下，告诉自己的位置。当我敲门进去说明情况的时候，女主人一脸狐疑，因为现在出门不带手机的事情毕竟很少发生。我把电话打给了机关的同事，他又联系了刚才过去车上坐的同事，告诉见到我坐的车后，让司机掉头回返，我在路边一个村庄上等（村庄的名字已经记不住了），等一切都安排好了，我才长长松了口气，感觉浑身像散了架似的。

等同事接上我返回临汾的时候，已经是晚上12点了，好在同事很精明，借用了别人的手机，提前联系好了拉服装的司机师傅，让他把服装卸在了市局门房。我们登记住下后，已是午夜时分了。这时又接到局长的电话，告诉我不用替他开会了，他在草峪岭等到路通后也赶到临汾了，于是我们相约明天等他开完会后一块儿回。第二天早上起来一看，雪下得更大了，我联系了局长的司机，两辆车一起到市局门房拉服装，考虑到服装的包装箱子占地方，我们装车的时候，把箱子拆了，直接把服装堆放在后座和后备厢里，这样省了许多空间，服装问题算是解决了。

中午11点，局长的会开完了，吃午饭有点早，加上害怕下午路上结冰，我们商量先赶路回去吃饭。于是，两辆车一起从临汾出发了。过了甘亭，走上309国道，路面的积雪便多了起来，只能看到路中间黑黑的两道车辙。过了曲亭，再往韩略、古罗走，路面已经被雪封得严严实实的了，好在公路还好辨认，我们基本上能把握住，行驶在公路中间。路边零星地放置着许多停驶的货车，已经被白雪覆盖，估计他们更不敢走了。刚开始在路上还担心七里坡会有麻烦，结果非常顺利地通过了。心想，大雪封路不过如此，只要谨慎驾驶，并不像人们所说的那样可怕。

想法有点早了，麻烦还是出现了，车还未过草峪村，在一个小坡上，我们遇到了相向行驶的车辆，这还是我们一路上见到的第一辆车，可堵在前面已经上不去了。我们只好把车停在坡下，等它上去。眼瞅着那辆车左摇右摆，不是往上走，反而在往下滑，他们车上的人在后面推也起不到作用。看到这种情况，我们四个人一起下车，帮他们推了起来，毕竟还是人多力量大，车子终于启动了，慢悠悠上去。轮到我们了，提前做好准备，三个人在坡上打滑的地方等着推车，司机开着车，稳稳地踩住油门把好了方向。由于我们提前做好了准备，司机的经验又丰富，我们没费多大的周折上了坡。车过草峪村，风刮得更紧，雪下得更大了，在没有车碾压的路面上，一脚下去雪已经埋到了脚脖子，车只能缓慢地行驶着。此刻丝毫不敢停下，一停下，车就起不了步。我和局长早已从车上下来了，跟在车的后面，随时准备推车，尽管这样，车子还是走不动了。我们只好用随车携带的小铁锹，把车轮前面的雪铲平，垫点土，再一点一点往前挪。这时肚子也咕咕叫了起来，看表已经是下午2点多了，在这个前不着村后不着店的地方，只有坚持。终于到了最后一个大拐弯处了，在这里已经可以看到岭尖了，可是停在路上上不去的车却越来越多了，还有两辆车滑到了路边的排水沟里，看来要上去这最后一道岭的难度确实不小。我们稍微休息了片刻，商量好先上一辆，再上一辆，便着手开始冲坡，司机在里面开，我和局长还有另外一名同事在后面推，在最陡的地方，还是停了下来。不管我们怎样努力，车子原地打滑，就是不动。就在我们无计可施的时候，从山坡上下来了几名扛着铁锹的农民，原来他们刚刚帮一辆车推了上去，在谈好了价钱后，他们有的在车前面铲雪，有的从路边的山坡上挖土垫路，还有的和我们一起推车，真是“八仙过海各显神通”，总算是把车开到了山顶。如法炮制，我们把第二辆车也开了上来。上了草峪岭，基本上就到家了，虽然雪很厚，但从这里到县城，全是下坡路，再也不用推着走了。在岭上拉开车门的时候，雪把车门都挡住了，可见真是一场罕见的大雪，好在有惊无险，回到县城已经下午5点多了。

这次雪路之行，尽管又累、又困、又饿，可想到我们一路齐心协力战胜困难，终于安全返回，心里还是充满了感慨。

我所经历的三位打字员

在地税局成立的24个年头里，我有七年是在县局办公室主任岗位上度过的。其间，先后经历了三位打字员。现如今，三位打字员都早已离开了地税局，找到了适合自己的岗位，我也不再从事办公室工作，但我还是每每想起他们，想起我们地税局成立之初的困难，想起他们的艰辛和努力，感叹税收今日之变化。

第一位打字员

第一位打字员的名字叫王峰，高高的个子，憨厚的脸庞，隆起的鼻梁上架着一副眼镜，说起话来吞吞吐吐，走起路来也有些扭捏，看上去根本不像个大小伙子。当时地税局刚刚成立，县局和城关所共同租赁着县多种经营公司的一座只有10余间房子的小楼，一楼是一大间门面、大门和门房，城关所的十几个人就挤在里面办公；二楼的五间房屋，分别是办公室、农税股、征管股、税政股、副局长办和局长办，条件之差是难以想象的，而打字用的仍是铅字打印机和手推的油印机，虽然机构新成立，但文件、材料、简报一样也不少，每天加班加点是必需的。加之王峰来这之前，并未打过字，一切都得重新学，更增添了打字的难度。当时对于我来讲，办公室工作也是一个新课题，各种各样的材料压得我喘不过气来，加之人事教育、纪检监察工作这一块也归我管，所以对王峰的帮助只能算是微乎其微了。每天大家下班后，我趴在桌子上写，王峰趴在打字机上打，各忙各的，还真是一组美妙的组合呢。往往是我的材料写好，王峰打印，打印完毕，校对无误后，我们便开始印刷，先打开油印机，调好油墨。油墨不能太浓，也不能太淡，要适中才好，太浓了字迹模糊难辨，太淡了有的字印不清楚。油墨调匀后，我们便把打印好的蜡纸贴在滤网上，蜡纸还要放端正了，不能有丝毫倾斜，这样印出的材料才能端正，然后就用滚子蘸上油墨在滤网上均匀地推。别小看这道工序，用力不能太重，也不能太轻，否则都会影响油印的效果，要掌握好火候才行。刚开始印材料的时候，我们边干边摸索，常常不是这里出错，就是那里出错，顾此失彼是常有的事，经常弄得手上、身上、脸上都是油墨，材料还印得不好。有时赶上开会急用材料，从晚上弄到天明是常有的事，常常是我看他，他看我，彼此满手满脸都是油墨，相视一笑后释然。好在当时大家的心劲特足，从未觉得苦和累。1994年冬天来了，我们租赁的小楼不但四处漏风透气又没有暖气，只好在每个房间都盘了火炉。由于当时局里经费紧张，临时从高平拉回一车无烟煤，无烟煤的燃点低，只能稍微驱驱寒气。王峰在靠近门和窗户的地方打字，冻得直哆嗦，可工作又不能等，实在冷得不行了，就站起来跺跺脚，搓搓手，呵口热气，坐下又继续。说实在的，王峰脑子反应不是很快，但在那么短的时间内学会并掌握了打字，确实不易，小伙子肯定背后付出得更多。12月底，局长从县财政局借了一台386的计算机，这也是地税局历史上的第一台计算机，从此告别了铅用打字机的历史。更令我没想到的是，王峰计算机打字居然学得飞快，没几天，便运用自如了。

第二位打字员

我们乔迁新办公楼后没多久，王峰放弃了打字员的工作，自己出去寻找出路了，接着又来了第二位打字员。记得当时局长告诉我，打字员是县里某局长的一个亲戚，我的心里马上咯噔了一下，还想着，不会是个不干活的小少爷吧。没想到，出现在我面前的是一个精干的小伙子，满脸稚气，长得眉清目秀。不知怎么搞的，我一下子从心底喜欢上了他，他的名字叫牛晓龙。当时的办公条件虽比以前好很多，但打字员的工作并不轻松。由于我们没有专职通讯员，每天局领导办公室的清扫、打水，会议室的打扫，楼梯、楼道的卫生清理，无形中全落在他一个人身上，好在计算机的运用，加快了打字的速度，减少了工作量。但当时办公室还只有我们两个人，通信条件也不像现在这么发达，全局上下包括城关所仅有一部电话，每天接听的电话少说也有四五十个，还要不断地喊人来办公室接听电话。有时晓龙刚坐下打字，电话就响了，又得起身喊人接电话，时间长了我都觉得烦得不行，可晓龙从没有烦的时候，总是耐心地接听每一个电话，不断地站起、坐下，又站起，又坐下，重复着这既简单又无聊的工作。我性子急，脾气不好，办事最反对拖拖拉拉。有一次，我安排晓龙晚上打一份简报，准备早上发往市局。谁知早上上班后，晓龙说还没打好。我一听就火了，劈头盖脸地一顿训，就差骂娘了。我看见晓龙嘴巴张了几下想解释，最终也没讲出来，就赶紧打印去了。事后我才知道，这条线路的变压器坏了，晓龙在局里待了一个晚上也没等到电来。日子就这样平平淡淡，又紧紧张张地过着，我们的办公室工作接连不断地受到市、县局的表彰，文书档案还达到了省一级，晓龙的工作也得到了大家一致的认可。可惜的是，晓龙用自己的勤奋和努力没能换取什么，却等到了临时工全部下岗的消息。

第三位打字员

晓龙下岗后，我们打字员的岗位始终空着，各股室打印材料一直都在专门的服务部打印，时间久了，费用高不说，还费时费力。于是我们把情况反映到局长那里，局领导一研究，就向市局人事科打了报告，批了一个临时打字员指标。恰巧局里有位同事推荐了一位刚从中专学校毕业，又懂电脑的小伙子，这样第三位打字员李伟又接任了打字员岗位。论个头，李伟比不上王峰，论长相更比不上晓龙，矮矮胖胖的身材，鼻梁上还挂着一副眼镜，说心里话，当时总觉得不舒畅，也许是小伙子长得太不经看了。没承想，李伟工作更出色，从早上上班到下午下班，他就像一台不知疲倦的机器，不停地转着，而他的脸上常挂着憨憨的笑容，从未见他发过一次火。李伟的人缘极好，大家有事总爱喊他，他也有求必应，从不打折扣，总是乐意为每个人帮忙。李伟来时，局里更新了微机，购买了速印机，印材料再不用油滚子一张一张地推了，可新机器的熟练使用得有一个过程。在我的感觉中，没几天，李伟便能运用自如了，印的材料相当漂亮，再不用别人帮忙了，这实在是一个不小的进步。以往每次印材料最少也得两个人，材料多时要三四个人帮忙。李伟的聪明还在于他精通电脑，他本身并不是科班出身，却相当善于钻研，局里的微机出了问题，他都可以搞定。李伟最大的特点就是从不嫌麻烦，自己懂的马上解决，不懂的总要琢磨透，实在琢磨不透的就找别人学，一来二去，成了局里计算机方面的土专家。李伟工作了两年后，由于县里考试分配一批大中专毕业生，他参加考试被录取后，便到一所中学教电脑课了，虽说大家都舍不得他，但还是高高兴兴送走了他。

这就是我七年办公室工作中经历的三位打字员，既默默无闻又朴实无华。他们是清一色的临时工，他们每月的报酬，不及正式职工的五分之一，但他们用自己的行为证明了自己。尽管他们都早已离开了这个岗位，但我还是时时想起他们，想起我们在一起的日子。

我的兼职“副总管”生活

要不说人生如梦，有时还真是不知不觉。小的时候，每逢别人家有婚丧嫁娶事的时候，看着忙里忙外、张罗安排的管事人，心里还真羡慕，看人家人前人后吆五喝六，感觉多有能耐，有时竟心生羡慕。稍大一些，参加了工作，进入了社会，才知道管那差事的人叫“总管”。就是在别人家有红白喜事的时候，帮助主人分忧解难，专门负责各项杂事的人。在我们当地有这样的风俗，遇有婚丧嫁娶的时候，主家往往把所有的事情都委托给“总管”，由“总管”全权处理。而“总管”的选择一般是在当地威信比较高，可以指挥、调动人的人，按现在的话说，是有领导能力的人。那时看，“总管”的权力真是大，逢主家有事，送请帖的、买菜的、做饭的、迎客的、安桌的、写礼的，都是由“总管”安排，就是烟、酒、糖、瓜子等也是“总管”保管分配。总之是无所不包，要是谁的名字被贴在墙上的执事单，并被安排在“总管”的位置，别人嘴上不说，还真有点嫉妒。然而，时过境迁，万万想不到，在自己40岁出头的时候，竟坐上了“副总管”的位置，而这“副总管”一做就是十几年，当上了“副总管”才知道，“总管”往往是挂名，“副总管”才是真正的权力掌握者。他要帮主家谋划、安排大大小小的事情，负责请客、迎客、接送等大小事情，事情都忙完的时候，还要给主家一个圆满的交代。我们这里的风俗习惯，婚丧嫁娶一般三天，满月生日也得忙一天，再加上事前、事后感谢请客，那时间就拖得更长了。

其实，在以前自己眼里风光无限的“总管”，还真不是一个好差事。先说时间上必须保证，这三天里，你必须做到早到晚归，每天几乎需要近10个小时蹲守。主家办事，第一天要先支灶，需要安排帮忙的人搭棚子、盘火、借炊事用具和桌椅板凳，购买各种肉类、蔬菜等，事事要想周到了，即便这样，还时常会出现想不全的事。第二天，是客人和亲戚最多的时候，中午大锅菜，下午包饺子，晚上还有铺汤席，都需要安排得力的人办理。其间人来客往还要拿烟、拿酒、拿瓜子糖块，都需要“总管”时刻在场。第三天，才是正日子，也是最忙的时候，迎娶出嫁都在这一天完成，总管要提前同主家沟通，安排婚礼的仪式，中午的宴席，包括迎来送往的陪客，陪嫁的物品，都要仔细地过一遍。尤其是中午的宴席，是最为看重的，必须保证客人吃得开心、满意。所有的事情忙完之后，你还得等到下午，客人亲戚都送走了，你得给主家交账，晚上安排帮忙的吃顿饭，表示主家的一点心意，等到事情都结束了，你也该晕着回家了，整整三天时间就这样过去了。

再说责任，既然主家把“副总管”交给你，就说明人家是信任你，你就必须负责任吧，尽最大努力给主家办得风风光光、红红火火，还要节省东西。先说烟，你不能乱发，又不能不发，发多了，主家不高兴，发少了，帮忙的人或者客人要埋怨，这就需要你把握分寸，既不能多，也不能少，尽量把事情做圆满。再说做饭，要对每顿饭人数有一个估计，饭不能不够，也不能太多，不够了，厨师要再做，他累得受不了，做多了，太浪费，尤其是夏天，剩下的菜等不到下午就会坏掉，所以当总管的应该有一个正确的判断和把握，把人数计算得精确点，使主家和炊事班都能接受，这样才不至于造成浪费。

当“副总管”确实很累，它并不是自己小时候羡慕的那份好差事。但是，每次忙完的时候，看到主家满意的笑容，心里又有了安慰。好在随着时代的发展，“总管”的责任，发生了很大的变化，婚丧嫁娶中的许多事，都分块包给了专业的人，不需要“总管”事必躬亲了。再者，自己“副总管”的角色也发生了变化，从“总管”变成了证婚人，再不像以前那么忙活了。有时想想，虽然那时当“副总管”很累，可为大家帮了忙，获得了大家的认可，心里感觉还是蛮踏实。

好青年郭涛

早就想给郭涛写点什么，感慨也好，鼓励也罢！总之，现在这样的年轻人并不多见了，但当我的想法还没有实施的时候，一篇《蓝色舞台上永不停歇的舞者》的文章映入了我的眼帘，这篇文章是写郭涛的，它的作者是《临汾地税信息》编辑小陈同志，看着字里行间满含真诚的话语，郭涛的影像开始一点一点在我脑海里闪现，感动之余，有了这篇小文，给郭涛，也给和他一起为税收事业正在努力工作的同事们。

认识郭涛源于时任县局办公室主任的晓丽，郭涛来这里上班之前，曾在县城一家电打复印部打工，我和他并不相识，由于局里办公室打字的是个女孩，办公室的杂事又特别多，所以一直想找个合适的男孩来代替，可巧局里经常在这家打印部打印一些材料，设计定做一些版面，晓丽对郭涛很熟悉，知道他各方面都比较出色。在征得了局长同意后，算是从他处把郭涛挖了过来，弄得那家当时很没面子，有次还找上门来，可看到郭涛已铁了心在这里干，也就只好作罢了。

刚来的时候，郭涛也就打打字，给局长整理整理房间，有什么杂事跑一跑，所以当初尽管由我分管办公室，对郭涛也没有什么深的印象，更想不到小伙子日后会在信息写作上有这么大的发展，因为在这之前我问过他的学历是中专，后又听到别的同志讲，他上的是郑州武校，所以对他更不看好了，然而他却用事实证明了自己。

郭涛写信息算是一个尝试，因为来这以前，他根本没有写过。我记得他刚开始写信息，拿给我看并请我修改，看得我直摇头，那种别扭像是吃了一个没有成熟的青柿子，涩得很。虽然我的水平也不高，但对于他写的东西还真的有点不屑一顾，可这孩子天生真有种倔劲，尽管别人不叫好，自己却从不放弃，硬是靠勤奋学习改变了自己。

每天上班也好，下班也罢，郭涛一有空闲，总会钻在电脑里，他不是在看新闻，不是聊天，更不是打游戏，而是在寻找写作的技巧，查看别人信息的写作，从中吸取有价值的东西，于是办公室里经常有了长夜不灭的灯光。遇到机关有新闻价值的事，他总是在第一时间编辑出来，然后反复地修改，并查看别人在同一事件中不同的思维和写作方法，用心研磨提高自己。每逢报纸和杂志上的好文章，他总是细心地研读，认真地记笔记，每篇文章都可圈可点。所以他的进步也是明显的，逐渐地机关的一些常规性的材料（比如工作总结、会议发言等）也由郭涛主笔。随着写作功底的提升，他的名气大了起来，活也就重了起来，找他写东西的人便多了起来，各股室的汇报、总结、经验材料，个人的年终总结，等等，郭涛尽管自己很累，但常常是来者不拒。有时该我写的东西，也推给了郭涛，这本是一个苦差事，可郭涛总是欣然接受，从而在全局赢得了很好的人缘。

郭涛家居住的地方，在我们县属于偏远山区，村里人全靠种地为生，所以家中过得很不富裕。记得郭涛结婚的时候，我们第一次去郭涛家，是在大雪天，尽管家里做了许多的准备和布置，但丝毫掩盖不了它的贫寒，房子四周透风漏气，进到家里来都觉得寒气袭人。据说，原先他们家住在比这里更远的山上，这房子还是，买的是村里的旧房子，从山上搬下来后简单收拾了一下就住了下来。农忙的时候，郭涛还得赶回去帮助父亲种地、收秋，因为两个姐姐已先后出嫁，家里的农活全靠父母耕种，父母年龄大了，自然力不从心，没有一个好劳力是不行的。

随着交往的加深，我得知他们家是从山东迁移来的，这使我百思不解，1949年前我们这里，山东、河南、河北逃荒来的并不少，可在1949年后却很稀奇了。大概是前年，郭涛的母亲中风偏瘫，我和机关的两个同事前去看望，正巧遇到了他山东的亲戚也来探望，经过介绍才知，郭涛年轻的表兄非常有才华，年纪轻轻就已经是山东某市财政局副局长。事后询问郭涛："这么好的条件，为什么不回去？"这孩子腼腆地告诉我："自己当时已经有了对象，一下安排两人有困难，不能再回去了。"我记得当时还说："你还小又没有结婚，一个人回去就回去了，算不得什么。”可郭涛回答说：“人哪能那样？”反而让我感觉不自然了。

郭涛的媳妇也是某单位的临时工，两口子一个月的工资才1000多元，家里又补贴不上，于是他们在中学门口租了两间小房子，星期天去进点货，下班的时候顺便卖点文具、纪念品之类的东西，刚好填补一点租房钱。我曾经和他们两口子去长治进过一次货，很是辛苦，有时一天下来都没有时间吃饭，每次进货，都是一点点。我问他为什么进这点，郭涛的媳妇告诉我：“一来周转资金有限，二来进多了，怕卖不出去。”毕竟只是一个很小的摊位。当时媳妇的弟弟还跟着他们上学，吃住都随他们，其中的艰难，只有他们两口子心里知道。有一年冬天我路过学校门口，进了他们的小店，两间小房子，只有一个蜂窝煤的炉子，外面卖货，里面住人带做饭，人在家里，说话都带着大团的哈气，冷的程度可想而知了。

我也不知道为什么想写写这个好青年、做临时工的小弟弟，一个从来就没有想过自己将来会干什么，只求把眼下的工作做得最好的人，一个从来不知道喊苦叫累的人。每当月初领取工资的时候，我的心里总有一种酸楚的感觉，这样低的报酬，这样艰难的生活，这么踏实肯干的年轻人，给我的鼓励是巨大的。每当我彷徨的时候，懒惰的时候，对生活厌倦的时候，我总会想想郭涛，想想许多的和郭涛一样的年轻人，他们对工作和生活的态度，才是自己应该学习的。

大年三十下午的清洁工

已经是傍晚6点左右了，我徒步从朋友家里往回赶，准备和父母、妻儿一起煮饺子吃年夜饭，这也是多年不变的老规矩了。按说三十下午不准备出门了，可包完饺子时间尚早，没有什么事情，便想到从外地回来的朋友家里坐坐，唠唠嗑，谁知这一坐，时候就不早了。

从朋友家到父母居住的地方，也就二里地，十几分钟的时间。走在大街上，才发现自己是个迟归者，整个街上已经寂静无声，偶尔有车辆匆匆驶过，行人稀少。不少地方已经有了隐隐约约的灯光，不时还有零星的鞭炮声入耳。是啊！这时候大部分的人已经在家里了，毕竟快到吃年夜饭的时间，吃完饭，还急着看春节晚会呢！

拐过了街口，我猛然发现，前面不远处，停着一辆三轮车，一男一女，正挥舞铁锨往车上装垃圾，走得近了，还听到了他们的对话声。男的讲："你先回去吧，家里还有一大摊子事等着呢，就说妈包好了饺子，你不还得给孩子们准备新衣服，把家里收拾收拾？"女的说："再帮你干一会儿吧，一车拉不完，你还得跑一趟。"男的说："就跑这一趟算了，剩多剩少，等过了初一再拉吧。"女的听了，显然有点生气地说："明天就过年了，大年初一，大家伙都干干净净地出来拜年，留在这里一堆垃圾多恶心，不行，你说啥也得清理干净。"男的见女人有点生气，便默不作声，只顾着闷着头往车上装垃圾了。

听到了夫妻俩的对话，我的心里不禁有了一种酸楚的感觉，已经是这个时候了，他们还没有放弃自己的职责，干着被有些人瞧不上的工作，还是那样尽心竭力。由于今年雪下得大，好多街道上都堆满了积雪，尤其是进入腊月以来，清洁工就没有闲下的时候，除了正常地清理垃圾，又多了拉运积雪，再赶上过年，垃圾是平时的几倍，可见他们的劳动强度增加了多少，可他们的工资并不会因为这些因素而增加。夏天的时候，我曾经问过一位清洁工的工资，每月好像是几百元，以后又增加了一部分，顶多也就一千多块钱。他们每人管一段街道，从清扫到拉运，全部由他们负责，每天的辛苦可想而知。

他们只是普通的劳动者，他们用自己的勤劳装点着城市；他们用自己的智慧，美化着城市。他们都是清一色的临时工，他们的工资是最低的，待遇是最少的。他们没有什么崇高的理想，也没有什么过高的追求，他们只知道把自己分内的事情干得最好。我想，我们生活在这里的每个人都应该尊重他们，理解他们，给他们以更多的关注和关爱。

回到家里，妻子已经把饺子下锅了，看着父母、妻儿，看着热热闹闹的一家人，我又想起了大街上的清洁工。

学跳踢踏舞

“三八妇女节”到了，县里准备了庆祝“三八妇女节”的一系列活动，其中一项就是健美操比赛，局长从宣传税收的角度出发，也为了活跃机关的文化，营造良好的工作、生活氛围，决定参加健美操比赛。可选哪一种健美操比较好呢？正在大家捉摸不定的时候，习惯于创新的局长突然有了一个与众不同的想法，跳踢踏舞。

此想法一出，全局哗然，因为踢踏舞在我们这个山区小县还没有人见过，更不要说跳了，加上机关人员年龄偏大，35岁以下的税务干部几乎没有（在我们的想象中，踢踏舞应该是年轻人的天下），所以没有一个人出来赞成，可局长认准了的事情，一般是轻易不会更改的。跳踢踏舞在年前就定了下来，想着赶在年前先学一学，大家脑海里先有点印象，可是由于年前事多，大家都忙着过年，就把跳舞的事搁在年后了。

正月初七一上班，局长又旧话重提，把跳踢踏舞的事重新定了下来，再说离“三八妇女节”已经很近，其他单位早有了行动，不能再耽搁了。本来这项工作不属我管，可局长点名让我主抓，让我颇有一点临危受命的感觉。看来这踢踏舞还是非练不可了，那就赶紧请老师选人吧。老师好请，因为年前已经约好了，据说还是舞蹈专业出身，现在幼儿园任教。选人可就作难了，一是年龄普遍偏大；二是个子不匀称；三是体型偏胖。可这也是事实，就“筷子里面拔旗杆”吧，选来选去，挑出了20个人。

说干就干，初八老师就来了，可我那天恰巧去市局有事，没有参加，也没有见到老师。初九参加训练的时候，大家已经学了不少踢踏舞的基本动作，看到大家七扭八歪地跳几下，我自己都感到可笑，难道踢踏舞就是这个样子？还真不好学，看来难度确实不小，一看就让人发怵。本来我是没计划学的，因为我对各种舞蹈一窍不通，根本踏不住舞点，以前学过多次三四步都没学会，更别说踢踏舞了。再加上自身跳舞先天不足，腿粗屁股大，跳出来肯定难登大雅之堂。所以为了遮丑，我轻易不入舞池。可考虑到自己不学，如何去带动和领导大家学呢？于是，还是咬咬牙，打肿脸充胖子吧。

老师来了，一看就是那种天生的舞蹈材料，细长的腿，匀称的身材，姣好的面容，一动一挪之间，舞姿潇洒自如，肯定是标准的科班生了。老师姓牛，可是人却属于腼腆、稳重的那种女孩，她话语不多，可教舞教得很认真，做出的动作漂亮干脆，给人以美的享受。据机关的同事讲，牛老师还参加过春晚的伴舞，无形中让我们对牛老师多了几分敬佩。

踢踏舞就这样练了起来，刚开始大家还有些扭扭捏捏，没过几天便放松了起来，但是毕竟是年龄大了，又没有一点跳舞的基础，学起来很慢，做的动作也不标准，但大家的积极性却特别高涨，舞也练得特别认真，这是我没想到的。牛老师很忙，她不但有教学任务，还要参加本单位的跳舞比赛，所以只能抽空教我们，有时中午，有时下午，有时晚上，反正在最初的学踢踏舞期间，只要老师有空，我都会随时通知大家学习。后来，踢踏舞的基本动作学会了，队形也编好了。老师来不了，我们就自己练，你的动作不到位；我就是你的老师，我的动作不标准，你就是我的老师。落下课的自己补，不熟悉的自己练，有些同志回到家自己对着镜子练，走在路上还不由自主地蹦两下，生怕自己跳不好影响了大家，显示出了空前的凝聚力和向心力。

俗话说得好，只有下不了的决心，没有干不成的事。经过大家的努力，踢踏舞终于成型了，越练越熟练，越练越整齐。其实算起来，也就半个月的时间，我压根也没敢想会有这么好的效果。小牛老师时常绷着的脸开始有了笑容，她虽然教过不少学生，但像我们这么大年纪的从未有过，真是难为她了。

“一波三折”。临近比赛了，出现了一点小问题，妇联最后选择的比赛场地不适合跳踢踏舞，只能跳健美操。眼看着大家练了半个月的舞上不了场，心里好着急。还好，经过局长同妇联的同志协商，我们不参加比赛了，只作为助兴表演，就是比赛结束后，在舞台上向大家表演展示一下。妇联同志在征求县里领导意见后，终于可以参加表演了。这样，总算使大家没白练踢踏舞，辛苦没白费，也有了展示自己的机会。

就要参加表演了，半个多月来，大家勤学苦练，终于有了一点收获。不管同志们怎么想，我心里还是感到挺欣慰的，总算没有辜负局长的期望。踢踏舞虽然跳得很不标准，但能跳出现在的效果，我已经很知足了。学跳踢踏舞，我也收获了许多，不仅开了跳舞之先河，更懂得了做任何事情，必须要有信心和恒心。这时，我想起了文学家蒲松龄的自勉联：“有志者，事竟成，破釜沉舟，百二秦关终属楚；苦心人，天不负，卧薪尝胆，三千越甲可吞吴。”话虽引用得太大，但应该是那个道理。

再别壮宁

尽管一生中经历了无数次送人的场面，但在壮宁进入火车站候车室的瞬间，我还是感觉到眼角潮潮的，毕竟刚刚过了新年才两天，大家还没有从过年中回过神来，他又要开始新一年的奔波。

从安泽前往临汾的路上，我把车开得很慢，并不是完全因为壮宁妻子晕车的缘故，倒是我的心情颇感沉重，总觉得有一种压抑。好在途中空足了时间，也不急着赶路，也想着跟壮宁多聊一会儿。

可能是在腊月二十五的时候，我给壮宁通了电话，询问他过年的打算，他说可能到了腊月二十八左右才能回来，到时再给我来个电话，恰巧那两天我也很忙，竟把这事给忘了，壮宁也没有给我来电话。初一去他家给老人拜年，见到他，才得知他下火车后，自己坐长途汽车回来的。我知道他是怕给我添麻烦，所以也没联系我接他，他就是这样的人，能不麻烦别人就不麻烦，总是尽量不打扰别人。这次送他，我也是主动要求了多次，壮宁才答应的。

其实，我们见面的时候并不多，每年也就一两次，在一起交流的时间很少。记得去年5月份的时候，我去太原出差，在他家里吃了顿饭，聊了很长时间，当时他说晚报正在改革，麻烦的事情很多，正在一点一点处理。晚报老总待他挺好，很器重他。使我没想到的是，等我和他再有联系的时候，他已经去了另外的地方工作。我不知道其中的变故，更不想询问他，我知道他肯定有自己的打算。

在车上，我跟壮宁说，你好好努力，再过十几年，等你有了成就的时候，我也退休了，出去给你打工。壮宁说，没出去的时候想出去，真正出去了，反而想回来了。他说，其实早已厌倦了东奔西跑的生活。我是知道的，壮宁曾说过多次，等老了的时候，在家乡找一片清净的地方，过田园式的生活。我想这也是他在外漂泊多年后最真实的想法。

壮宁是我认识的人当中，最有学问的人，他涉猎的知识面之广、之宽，是很难用一两句话说清的，我从心底佩服他的学识。他是一个研究型的学者，做学问研究应该是他的专长。你看他的文章，引经据典，信手拈来，还恰到好处。让人读了，有一种通俗易懂、奥妙无穷之感。

我同壮宁是老乡，虽然他老家是洪洞，但他从出生就一直在安泽，所以他也就成了安泽人。壮宁的父母都是老师，父亲在山西大学毕业后，被分配到安泽教学，谁知这一生都没有离开这里，最终退休后在安泽养老。

我同壮宁不是同学，我年龄比他大，年级比他高一级。但在上中学的时候，我就知道了他。我们的交往开始于运城，当时我在运城上会校，壮宁上师专，本来老乡去了外地，联系得比较紧，恰巧同他一起考入运城师专的同学是我原先的同学，联系自然更多了些，同壮宁的交流也就多了。

壮宁是一个很实在的人，从我们多年的交往中可以看出，他不但善于学习，学问高，而且做人非常踏实，为人不虚伪。这也许决定了他多年来漂泊的命运。从我断断续续知道他的事情中，我可以想象得到，他所经历的人生坎坷。有时想想，也许是命运对他的安排，需要考验他的意志。正如弘一大师所说："松柏不历岁寒不挺秀。"

借用徐志摩先生《再别康桥》里的一段诗句作为再别壮宁的结束语吧，"但我不能放歌，悄悄是别离的笙箫；夏虫也为我沉默，沉默是今晚的康桥！"

晚上19点52分，我收到了壮宁的短信："我们到家了，有空带妻子和孩子来玩。"

手的故事

看着我逐渐好转的双手，一股莫名的感动涌上心头，为五年来坚持不懈的自己，为五年来关心自己的亲人、同事、朋友，更为曾经为自己看过病的医生。

五年前的一天，我右手的无名指中间，先是发痒，后是发硬，随后便是开裂、流血。起初自己根本没当回事，可后来，一直发展到左手同样的位置，同样的状况，迫使我不得不走上了看医生的道路。

先是在我们小县城的个体诊所看，找了比较有名的小医生，开始涂抹药膏，没有什么效果，后到中医院，找了皮肤科的医生，开了西药和药膏，依然如故。

同事小武非常热心，见到我的手后，推荐到长子县的一家个体诊所看看，于是欣然前往，取了中药，拿了药膏，往复坚持三四次，效果不佳，渐失信心。

第二年春节，孩子们放假，与在太原上学的女婿的弟弟一块吃饭，他看到我的状况，说他曾经在太原市中心医院皮肤科就诊过，已经医好，我心中窃喜。正月初八上班，我便赶往太原，医生看后说这是过敏性皮炎，可以医治，开了口服西药和药膏，又是一连三次医治，还是没有效果。

其间，十个手指开始都有了症状，两个胳膊肘，两个小腿，脖子后侧都在发痒，反复挠痒后，皮肤发红发硬，起了红疙瘩，尤其是酒后更甚，使人苦不堪言。后同妻子到临汾市医院皮肤科挂号就诊，确定为湿疹，依旧是西药加药膏，口服加涂抹，依然不见效。

朋友小会见状后说："我们高平的老朋友的妻子，早年在北京学习中医，专治皮肤病，我们县也有人去诊治且效果明显。”于是朋友便陪我前往高平团池，开取中药煎服、清洗，看到不少皮肤病患者在开药，我心中渐拾信心。后坚持四次去高平看病取药，但是效果还是不佳。

后来妻子去北京的301医院看病，给我也挂了皮肤科门诊，测过敏源后，医生说是湿疹，同样开西药口服，并涂抹药膏，同样没有疗效。更有不少同志、朋友十分关心我的病情，遇有同样症状的人，还帮我打听医治的地方和方法，有时还送上药膏。

一次在太原培训，见老乡壮宁，他说正主持中医节目，采访了不少名医，又帮我推荐看中医医生，第一次喝赵大夫开的中药，感觉好了许多，很是激动。但是后来去太原、祁县就诊取药煎服，却没有了效果。

数年时间，看来看去，病情没有控制，还有蔓延趋势，右手病症已翻上手背，出门培训学习，参加活动，手常常藏于口袋，朋友、同学间聚会，能不去则不去，自卑感悄然而生。

“天无绝人之路。”今年5月，我去参加同事女儿的婚礼，巧遇原同事小东，他看到我手上的症状说：“县人社局楼下开有牛氏修脚，有朋友治过，可去一试”。牛氏修脚，治疗手上湿疹，感觉风马牛不相及。“病急乱投医”，抱着试一试的态度，走进了这家修脚屋。老板不在，老板娘看后说，可以治，收费也不高，我半信半疑，开始了泡药、放血、粘贴胶布等。没承想，初战告捷，身上症状全部消失，手上也得到控制，不再发展。后手上症状虽有反复，但在坚持治疗下，已基本恢复。如果不再复发，五年来的看病历程可以画上一个圆满的句号。

然而，没有高兴多长时间，手上的皮肤病又复发了。牛氏修脚的夫妇非常热情，和总部联系，和同事联系，到处帮我寻医问药，并陪我到河南焦作总部诊治，可最终还是没有效果。

就在我万分苦闷之时，遇到了一位河南朋友，他说：“武乡有人可治此病，有朋友治愈。”于是，我求得联系方式和地址，欣然前往。出现在我面前的是两个年轻人，号脉开中药并推荐药酒一试。回来后，中药三副逐日煎服并于每天饭前三次喝药酒。一个月左右，药酒喝到第二瓶时，我的手开始好转，并逐渐痊愈。没承想，不到两个月又复发。其间，多次同武乡医生沟通，了解到他的许多病人都在好转。于是，我坚持多次往返武乡诊治，前后喝药酒十余瓶，终于得以医治。

回想六年来的看病之路，甚是感慨。今夜无眠，提笔小记，为六年来看病路上的自己，为关心自己的亲人、同事、朋友，也为给我诊治手病的诸位医生。

大年三十贴春联

明天就是正月初一了，刚八点，我已经坐在县局办公室里了，等同事来后一起给机关大门贴春联，说起来这已经是十几年的老规矩了，自从我们地税1994年成立的那天起，我就承担起了大年三十为机关贴对联的任务，这一贴就是十四年，中间从未间断过。每年到了三十这天，我都是早早来到机关等大家。我清楚地记得，地税成立第一年，我们在租赁的地方办公，对联是我自己编好后，请文化馆的李奇峰老师给写的，当时就想以后每年都结合地税工作实际编写春联，把它保存起来，十几年后就是地税工作的见证，更是一笔宝贵的精神财富。可惜的是，我只坚持编写了两年。现在想想，真有些后悔，如果坚持并保存下来，就可以从每年的春联里看到我们地税的发展，这该多有意义啊。

我们在租赁办公的地方只贴了一年的春联，便搬到了现在的机关所在地。当时是县二轻局的一座二层办公楼，我们在省局、市局和县里多方争取了资金，买下后又进行了整体改造，加修了北面楼，对原有的临街二层加修成了三层。虽然当时的条件不是太好，但总算有了自己的办公楼，并在这里扎下了根，经历了从弱小到壮大的过程。如今，我们地税对当地财政的贡献越来越大，在地方经济的主体地位越来越明显，政府的认同度越来越高，使我们地税得到了越来越好的发展。发展归发展，贡献归贡献，张贴对联还是年年如故，只不过有时来的同事多一些，有时来的少一些，没有什么太大的变化。唯一的变化是我一般不再自己亲自动手贴春联了，来了只是帮助照护一下，不再爬高爬低，不再拿凳搬梯。倒不是自己的职位有了变化，而是自己逐渐不再年轻，这些活儿已经被年轻人替代了。尽管自己的年龄还不算太大，但和年轻人相比，毕竟有了明显的差距，因为我的工龄都已经24年了。不细想还感觉不到年龄的变化，细想一下，年龄确实不饶人。时间过得如此之快，一年一年竟像走马灯似的。常常感叹苏东坡先生当年的“人生如梦，一尊还酹江月”，自己转眼间已过了知天命的年龄。

地税刚成立的时候，自己还不到三十岁，正是年富力强的时候，一个人既负责办公室，还兼管人教和监审，每天的工作就像走马灯似的，经常是大早上出门，回去就是深夜了，可第二天依然精神抖擞，感觉浑身有使不完的劲儿。现在想想，像是昨天的事情，可已经走过了十四个年头。十四年来，我从机关办公室副主任做起，扎扎实实、努力工作，把青春和年华都奉献给了地税事业，赢得了上级领导的认可和同志们的信任，自己也一步步成长为局里的副局长。

时间，我们是无法控制的，日复一日，年复一年，有道是“岁月无情”。十四年，年龄在增加、职位在变化，春联的内容也跟着时代变化着。唯一不变的是地税人的情怀、地税人的使命和担当。我想，当一个人把工作当成了使命，有干好事业的情怀，那他就可以拥有更广阔的天空，更出彩的人生。

第八辑　别样人生

那些与羊共舞的人

在马壁乡石槽村采访的日子里，我时常被这样一群人感染着，也为这样一群人激动着。他们都是普通的农民，然而，他们却靠自己的努力，改变了或正在改变着自己。他们不再是纯粹从土里刨食吃的农民，他们已经成为新型农民的代表，他们是一群与羊共舞的人。

初识波尔山羊和他的主人，源于县文联组织的荀乡文艺采风团在马壁乡石槽村的采风活动。进入马壁乡的地界，我耳朵里灌注的几乎全是波尔山羊，听到的都是养羊人的故事。常在山里，对羊并不陌生，但仅仅停留在山羊、绵羊等品种上，波尔山羊我还是第一次听到，可一路上的灌输，却使我对这种羊和他的主人有了一种挥之不去的感情。

养羊在石槽村已有几十年的历史，从农村实行家庭联产承包责任制到现在，养羊已成为该村村民的主要经济收入。脑子灵活、胆子较大的农民利用该村得天独厚的自然条件，率先发展起了养羊业，带动了其他农民一同发展，使这里的养羊业在一段时间内颇具规模，引来了四面八方的客人，活羊成交量迅速攀升，农民收入迅猛增长，成了全县农村经济发展的排头兵，石槽村因养羊一度走红。

然而，由于养羊户的增加，羊的数量急剧增长，无休止的过度放牧，使该村出现了草场、草地匮乏，羊无草可吃的状况。有段时间，羊竟啃起了草根、树皮，严重破坏了当地的自然环境，引起了水土流失，因争草地、草场的纠纷时有发生。由于草的缺乏，加上国家封山禁牧的实施，不少的养羊户无草可喂，只好把羊全卖了，甚至出现了高价买、低价卖的现象，农民养羊的积极性受到了打击。

正是在这个时候，波尔山羊走进了村民的生活，最早把波尔山羊引进石槽村的是曾经发了羊财的村民孔银锁。在同他的谈话和接触中，我进一步了解了波尔山羊，也看到了一个当代农民的新形象。认识孔银锁是在村里另一个养羊户的家里，本计划在看了养羊户王来孩养的波尔山羊后，再到孔银锁养羊的地方看一看，由于路不通，恰巧他又在村里办事，就把去他那里的念头打消了。村里的书记告诉我，孔银锁圈养的波尔山羊是最多的，在村民还在观望、犹豫的时候，他已经付出了行动，不但提前在村里占据了较好的养羊位置，还四处考察，引进外地资金，开始了共同发展。

正在和村书记闲聊，门外的摩托声响了起来，还没等我愣过神来，一个三四十岁的中年汉子便走了进来，我想这人肯定就是孔银锁了。他给人的第一感觉就是木讷，像众多的山里人一样，脸上挂满了山里人特有的朴实，见到生人似乎还有些拘谨，但当我说明了来意，说到了波尔山羊，他的眼睛一下子亮了起来，人也精神了许多。听他讲波尔山羊，可以说是真正进入了羊的世界，从波尔山羊的原产地、特征、优点，到种草、育肥、配料，再到日常的伤病预防、经济收入，说得头头是道。他还给我讲了自己的打算和未来的规划，讲了准备合伙建立的养殖基地，他眼下已经拥有了130只波尔山羊，计划到年底发展到500只，在此基础上再发展养牛，争取在两三年内，打造出自己的养殖品牌。

告别了孔银锁，我和村书记一同来到了村委会。姚栓宝主任告诉我，波尔山羊是一种改良性山羊，具有高生长率、高繁殖率、高产肉率的特点。他给我算了一笔账，养一只波尔山羊，一般一年即可出栏，平均体重是65公斤—75公斤，按每公斤20元计算，每年收入是1400元。种一亩玉米，按年产1000斤计算，每斤价格0.7元，年收入是700元，这就是说，养一只山羊等于种两亩地。而波尔山羊的繁殖率较高，一般一年两胎或两年三胎，胎产1—3只，最高4—5只，如果再这样计算，那经济效益就更可观了。

为了更好更规范地发展，防止出现以前一哄而起，又一落千丈的现象，书记和村主任告诉我，他们一直在努力筹建石槽村圈养羊合作社，把零散的养羊户组织起来，同时动员更多的农户投入圈养羊中来，争取在两三年里，彻底改变农民养羊的传统习惯，从种植牧草到秸秆氨化，再到科学喂养，然后统一价格，统一销售，形成自己的产业链，应对市场的变化。

从石槽村回来，已经有不少日子了，我眼前还是晃动着波尔山羊的影子，波尔山羊那耷拉着大耳朵、眯着眼睛、旁若无人吃草的神情，和村书记、村主任、王来孩、孔银锁等众多养羊人的身影，这些已经深深地印在了我的脑海里。他们都是传统的养羊人，他们在养羊项目上既有成功的经验，又有失败的教训，但难能可贵的是他们不断探索、不断追求的精神。在传统养羊项目搁浅后，他们能及时调整、引进新的品种，并积极引进资金，组建自己的联合体。他们冲破了传统观念的束缚，带领农民调整产业结构，利用当地特殊的自然条件，走出一条山区农民致富的新路子。他们是新型农民的代表，他们是一群与羊共舞的人。

嫂子，你是上天派来的妈妈

这是一个真实的故事，故事中的人名和地名都是真实存在的，故事也是真实发生的，正因为它真实，所以让人感动。

一

2003年2月的一天，大地尚未解冻，对于中国北方普通的农民来说，这是他们一年里最消闲的时刻，大年刚过，地里还没有什么活计，人们的主要精力，除了正常的吃喝拉撒睡外，就是三五成群，打扑克，侃大山了，到处呈现出一派祥和的气氛。然而，世代居住在山西省安泽县马壁乡海东村上店的王保锁一家，往日的平静却被外地来的一个电话打破了。

电话是王保锁的弟弟王双锁从山西孝义打来的。他在电话里告诉哥哥，自己在当地的一家私营煤矿打工，在顶替别人上班时，驾驶的三轮车后仰，把自己活生生地挤在岩壁上，当清醒后，就发现自己的下身已经不听使唤了。工友们立即将他送往医院全力抢救。虽然他保住了性命，可腰部以下全部瘫痪了，想让哥哥过去看他。起初，王保锁还以为自己的弟弟在开玩笑，因为他太了解自己的弟弟了，从十几岁开始就过上了一人吃饱，全家不饿的光棍生活，已经好多年没有回家了，平常电话也懒得打一个，谁能想到好不容易来个电话，竟会是这样一个让人无法接受的消息。

接完电话，王保锁一时没了主意，他清楚自己的家庭，打小就是倒坷垃货（当地方言，就是饥荒大的意思），父母有水土病，兄弟姐妹多（连上夭折的总共有十一个），家里没有什么劳力，所以日常吃喝都顾不住。近些年虽然好了点，姊妹几个都成了家，可是父亲跟自己在一起生活，已经是连自己也顾不过来了，还有两个孩子，生活自然过得紧紧巴巴，好在娶的媳妇特别能干，起早贪黑和自己摽着干活，手里才多少有了点活钱。这一去，是明摆着的事情，不但要花钱，说不定日后还得养活他。

带着满心的忧郁，王保锁回到了家里，当他把弟弟出事的情况告诉父亲和妻子时，父亲一时间沉默不语，只是摇头叹息，事情到了这种地步，只能是听天由命，他还能说什么，自己腿脚肿得连走路都困难，还要依靠大儿子养活，手里又拿不出一个子儿……让王保锁十分意外的是，他刚把弟弟出事的事情说完，妻子郭菊香就发话了："弟弟是我们家的人，你又是家里老大，你不去谁去？"一拃没有四指近，何况是亲兄弟，妻子又是这么支持，王保锁的心里有了主意。在妻子郭菊香的支持下，最远只到过县城的王保锁只身踏上了去孝义看望出事弟弟的路途。

二

经过两天两夜的辗转，从不爱和生人讲话的王保锁，费尽周折，多方打听，终于在介休市的一家骨科医院里见到了弟弟。原来他已从孝义的医院转到了介休，虽然已经多年不见，但眼前的弟弟，还是让王保锁吃了一惊，颧骨高耸，面无血色。脸上留下的深深疤痕是他幼时贪玩又无钱医治而留下的。看到哥哥来了，王双锁几乎不相信自己的眼睛，两行热泪簌簌而下，自从出事后，他无时无刻不在思念远方的亲人，盼望着亲人能够来看自己，也只有在这时候，他才真切地体会到亲人的重要，出来漂泊这么多年了，从没有给家里寄过一分钱，挣多少也是自己一个人花，至今想起来都倍感惭愧。如今自己出了这么大的事，真不好意思打扰家人，可到底还是挡不住对家乡和亲人的想念，能见上家里人一面，就是真的治不好，死也可以瞑目了，于是给哥哥打了电话。打过电话他还在想，哥哥会不会来，就是哥哥愿意来，嫂子会不会同意，因为虽然自己出来多年，到底了解自己的家境，能拿出点路费盘缠就不错了。

王双锁哭着把自己出事的前后经过，一五一十地告诉了哥哥，多么希望哥哥能帮自己主持公道，可是双锁心里也明白，一个庄稼人，何况哥哥又是一个地道的老实巴交的庄稼人，能帮自己多少呢？可是眼前这事，不靠哥哥，靠谁呢？保锁在了解了情况后，也是一筹莫展，处理这样的事，太难为他了，别说平常就不会说不会道的，就是能说会道，又奈几何呢？但既然来了，就得向窑主讨个说法，于是保锁硬着头皮第一次见了窑主靳海军，结果是可想而知的，几句话便把他打发了："先看病，有什么事，以后再说，我们不是派人照看着吗？"看到盛气凌人的窑主和不容置疑的态度，从未见过什么场面的保锁蔫了，带着几分伤感和无奈，保锁第一次想到了出门人的不易。在照看了弟弟两三天后，考虑到弟弟眼下只能这样了，再说矿上暂时有人陪护，自己需要回去同家里人说说情况，商量商量办法，在征求了弟弟的意见后，保锁回到了村里。

当他把见到弟弟的情况告诉父亲和妻子时，一家人流泪了，从小在父母的熏陶下，心地非常善良的郭菊香再也坐不住了，她迫不及待地想去看看小叔子。她觉得小叔子太可怜了，虽然她只是在自己结婚的时候见过他，至今还记不清小叔子的相貌，但现在毕竟是一家人了。经过几天的协商，郭菊香拿出了准备用于孩子上学的几百元钱，同丈夫第二次踏上了前往看弟弟的路。

来到介休后，夫妻俩在离医院最近的地方找了一家最便宜的旅馆，安顿了下来。附近来来往往的客人少得可怜，住店自然相当便宜了。住下后，夫妻俩白天晚上倒班，照顾了弟弟半个多月，其间，倒屎倒尿，收拾赃物，郭菊香眉头都没有皱一下。双锁每次都被感动得涕泪长流，对于他这个从小就缺少母爱的人来说，做梦也不会想到嫂子竟然待他如此之好！

半个多月后，眼看种地的时间到了，双锁撵着哥哥和嫂子回家种地，他心里清楚，"一年之计在于春"，对于农民来讲，春天种不上地，秋后就没有吃的，尤其是山区，没有别的副业，种地就成了农民的头等大事，每年吃喝，老人看病，孩子上学，人情往来的费用全靠种地的收入。保锁和菊香也知道，不管怎样，种地是不敢落下的。于是，他们安抚了弟弟后，返回村里种地。

眨眼间，弟弟住院两个多月了，完全治愈的希望已经等于零，终生的瘫痪成了定局，矿主也是黑着心，嚷着叫出院，事情到了非解决不可的地步。弟弟再一次打来了电话，干完了手里的农活，保锁和妻子商量了一下，决定自己先去看看情况，再用电话联系。到达介休，见到弟弟的第二天，王保锁第二次见到了窑主靳海军，依然是那个模样，依然是那副嘴脸，只不过更加可恶了。他明确地告诉王保锁，包括住院费总共赔偿1万元，当时住院已经花费了8000元，意思是再给2000元了事。另外说明，如果将来煤矿出煤了，有了收入，每月在矿上领取500元的生活费。然而，窑主答应的1万元赔偿，除了住院花费的8000元，剩下的一直都没有落实。在回去后的日子里，王保锁曾两次来到矿上，索要生活费，后来生活费无望了，就索要那剩下的2000元，第一次仅仅要到了300元，第二次在住了七天后，黑心的矿主只给了200元的路费，从此再无音信。

接到丈夫的电话，郭菊香的心里像开了锅。在和丈夫简单地进行沟通后，郭菊香毅然租车，从千里之外接回了下身已经瘫痪的小叔子，为了一家人的生活，郭菊香从此开始了至今已经七年的辛苦生活。

三

自从家里多了一口人，又是一个高位瘫痪的残疾人，这个本来就不宽裕的家，陷入了一场真正意义上的“金融危机”，一是缺乏经济来源，主要收入除了种地，就是上山采点药材；二是开支增大，本来父亲已经是风烛残年，生活需要照护，这下又多了一个常年离不开药的弟弟，还有两个上学的孩子，困难是可想而知的。保锁和菊香接回弟弟后，几乎在一夜之间苍老了许多。

再苦再难也要生活下去，菊香不断地给保锁打气，同时自己也开始了超强地付出，每天天不亮，菊香就起床了，她先是点火烧水，帮助老人和小叔子翻身，然后查看被褥上的污物，更换床单，收拾打扫完毕，再准备早饭，喊孩子起床吃饭，打发他们上学。等一切都忙完的时候，安顿好他们爷俩，就和保锁一同下地了。盛夏烈日下，他们钻进密不透风的庄稼地里，挥汗如雨，衬衫湿了又干，干了又湿，仅有的衬衫后背上成了白色的盐花花。别人家的地锄两遍，他们家的地总要锄三遍，为的是多打一些粮食。冬天到了，地里没有活了，他们每天都要步行几十里路去采连翘卖，经常是两头不见太阳，中午带点干粮在山上充饥，渴了就啃几口雪团子，手和嘴裂得就像是榆树皮。尽管这样，他们的收入，仍然补不上家里巨大的亏空，三天两头，不是缺了买粮的钱，就是没了买药的钱，弄得还要东挪西借。几年下来，周围的亲戚、邻居都借遍了，还欠下了2万多元的外债，尤其是马壁村的一家药店，他们赊得人家都周转不动了，后来再也没脸去了，不得已又重新换了一家药店接着赊账。

为了增加一点收入，每年开春，他们两口子都要帮人家打玉米。菊香像男人一样扛麻袋，180斤的袋子，一个人要放在肩上，还要装车，她眼都不眨一下，一天下来，累得腰酸背疼，有时干完活，就到半夜了，回去还要给小叔子做饭，洗涮。第二天，又接着干，她心里清楚，不这样拼命，这个家就没法过下去了。前年，看到别人买三轮车跑运输挣钱，两口子一合计，贷款买了一辆三轮车，给一些修路或搞建筑的工地送料，这样，手里有了一点零花钱，可两口子更累更苦了，一听到哪里有活干，两口子就去找，央求人家把活留给自己。每次菊香安顿好小叔子，跟着去装车，从没有早晚之分，干到几点算几点。有时附近有施工的，菊香就去灶上做饭，打短工，经常是把工队的事做完了，回家再做家里的。因为她心里知道，多干一点，小叔子的消炎药，孩子的学费，家里开支就少发愁一分。几年里，她像是上足了发条的闹钟，从没有疲倦的时候，在并不完全属于自己的舞台上不停地扮演着“汉子”“母亲”“妻子”的角色。

保琐和菊香成家后，和父亲一直居住在家里的四间老房子里。老房子年久失修，四面透风漏气。弟弟被接回后，住进了西面的两间房里，同父亲住在一起。后来父亲去世，房间里只剩下弟弟。再后来，孩子大了一点，孩子们怕叔叔孤单、寂寞，除了上学，回来就和叔叔住在一起，一起帮助母亲给叔叔洗洗涮涮。冬天，为了取暖，更为了照顾小叔子方便，菊香每年都把小叔子接到他们住的屋里，他们四口人挤在外间，小叔子一人住里间，尽管这样很不方便，但他们相互理解，相互谦让，共同走过了七年。

双锁从介休出院的时候，大小便失禁，一直靠导尿管导尿，必须一月一换，即便这样，时间长了，还经常发炎，除了口服消炎药，打针输液也成了家常便饭。尽管如此，有一年尿囊还是憋破了，没办法，保命要紧，两口子赶紧把双锁送进了县医院。在医院的十几天里，两口子轮流看护，倒屎倒尿，精心伺候，连值班的护士在了解了情况后都大为感动，是啊！在如今的年代，这样的嫂子真不多见了。

哥哥嫂子的细心照顾，双锁看在眼里，感动在心里，好多次，自己都想一死了之，来减轻哥嫂的负担。菊香也知道他的心思，怕他想不开，经常与小叔子说说笑笑，有时还给他讲个笑话，逗他开心。为了给小叔子解闷，菊香瞒着保锁兄弟，给小叔子买了一台小电视机、VCD和光盘，让小叔子在他们不在的时候看一看，听一听，消磨点时间，不至于太寂寞。有时，小叔子睡不着，让菊香买点安眠片，每次菊香都是看着他喝下去才放心，生怕他自己积攒下来。为了防止时间长了，小叔子身上长褥疮，菊香隔三岔五还要给他擦洗身子，用轮椅推他出去转转，晒晒太阳。村里人感慨地说："双锁比他爸活得都享福。"菊香的孩子是个有心人，小小年纪，就帮助家里干这干那，从学校回到家里，就把叔叔住的地方打扫得干干净净，把床单、被罩等用品清洗一遍，尽量减轻妈妈的负担，所以即便是在大热天，你走进双锁住的房间，也不会闻到一点异味。去年，有个熟人在良马乡宋店村给两口子揽了一点活，需要出去一个多月，这叫两口子左右为难，推掉吧，实在可惜，出去了，又实在放心不下，恰巧两个孩子放了假，说他们在家照护叔叔，让爸妈放心去，小叔子也说，有两个孩子在家，你们放心好了，就这样两口子出去干了一个多月，孩子们不但照看了叔叔，还学会了做饭。菊香在良马干活还是放心不下，每天准时到小卖部打公用电话给家里，时间长了，小卖部的老板甚感诧异，在得知了事情原委后，大为感动，电话费也不要了，虽然并没有多少钱，但却让菊香感到了人世间的温暖。

四

菊香的娘家，就在上店村的对面，一个名叫吴家庄的地方。这个村子只有十几户人家，和上店村隔河相望，同属于海东村，站在上店村的高岗上，你不仔细看，是看不到吴家庄的，因为村子是在一个山坳里面，两面被山峰所包裹，周围绿树成荫，像是一座世外桃源。菊香就出生在这里，父亲郭秀文是一个老党员，当时还是村里的生产队长，由于身患胃病而去世。母亲是那种传统的农村妇女，不但种地是一把好手，而且做家务同样在行。菊香姊妹四人，她在家里排行老大，也许是受传统观念的影响，菊香只在小学念了四年书，便辍学了，从此在家里帮母亲做家务，干农活，家里家外都拿得起来。

常言道："男大当婚，女大当嫁。"菊香刚刚过了二十，上门提亲的人便络绎不绝，可事情往往出乎意料，见过面的人不少，但没有相中，也许是天意，这时保锁闯进了菊香的视野，当时还是别人捎来的一张照片，没承想，就凭这张照片，菊香姑娘就确定了自己的终身。不久两人见面了，没有卿卿我我，也没有山盟海誓，两人在征得了双方父母同意后，便很快成亲了。菊香妈当时说："看这孩子挺老实的，家穷怕什么？"也是的，保锁不仅人老实，还特别能干，结婚后两口子靠勤劳，自己置办起了结婚时都没有的家当，把小日子过得红红火火，要不是弟弟突然出了事，家里有了这么大的变故，他们的小日子是不会差的。可是"月有阴晴圆缺，人有旦夕祸福"，人的命运永远是琢磨不透的。

菊香告诉我们，在弟弟回来的七年里，虽然和娘家近在咫尺，可她一次也没有在娘家住过，每次都是匆匆来又匆匆去。每次到了娘家，母亲反复叮嘱的就是："要好好待小叔子，人家活着不容易，不能让人家受委屈，咱吃的是活食，他吃的可都是死食，千万不能亏了人家。"母亲每次教诲，菊香总是记在心上，不敢有丝毫的大意和疏忽，因为母亲就是一位孝敬老人的楷模，她从母亲身上学到了许多做人的道理。和保锁结婚十几年来，她只有一顿饭没有做，那还是因为自己做了手术，母亲来照顾她。菊香就连生孩子坐月子，都没有歇着，没出满月就自己做饭洗尿布。现在，她经常感到腰酸背痛，都是那时落下的病。

菊香说："她感到最对不起的就是两个孩子，村里在乡里上学的孩子，全在乡里租了房子，母亲跟着给孩子们做饭，唯独她不能，她一天也走不开，两个孩子从小就特别懂事，在马壁上学，每月给孩子的零花钱是五元，孩子们都不舍得花，回来后还千方百计给叔叔买点吃的，给叔叔一个惊喜，让他开心一点。她告诉我们，如果对小叔子稍差点，孩子们都不会答应。

有时，来自村里的风言风语也不少，说她图的是双锁的钱，把弟弟接回的七年里，就是去年算是沾了他的一点光，县残联为每户残疾人住的危房进行改造，村里把他们家报上了，当时规定自己先拿钱改造，修好验收后再领钱，本来他们不计划动了，可考虑到房子确实不行了，这也是一个机会，于是到当地的信用社贷款修了房子，房子修好验收后，才把贷款还了。就这事，村里的许多人还议论纷纷，羡慕得要死，风凉话不断，可这背后的酸甜苦辣，谁又能说得清、道得明？七年了，我亲爱的乡亲们，你们难道看不到、感受不到吗？

走出菊香家的时候，我的心情特别沉重，也特别复杂，好像是自己背着一个巨大的包袱，面对这样一个普通的中年女性，面对过去的2000多个日日夜夜，还有今后未知的无数日日夜夜，千言万语，万语千言，又能说些什么呢？一时间万般思绪涌上心头，只有在心底默默地祈祷："好人一生平安。"

一生只为一件事

陈省身成了国际数学家，因为他的一生都在研究数学。黄永玉成了著名画家，因为他的一生都在研究作画。我们故事的主人公，一生都在研究中草药，虽然他没有什么名望，只是一个普通人，但他执着的精神，一丝不苟的态度，依然值得被我们所称颂。

一

2012年，在医药行业摸爬滚打了四十五年的赵志安，从安泽县药材公司退休了，按常理，回家看看孙子、喝个茶、聊个天，到处走走看看，落个清闲自在，这是一般人退休后会有的想法。然而，赵志安却没有，他是那种有梦想，并且会为了梦想奋不顾身的人。

早在退休前，和药材打了一辈子交道的赵志安，心中便有了一个想法，摸清安泽中药材植物的家底，编著成书，让老百姓学习中药材，认识中药材，种植中药材。怎样逐步从农业大县走向药材大县，使群众早日脱贫致富，给子孙后代留一点可用的东西。因为他太了解安泽中药材了，在野生中药材领域，安泽在全国来说都是一块宝地。安泽县地处北纬30° 55'，东经112° 5'，属暖温带大陆性季风气候，四季分明，平均海拔900米，春季气温回升慢、寒潮活动频繁，夏季雨热同期，降雨集中，秋季昼夜温差大，冬季气温低，较为寒冷，境内山峦起伏、沟壑纵横，一条沁河从北至南，贯穿全境109公里，独特的地理位置和气候条件，使安泽成了天然的“大药厂”。而只有对中药材情有独钟的他，才最了解安泽中药材的分布和现状，把这笔宝贵的医药资源挖掘出来，为全县人民造福，是他早有的心愿。

“机遇都是留给有准备的人。”退休后，他在家中，一直从事中药材的调查和研究，有时也出去参加一些中药材方面的活动，但他始终忘不了自己的宏愿，就是把安泽的中药材结集成册。一次偶然的机会，当他把自己的想法，和时任安泽县分管农林工作的副县长魏书亮交谈时，得到了魏书亮的大力支持，并获得了县常委会的通过，很快一支由他为队长的安泽县中药材普查队成立了。能在这么短的时间里，成立起中药材普查队，这已经相当不错了，在全省来说都算是一个奇迹。普查队成立了，总得有个归属，好在他们又遇到了贵人，县果业中心主任亢建峰说，作为主管单位，我们责无旁贷，全力支持。亢主任他们一班人，在困难的条件下，为他们挤出了办公室，配备了必要的办公用品和设备，任命了田高升副主任为办公室主任。所以说，直到现在，赵志安都十分感谢魏书亮和亢建峰，如果当初不碰到他们，也许自己的中药材普查梦，只能叫作“梦”了。

说干就干，成立起来的普查队，第一要务就是培训，赵志安把队员们集中起来，耐心细致地讲解识药采药的基本知识，以及标本采集、压制的具体方法，并请专业人员对影像的拍摄、卫星定位仪的使用，做了专门培训。聘请了山西大学张立伟教授和已退休的山西植物学首席专家郭文菊教授为指导专家。普查工作开始后，他把全县划分为南北中三个地带十个区域，逐一开展普查。

说起中药材普查，大多数人还是比较陌生的，这是一个非常细致的工作，每种植物要从不同角度进行拍照，留下5—10张底片，同时做好摄像记录。在此基础上，用卫星定位仪记录每一种中药材的经度、纬度、海拔等。采集的中药材要详细记录品名、采集日期、地点、植被类型、土壤类型、生态环境、药材习性、资源类型、出现度等，采集回来的标本，要在当天进行压制，影像资料要在当天进行整理。次日上山前还要把前一天压制的标本进行重新整理，换干燥纸进行翻压，如此反复，直到标本自然阴干，对一些水分较大的植物，还要进行单独处理。

上过山的人都知道，山上的情况非常复杂，道路崎岖就不用说了，有的地方根本就没有路，最怕的就是毒蛇、蚊虫的叮咬了。2014年7月，老赵在杜村乡苏村上山采标本时，被一种野生蜱虫叮咬，浑身红肿发痒。时隔不久，在和川镇对子沟山上采集标本时，他又遭到了野蜂的攻击。本来就有糖尿病的他，满身肿胀流黄水，痒痛难忍。可适逢采集标本的旺季，又耽搁不得，不得已，他晚上输液止疼止痒，白天坚持和大家一起上山，等到这个采集时段结束，再到长治就医时，已经查不出病原，不能进行针对性的治疗，他也因此落下了毛病，经常性地瘙痒、头疼。

人想做成一件事不容易，能够排除一切干扰，克服一切困难，坚持自己的梦想，几十年不改初衷，特别是在七十一岁这样的古稀之年，仍然这样去拼，更是不易。

2016年，赵志安迎来了人生发展的又一个机遇，安泽县委、县政府的主要领导提出来发展中药材，带动百姓致富的主张。县委领导多次找到赵志安，听他汇报工作，帮助他确定普查方向，给予了大力支持。赵志安做梦也没想到，中药材发展的春天来得这么快。

二

老赵有四个子女，孩子们都已成家立业，各有各的生活，不需要他多操心，可老伴的身体不太好，老赵白天让子女帮忙过去照看，做做午饭，晚上回来，他来照看。毕竟是70多岁的人了，白天在山上跑一天，也没有地方休息，晚上做好标本，回到家已是半夜，时间长了，谁也吃不消。为此，老伴经常埋怨他，“我身体不好，你如果再有个病，咋办？”“不考虑自己，也要考虑孩子，不能拖累他们”。老赵不是不考虑，他何尝不知道，可既然下定了决心搞这项事业，又有领导的支持，他还放得下吗？何况，这是自己一生钟爱的事业，做不好，自己和自己就过不去，再大的困难他都要克服，也必须克服。

从普查队成立，开始中药材普查，到上下两册的《安泽县中药材普查大全》书籍出版，三年多的时间里，老赵几乎没有吃过一顿囫囵饭、睡过一次安稳觉，妻、女接连有病，他都没赶上去看看，一门心思扑在了自己所钟爱的草药上。三年里，普查队上山356趟，拍摄中草药植物照4万多张，采集中草药植物标本1000余种，制作中药材标本两套1200多个，编撰出版了几十万字的《安泽县中药材普查大全》。

数字往往是枯燥的，可通过数字，我们仿佛看到了老赵和他的普查队翻山越岭的身影，看到了他们一个馒头、一袋咸菜、一瓶水的野外生活，看到了他们没日没夜制作标本的辛苦，看到了他们获得成功时噙满泪水的双眼。

三

2016年5月，洋洋洒洒几十万字的《安泽县中药材普查大全》（上下册）终于由中国标准出版社出版了。2017年7月，又进行了再版。全书共记录中药材植物例子670个，涉及906个品种。其中，属于南药北移试验成功品种8个，野生变家种试验成功品种7个，后续发展的品种13个，应加强保护的品种8个。安泽道地野生种植产量最大的主要中药材品种123个。书中还对62种药效不明确，可用于牛羊饲料的畜牧植物，以及可食用的野生蔬菜植物做了说明，首次明确了野生蔬菜的性质和科目，并作了特殊记载，同时还对动物例子51个，蔬菜植物例子26个进行了记录。

通过普查，发现我县稀有品种白花血丹参，其活血化瘀的药效比紫花丹参好；发现柴胡分为线叶柴胡、北柴胡、红柴胡、黑柴胡、黄皮柴胡、三岛柴胡；发现黄精（鸡头参）有二叶、三叶、四叶、五叶、六叶、七叶、八叶的品种，一、二、三、四叶的根茎为生姜形的，五、六、七、八叶的品种为圆球形的；发现早熟禾中药材，含有胰岛素，可用于糖尿病的治疗；发现连翘的花形，有三瓣花、四瓣花、五瓣花、六瓣花的，叶子有花边的、毛边的、杏叶形的、柳叶形的，而我县96%的连翘，都是四瓣花的，是正宗品种。

通过普查，发现我县中药材总面积166万亩，年产量可达4400吨。其中，野生连翘面积150万亩，储藏量4000吨，中药材野生植物品种1000多种。主要分布在良马乡的英寨、黄花岭，和川镇的曹寨沟、对子沟，冀氏镇的青松岭、核桃庄，府城镇的三交村、寺村等地。

通过普查，我县的地域特征、气候变化、生态环境、河流山川、土壤结构等信息更加完善。普查队首次根据我县的地理、气候、生态、土壤等条件，提出了发展中药材的思路，即充分利用荒山、荒坡、山坡地、林下等地理条件，按红砂地、黄沙地、黄土地等土质条件的不同，运用玉米播种机播种，种植野生中药材；在山下搞林药间种，高低植物搭配，增施有机肥料，禁用各种农药的措施、办法等，保证无公害中药材绿色产品。

我们每个人都渴望成功，可不知成功的背后，藏着多少不为人知的英雄泪！任何事情都不是一蹴而就的，只有当自己的能力、经验积累到一定程度，人生才可能产生质的飞跃。

四

赵志安告诉我，他的父亲就是一名医生，他自己从18岁参加工作起，就和中草药打上了交道，从抓药做起，他当过门市部主任、采购主管、分管业务、副经理、经理、书记，一直到退休，从未离开过药材。退休后，他自己在家中，还在研究中药材，研究各种疑难杂症，如各种类型的骨折，各种类型的白癜风，为很多的安泽群众解除了痛苦。他又编撰了《安泽林药间种》一书和《安泽中药材》一书。直到加入中药材普查队。在安泽，再没有谁比他更了解中草药了。

同赵志安在一起交谈，你丝毫感觉不到，他已经是一位年过七旬的老人。可以这样说，他对中草药的感情，已经超过了家人，每一株中草药的形状、特征、种类、药理、药效、产地、开花时间，他都如数家珍。在他的眼里，这些都是他的孩子，都是他培养的对象，他打心眼里喜欢它们，已经没有什么可以改变他对中草药的那份热爱。他说："闭上眼睛是中草药，睁开眼睛还是中草药，甚至梦里都是漫山遍野的植物花开。"我可以想象到，他已经把自己的生命同中草药紧紧联系在一起了。

百草无言，芬芳千年佑苍生，书卷有情，荀乡百姓得安康。一个人，一生只为一件事。就是把安泽的中草药事业做大、做强，让安泽多年来的农业大县逐步走向中药材种植大县。一个人只要有了这种精神，就可以无往而不胜。

情暖义唐

在府城镇义唐村采访的日子里，我常常被一些人和事感动着，绿树掩映的村庄，整齐划一的村巷，挨家入户的驻村队员，洋溢着笑脸的贫困户和村庄里焕发着的勃勃生机。这一幕幕场景时刻萦绕在我的脑海里，促使我拿起笔记录下自己的所见所闻。他们是国家公务员，他们眼下有一个共同的称谓——驻村工作专班，他们有着相同的工作职责——帮扶贫困户脱贫致富，我要讲述的李鑫是他们其中的一员。

初识李鑫，源于县委宣传部组织的全县脱贫攻坚先进典型的采访活动，我们几个人分成了两个组，我负责府城、良马两个乡镇，在府城镇的采访名单里，我看到了李鑫的名字。负责联系接洽的张副镇长有事，临时将工作安排给了办事员刘杰。看名字，还以为刘杰是个男同志，见了面才知道是个非常干练的女孩。她简单地向我们介绍了府城镇脱贫攻坚的基本情况，并陪同我们采访。府城镇推荐了三个典型：一个贫困户脱贫致富典型，两个帮扶责任人典型。在刘杰的引领下，我们先到飞岭村采访贫困户尚春喜，又到石桥沟村采访了帮扶人刘司南。到了采访李鑫时，他临时有事，没有见到。考虑到尚春喜和刘司南，大家已经有了直观的印象，写起来比较方便，我便把采访李鑫的任务留给了自己。随后刘杰把李鑫的联系方式给了我，张副镇长也把李鑫的事迹通过微信发给了我，让我对李鑫有了初步的认识和了解。第二次联系李鑫，他说他正在腰庄村给村里安装更换饮用水管。说到安装水管，我曾经听机关门房的郑师傅说过腰庄村缺水的问题，他是义唐村腰庄村人，常说起村里的饮用水，打过几次深井都不太理想，饮水困难一度让村干部颇费脑筋。联系到李鑫，是在端午放假的头一天，我忙完了手头的工作，想着见一见李鑫，在一块儿聊一聊。李鑫说他在村委正要去看贫困户。考虑到马上放假，已经没有时间了，我没有征得李鑫同意，直接到了村委。村委会门口人来人往，进进出出，非常忙碌，恰巧村里的书记、村主任、工作队的人都在，满满的一屋子人，好像刚刚开完会。瞅着书记、村主任都在，我简单地询问了检察院的包村情况，才得知村里有147户贫困户，检察院每人帮扶都在5户以上。村书记郑玉林告诉我，检察院包村以来，为村里打井、修路、建水窖，累计投资都在50万元以上。张临生检察长和他的同事隔三岔五地来村里，到所包的贫困户家里走访、慰问，鼓励村民坚定摆脱贫困的信心，并给予了许多真诚的帮助。说到我来访的目的，快言快语的村主任李启旺坐不住了，他说，李鑫来了义唐，就没有闲过一天，从早到晚，他像一根拧紧了的发条，不停地奔波在义唐村的四个自然村里，加班加点是常事，往往白天跑户，晚上对“一码清”中的各项数据更新完善，147户贫困户的基本情况、致贫原因、脱贫措施、主要收入等，他都清清楚楚、烂熟于心。村里的大事小情，李鑫总是积极参与，为全村100余户申请办理地慢病、为坡底村更新网络、为腰庄村更换饮水管道、为贫困户孩子购买文具、为贫困户联系办理残疾证，等等。只要是他听说的、知道的，大事小情，一件不落地办，不少村民已经把李鑫当成了村里管事的“婆婆”。本想同李鑫本人多聊几句，没承想他马上要去贫困户的家中，第一次见李鑫就这样匆匆结束了，但通过书记和村主任的讲述，我对李鑫的了解又深了一层。

李鑫出去的间隙，我向村主任了解村里的基本情况和工作队的帮扶情况，才知道了全村脱贫工作的难度和李鑫他们工作专班所做的工作。义唐村位于府城镇的西部，距离县城5公里。下辖义唐、腰庄、柳寨、坡底4个村民小组，全村464户，1113口人，其中贫困户147户，338口人。全村总面积14平方公里，耕地5000亩，人均耕地面积4亩，林地面积3800亩，人均3.2亩，退耕还林496.5亩。从上面的几组数字中，已经知道了义唐村贫困的原因之一就是人多地少，村里除了交通便利外，没有一点优势可言，像网上普遍流行的致贫原因一样“地上没拉的，地下没挖的”，农民纯粹靠种地谋生，连基本的温饱问题都解决不好，何谈脱贫致富。面对存在的实际问题，多年来，村里在县、镇两级和扶贫工作队的关心与支持下，因地制宜调整产业结构，大力发展特色农业，充分利用义唐村的地理优势，陆续开展了以坤宝农业发展有限公司带动种植优质玉米、小杂粮、油用牡丹、中药材等项目，开展了青翘抚育、采摘，蓝莓栽植，光伏发电等七大产业，组建了安泽县宏运吊运有限公司，发展了运输业和劳务输出。为了摆脱贫困，村委和工作专班可谓是想尽了办法。为了掌握贫困户的第一手资料，工作专班在村两委的支持下，一头扎进了贫困户家中，挨家挨户了解致贫原因，根据不同情况制定脱贫措施。特别是李鑫，对工作满腔热情、积极负责，连续几天奔跑在村里的山庄窝铺。坡底自然村远离村委，居住分散，村里使用的联通宽带网络信号时断时续，给村民带来极大不便，尤其是新冠肺炎疫情期间，孩子们上网课，还要步行5里地到村委附近上。了解到这一情况，李鑫及时协调县移动公司，第一时间到村里进行实地勘察。初春的安泽春寒料峭，又赶上下雪，给勘察工作带来诸多不便，为了尽快完成勘察设计，他每天开车接送勘察人员，并同大家一起爬上爬下，来回奔波，同村委现场解决线杆安装、定位等问题，使这一困扰村民多年的问题，得到了彻底解决。“爱心超市”是由政府推动指导，社会各界广泛参与，把政府的、部门的、社会的、企业的、个人的慈善资源，各界的爱心善举，整合到“爱心超市”这个平台上来，让有困难、需要帮助的群众能够有尊严地在“爱心超市”领取自己所需要的生活用品。为了办好村里的“爱心超市”，李鑫充分利用自己多年来联系面广的优势，想方设法争取单位、企业和个人的爱心捐款和物资，使村里80余人受益。村民吴俊英常年在外地居住，户口本遗失多年无法解决，是村两委非常头疼的一件事。李鑫在走访中，了解到吴俊英的特殊情况，萌生了为她补办户口的念头。补办户口谈何容易，时间跨度长，历史原因不明，为此，李鑫多次与派出所、县公安局联系沟通，商量解决办法，并同府城派出所主管户籍的同志，一起到山东某地走访、调查，同当地公安机关沟通、协调，终于为吴俊英补办了户口，解决了困扰她多年的难题。

端午放假一结束，我便急着联系李鑫。他在电话里告诉我，他们正在跑户，我本想说，我也一起去几户看看，但又怕影响他们工作，所以打消了这个念头。不过，我同李鑫约好了第二天见面，第二天早上八点，我给李鑫发了微信，可他没回。我怕他忙，没顾上看，八点半，我给他打电话，得知他正在县城办事，九点回村委。于是，九点整，我赶到了村委。老远就看到，村委门口停了许多车，不少村民在忙着。进村委大门的时候，迎面碰上了工作专班班长赵勇，他告诉我，他需要进户，李鑫在等我。见到李鑫，我们之间已经没有了第一次的拘谨，俨然已成了老朋友，短短几天，我对他的情况有了更多的了解。他非常谦虚、低调，在检察院工作的十几年里，从一名普通的办事员，成长为副科级的办公室主任，先后从事过政工、反渎等工作，由于诚实、能干、乐于助人，在院里赢得了很高的声誉，是领导的得力助手。这次领导派他来，也是下了很大的决心，毕竟扶贫工作是眼下工作的重中之重。李鑫告诉我，院里每人承担5户贫困户的包联工作，大家忙完了手头的工作，一有时间就往村里跑，一来二去与村民都成了朋友。

在李鑫的引领下，我来到了贫困户牛章锁的家，一进门，他妻子段小桃便迎了出来，看到她满脸的笑容，我根本不敢想，这是一个因病致贫的典型家庭。牛章锁本人残疾，妻子常年患有高血压、糖尿病，小孙女也是三天两头住院，愁云在这个家里常年不散。为摆脱贫困，牛章锁想尽了办法，除了种地外，他还学习了养蜂技术，购买了蜂箱，准备大干一场，结果，一次冻灾，使他血本无归，整日在家唉声叹气。李鑫了解他的情况后，多次上门同他谈心，鼓励他树立信心，并自掏腰包购买蜂蜜，为他寻找其他销路，帮助他摆脱贫困；在老牛走出阴影后，帮助老牛养殖绵羊，并帮助其申请养殖补贴款，为其妻子申请办理地慢病，为其孙女到医院看病，为其子寻找工作，一点一滴感动了老牛，也让老牛重拾了生活的信心。

贫困户魏祥东，已经七十多岁了，家里只有老两口，平时靠种地、采摘青翘、挖药材为生，加上国家给的一些补贴款，生活勉强过得去。可在2018年却得了脸部恶性肿瘤，得知自己的病后，老魏一度不想治了，顺其自然吧。李鑫在入户时，知道了老魏的情况，他一方面给老魏讲贫困户看病的政策，做工作让老魏尽快入院治疗，一方面联系医院，在老人住院治疗后，李鑫第一时间为老魏争取了5000元医疗补助并及时办理了残疾证，使老魏享受到了国家政策的红利。老魏出院后，脸部塌陷不愿见人，一度产生了自卑，又是李鑫一次次家访，同老人谈心、聊天，直到老人不再自卑。

李鑫说：“帮扶工作，不仅需要心的交流、碰撞，更需要情的付出，只有让贫困户知道了你在真心帮他，他自身才能产生动力。”他包了5户贫困户，每家有每家的情况，都需要一对一的帮扶、一对一的施策，而不仅仅是多跑几趟，多赞助一些资金那么简单，有的需要做思想工作，有的需要多方面引导，有的则需要实实在在的帮助。在驻村的4个月里，李鑫不仅跑遍了全村147户贫困户，还走访了其他户，他就是要找出义唐村的贫困症结，找到义唐村的发展之路，让全村人一起走上富裕之路。

在同李鑫的聊天中，我得知从3月10日驻村开始，李鑫很少回家，尽管离县城这么近，尽管有时在县城办事，回家转一圈亦属正常，但他都放弃了，他已经把自己的心同义唐村连在了一起。难怪上小学三年级的儿子，在老师布置的作文《我的爸爸》中这样写道：“后来我们可以出去玩了，应该是病毒被打跑了，我等你不用加班，可以多陪我玩。可你还是不能经常在家。这次你去帮村子里生活困难的人。我想你的时候问妈妈你在哪，想去看看你，可妈妈每次说的都不一样，有一次说你去给农民伯伯接网线，有一次说你去给他们送吃的，还有一次妈妈说你去了山东，给一位粗心的阿姨办户口，反正你常常不在家，也不在一个地方。”从孩子天真、稚嫩的话语中，我们感受到了一个帮扶干部的情怀。李鑫告诉我，让他下决心做好扶贫工作的原因，除了上级的要求、领导的安排以外，是和他并肩战斗的工作专班的战友感动了他，几个月来，他们一起同吃、同住、同入户，他们比他付出的更多，克服的困难更大。是那些可爱的贫困户感动了他，尽管他们生活得并不富裕，但他们时时刻刻把你当成亲人，大事小情同你商量，让你帮着拿主意，自己种的菜不舍得吃，悄悄地将菜放在他们住的地方。他们对自己有了一份依赖和牵挂，把自己当成了“义唐村的儿子”。

离开了义唐村，我的眼前老是晃动着李鑫憨厚的脸和段小桃淳朴的脸，他们显然都在笑着。我知道，他们的笑发自内心，发自于扶贫干部对帮扶工作的信心，发自于贫困户对帮扶工作的满意。

用青春托起村庄的梦想

众所周知，安泽是玉米种植的传统大县，想让农民脱贫，改变传统产业结构，增加农民收入是头等大事。改变传统观念，是我们的第一书记面临的一道难题。

“土豆书记”和他的“土豆梦”

2015年8月，年仅30岁的吉明明，被组织选派到安泽县和川镇议亭村任第一书记。议亭村，是安泽县北部最偏远的山村之一，距离县城45公里，同沁源县接壤。村民们世世代代靠种玉米为生，早些年，还种点小麦和杂粮，由于产量低、不划算，后来也放弃了。久而久之，只留下玉米这个单一品种了。赶上好年景，玉米遇上了好价格，农民手里还有余钱，如果遇到不好的年景和价格，一年的辛苦就白费了。

在接下来的日子里，吉明明走访了村里所有的贫困户，了解致贫原因，商讨脱贫措施，可大伙众口一词地说：“我们除了种玉米，什么也不会。”就连村干部也这么坚定地认为，祖祖辈辈都是靠种玉米为生的，玉米是村民主要的收入来源。再者，议亭村紧邻沁河，背靠大山，交通极为不便，“地上没拉的，地下没挖的”，想脱贫，大家伙也没有信心。

“路是人走出来的。”吉明明不信邪，在广泛调查的基础上，他心里有了谱，要带领全村脱贫，必须走农业调产的路子。为此他多次同两委班子交心，听取他们的想法和建议，大家说：“调产他们也想过，可调什么，怎么调，心里没谱，更害怕调产不成功，没法对老百姓交代。”这是他们的心里话，也是面临的最大难题，就是先要统一干部思想，才能逐步改变老百姓的传统种植观念。

“耳听为虚，眼见为实”，吉明明利用自身的优势，自费把村干部带出去参观学习，考察项目，最终确定了土豆的种植，并与山西恒业农贸有限公司达成了合作意向，这是一家集农业种植技术、田间管理、相关产品研发、加工生产一条龙服务的龙头企业，在土豆的种植方面，已经积累了成功的经验。可是土地流转是个大问题，大家都知道，土地是农民的命根子，想要做通他们的工作，从他们手里把土地流转出来，确实不是一件易事。不管土地如何流转，前提是保证贫困户增收。吉明明给村民算了一笔账，按玉米亩产1000斤、价格0.9元计算，一亩地的收入就是900元。除去化肥、农药和人工费，一亩地的纯收入，最多也就500元。如果把土地流转出去，一亩地可以获得600元，还可以在家门口进企业挣钱，一年的收入是以前的几倍。尽管这样，许多老百姓还是半信半疑，为了保证土豆项目的实施，吉明明把村干部的积极性调动起来，让他们带头流转，并深入部分贫困户家中做工作，终于以每亩600元的价格流转，种植土豆200亩。

土地落实后，吉明明稍稍松了一口气，接着同村委班子开始丈量土地，分发流转款，并同企业签订合同，为企业进驻做准备。2016年秋后，对于议亭村来说，是一个值得纪念的日子，山西恒业农贸公司正式入驻议亭村，这也是全县首家引进的土豆种植项目。2017年200亩的土地，被种上了村民想也不敢想的土豆，大伙看到了他们从未见过的各种新型农具，从土豆种植、农药喷洒、田间管理，都是机械化。秋后，首次种植的土豆喜获丰收，亩产达到了6000斤，收入突破3000元，进公司工作的农民，还破天荒地在家门口挣到了工资1700元。

土豆的成功种植，为老百姓脱贫提供了一个全新的思路，祖祖辈辈靠种玉米为生的农民，在事实面前改变了思想，“土豆书记”圆了他的“土豆梦”。

孤寡老人的“贴心人”

议亭村不大，人口也不多，可孤寡老人却不少，村里有11户五保户，他们年龄普遍偏大、无儿无女，生活极为不便，不少人还居住在老旧的窑洞里，十分危险。吉明明看在眼里、急在心上。改善他们的居住和生活条件，成了他的一块心病。为此，他多次跑镇上、县里反映情况，争取上级的危房改造资金。在他和班子的不懈努力下，危房改造项目得以最终实施，使五保户得以迁进新居。

孤寡老人李留锁，无儿无女，常年有病，没有亲人，吉明明到村里后，主动承担起了照看老人的任务，经常利用外出的机会，为老人购买生活用品和药品；在村里，他一有空，就到五保户家中看看，谁家缺了什么，谁家需要什么，他都记在心上，及时给他们送去。2017年临近中秋，五保户王建忠生病住院，吉明明放弃了同家人团聚的机会，主动照顾老人。利用工作经费给所有五保户送去月饼、茶叶等。

虽然一个人的能力有大小，但只要他尽心尽力地为老百姓着想，他就是一名称职的共产党员。

老百姓眼里的实干“娃”

吉明明初到村里时，大家说：“城里长大的孩子，哪能在咱这里待住，还不是镀镀金走人？”三年过去了，村民们从心里改变了他们最初的看法，他们把他当成了自己的娃，有事没事喜欢和他唠唠，大事小情喜欢和他商量，因为，大家打心眼里喜欢上了这个城里娃。

铁布山是村里的一个自然村，村里的许多土地都在河对岸，以前，连接河两岸的是用电线杆搭起来的桥，六根木头，成了两岸百姓的唯一通道。不仅老百姓出行十分不便，这桥也是一处重大的安全隐患。吉明明在了解情况后，同村委班子一起向上级反映情况，争取项目和资金，最终在县政府、县组织部、县财政局、镇政府的关心与支持下，争取到了架设漫水桥的项目和资金。在漫水桥施工的日日夜夜里，为了确保工程质量和工期，吉明明几乎没有睡过一个囫囵觉，从协调上游水量、急缺的材料，到解决施工中遇到的难题，他都亲力亲为，在他的努力下，漫水桥不仅提前竣工，工程质量也得到了保证，村民们高兴地说："祖祖辈辈过河的难题终于解决了，再也不用为过河安全操心了。"

扶贫工作，就是一份奉献爱心的事业。只要有爱，哪怕是一滴露珠，也会折射出七彩斑斓的光芒；只要有爱，哪怕是一株小草，也会为春天平添一抹绿意。在扶贫工作忙碌而紧张的日子里，吉明明用自己的爱去装扮春天，用自己的青春去托举村庄明天的希望。

安上老江的故事

认识老江是偶然中的必然。2017年5月，县下乡办调整单位包村，把地税局原先负责的和川镇西洪驿村调整为安上村，老江是我包的一户贫困户。

安上村位于和川镇的东部，距离镇所在地20公里，全村有6个村民小组，234户，705口人，9个自然庄。2015年初确定的贫困户为94户，老江家是其中的一户。

在未进户前，我已经从第一书记王强胜和村书记薛书贵的口中，知道了老江家的一些基本情况，他属于典型的因病致贫，患有比较严重的类风湿，已经丧失了劳动能力。老江曾经当过兵，在部队入了党，回村后当过村干部。他们还告诉我，“此人脾气倔，说话不中听，入户后跟他说话一定要小心”。于是，在未见到老江前，我心里先打了一个咯噔。

第一次去老江家家访是村里的干部陪同我一起去的，见到老江，我才发现，老江的病情比我想象的要严重许多，眼窝深陷，手指严重弯曲变形，瘦弱的身躯在双拐的支撑下，摇摇晃晃地勉强站立着，移动行走都十分困难。老江家里陈设非常简单，但干净整洁，丝毫看不出一点的脏乱，一眼就可以看出女主人的勤快。陪同我的村干部告诉老江，县里更换了包村单位，石油公司换成了地税局，包他家的党员换成了我，并作介绍了我的情况，老江只是微微点了点头，并没有多说什么，但是，我看得出来，老江一脸的不屑，也许，在他心里换谁都一样。

真正让老江打开心扉，是在一次例行的家访中，我向他打听了村里的一个人，没承想，正是老江的亲弟弟，是我三十年前，在税所当专管员时认识的，当时他弟弟经营小四轮车跑运输，我们上门征税，常打交道，印象比较深刻。从打探他弟弟现在的生活状况开始，我们谈到了他。老江曾在部队服役五年多，还在部队入了党，后来由于父亲有病，弟妹年幼，不得已提前退役返乡。一说到当兵的经历，老江两眼放光，他是1972年当兵走的，分到了北京军区，当时，能去北京当兵，别提多兴奋了。在部队，由于山里的孩子踏实肯干，多次受到表彰奖励并入了党，他也有了在部队长期干下去的想法。1976年唐山大地震后，他所在的部队，还参加了抗震救援，在两个多月的时间里，他参与了大大小小的救援任务几十次。1978年老江从部队退役回到村里， 怀着满腔的抱负，打算好好干一场，还担任了村副主任，可家庭的重担，使他放弃了原先的许多想法，一直靠种地为生。随着年龄的增长，本来在农村还属于壮劳力的他，却发现自己患上了风湿性关节炎，而且是越来越严重，直到无法下地干活，正常的生活也受到影响。他说："当年参加唐山救援的时候，赶上两个多月的阴雨天，每天吃住在帐篷里，阴冷潮湿，使自己种下了病根。"老江说："现在国家的政策，是真正的好，对退役老兵有了补助，可我争取的补助却来之不易。"原来，老江名字出了问题，他名字叫江银木，入伍的时候，土话"银""仁"没有分清，县武装部的档案里，误写成了江仁木。听到退役士兵60岁以上，有了国家补助的政策，老江先是递了申请，但补助下发后没有他。于是他找到村委，后又到镇政府、县民政、县武装部等单位，就是由于名字一字之差，始终得不到落实。再后来，他拖着病体，又跑到市民政局，找到具体负责的人员和领导，问题始终得不到解决。几次下来，老江经常自己在家生闷气，对上门的干部，也是冷眼相对。再后来，第一书记王强胜在走访中了解了老江的实际情况，多次出面找县里、市里有关单位，终于为老江落实了政策。老江一提起王书记，马上两眼放光，说："如果没有王书记，还不知道这政策能不能落实呢。"

和老江熟悉后，来老江家的次数明显多了，我们聊的话题自然多了起来，可我心里有数，帮助老江脱贫是我最终的目的。围绕县里提出的"旅游、光伏加连翘"的帮扶措施，针对老江家一无劳力、二无其他收入的实际情况，我再三考虑，安装光伏，依靠光伏脱贫是老江脱贫的唯一出路。于是我先向他了解了村里光伏安装的情况，问他国家有这么好的扶贫政策，为什么不安装。原来，村里大多的贫困户根本不了解政府光伏脱贫的具体政策。

老江说："他也问过村委，他这种年龄，已不能申请贷款，再者，害怕国家政策有变，贷款无法偿还。"村里人说啥的都有，他也拿不定主意。我说："光伏发电是国家的一项专门扶贫政策，不会有变的，你一定要相信党和政府，这是为了老百姓而制定的。"听了我的一番话，老江打消了思想顾虑，同意安装光伏，可他又说，自家的房顶恐怕承受不了，我说，咱先开始办，到时候一起想办法解决。得到老江同意后，我马上联系了信用联社，答复说，现在贷款年龄已经放宽到63岁，老江年龄超了，妻子名下可以贷。紧接着，我又联系镇上的电管站，得知安上村眼下只安装了三四户光伏，其他户还没有报备，需要报备后，才可以申请贷款，贷款办完后，打入光伏货款，才能申请安装。问清了程序，我及时同村委领导进行了沟通，他们说："你先要做通老江的工作。"我告诉他们，老江同意安装光伏，还有一个特殊困难，就是他家的房顶恐怕承受不了光伏设备，村里是否考虑，暂时安装在村委的房顶上。书记和村主任倒也爽快，说："只要老江同意，不行就装在村委房顶上吧。"

说干就干，第二天，我让老江妻子复印好相关材料，开车到镇上电管站，为老江先进行了报备。没几天，镇上信用社通知可以办贷款了，那天我回机关办事恰巧不在村里，为了方便老江办理相关手续，我特地嘱托机关的小吴，开车陪老江妻子到镇上信用社办理了光伏贷款手续。

后来，老江想着还是不给村委添麻烦为好，自己积极主动筹钱翻修自家的房顶。老江家的房顶修好后，光伏设备也及时送到了家门口，只等着镇上电管站安装，可没承想，镇上说因故暂缓安装。老江一听，又愁坏了，光伏的贷款利息已经开始支付，迟安装几天，就有几天的损失。于是，一个电话打给我。接到电话后，我也非常着急，这事不解决，老江肯定更着急，刚刚建立起来的脱贫信心也会大打折扣。想到这里，我急忙同地方电力公司郝经理取得了联系，向他说了老江家的特殊情况，后在郝经理的努力下，争取领导同意后，特事特办，终于为老江家安装好了光伏设备并网发电。

转眼到了10月30日，我和单位的同事参加县委开展的"手拉手、帮秋收"活动，又一次地来到了安上村，到老江家帮助秋收。也许是老江家的光伏发电已经有了小小的收入，也许是第一书记和工作队的帮扶，让老江看到了未来的希望。总之，老江脸上的愁云，已经不见了，代之而来的是满心的喜悦。他掰着弯曲的手指告诉我："今年他家的玉米种植收入，粮食、种子直补，退役士兵补助以及低供煤、光伏发电等收入，已经远远超过了国家制定的最低贫困线，他家就要脱贫了，村里的大部分贫困户，也将同他家一样，向贫困告别。"听了老江的收入计算，我心里的一块石头也落地了。

老江脱贫的故事，只是发生在我身边的一个最普通的故事，千千万万的扶贫干部，正在用自己的努力，改变着山村的面貌，改变着贫困户的现状和思想。

第九辑　茶余饭后

荡气回肠的《闯关东》

年末岁首，一部大戏《闯关东》，着实让我过了一把看电视剧的瘾。剧情、剧中人物的命运时刻牵挂着我的心，使我第一次对看电视剧有了欲罢不能的感觉。

《闯关东》讲述的是从清末到“九一八事变”爆发前夕，山东一户人家因生活所迫，背井离乡闯关东的故事，故事以主人公朱开山坎坷、复杂的生活为背景，穿插了三个性格迥异、不同命运的儿子在闯关东路上的生活经历。

这个故事之所以打动人心，不仅在于故事本身具有的强烈感染性、演员精彩的演技，更在于它弘扬了民族精神，一种面对困难和挫折，百折不挠、勇往直前的精神；一种中华民族生生不息、顽强拼搏的精神；一种面对强敌同仇敌忾、视死如归的精神。观后确实使人有一种荡气回肠的感觉。

据相关媒体报道电视剧《闯关东》的收视率，创下了近年来电视剧的新高，充分说明了在物质生活日益充裕的今天，人们对精神生活依然渴求。无论社会如何发展、进步，我们的时代仍然需要忠义、善良、诚信和坚韧，需要像朱开山这样的把民族利益放在第一位的爱国志士。他敢爱、敢恨，敢打、敢拼，足智多谋，他心地善良、疾恶如仇，又胸怀宽广，集中华美德于一身。事实上朱开山成了我们崇拜的英雄，这也充分说明我们的时代同样需要朱开山一样的人。

同时《闯关东》之所以吸引人，还在于它的朴实性，让人看不出任何矫揉造作的影子，朴实的语言，平凡的生活，不像是演戏，倒像是真正的生活场景。其实，我们看电影也好、看电视剧也罢，就是要看这样的作品，既让人感到亲切、自然，又能激发起民族的自豪感和爱国热情。从这样高的收视率来看，大多数的国人也喜欢这样的影视作品。

“国强民才安”，《闯关东》的结尾，给孩子起名为国强，正是在告诉我们只有国家强大了，我们才会有自己的立足之地，这是一个永远也颠扑不破的真理。

守护自己的精神家园

前几日，一位外地工作的朋友回来在一起聊天，其间说到老实是褒义词，还是贬义词，他说：“以前我们说老实，肯定是褒义词，而现在成了‘贬义’词。”听了他的话，我陷入了深深的沉思中。

实在、老实、诚实，我不知道能不能画等号，但我想大概意思差不多，都是讲做人的起码原则。弘一大师曾讲过“内不欺己，外不欺人”，说的也是做人的道理。

中华民族有五千年的历史，“实在”是好是坏，应该早有定论。前几年在电视上看大学生辩论会，对人之初“性本善”和人之初“性本恶”展开过辩论，当时的辩论双方引经据典，场面十分热烈。如果按我个人的观点，还是认为人之初“性本善”是正确的，这就像说得“实在”，应该是人本质的东西。

我是地地道道的山里人，也许是秉承了先辈做人的准则，做人做事都实实在在，有时甚至到了“愚不可及”的地步。从上学的时候起，我就经常帮助比我条件差的同学，当时大家都很穷，一支铅笔、几张粉脸纸，都能解决不小的问题。上班后，我第一个月发工资，就拿出20元，寄给我在太原上学的同学，尽管当时每月的工资只有31元。有时朋友到家中吃饭，我都会热情款待。

多年来，由于“实在”，我也小有损失。1986年在所里上班的时候，一次由于下雨，外地的三辆大货车被困几天，司机连吃饭的钱都没了，我得知后，借给他们100元，说好回去后给我汇来，结果一去不复返了。去年，我下楼去买面条，正碰上一个老人找人，我用手机帮助联系了几个，结果都联系不到，于是我骑上摩托驮着老人又到处寻找，当时已是12点多，看到老人又急又困的样子，便先领他去吃了饭，又安排他到宾馆休息。直到下午3点，他找的人才来了一个。原来，老人已经70多岁了，曾经在这里的中学任教，平时喜欢绘画，今天是特意给他认为几个得意的门生送画的，事先也没有电话联系。

这样的事情说也说不完。我的“实在”在机关得到了领导和同事们的认可，工作认真踏实，领导交办的事情不打折扣地完成，说句大家不相信的话，20多年来，我的工作从未延误过一次。正是如此，才逐渐赢得了领导和同志们的信任。

由于“实在”，我或许有失去，但我得到得更多。我仍将继续守护自己的精神家园，永远做一个“实在”人。

“和谐”，需要税企共同营造

构建社会主义和谐社会，是我们今天所倡导的。“和谐”的含义，强调世界万物都是由不同方面、不同要素构成的统一整体，在这个统一体中，不同方面、不同要素之间相互依存，相互影响。

“和”是中华民族普遍具有的价值观念和理想追求。文明古国的发展历史告诉我们，中华民族历经磨难、屡处逆境，却能昂扬奋起，就是因为内部的“和”。面对新的时代，要实现中华民族的伟大复兴，必须弘扬和发展中华民族的优良传统，倡导大家和睦相处，和谐发展。

地税作为全社会的一分子，要实现其和谐发展，解决好地税机关与纳税人之间的关系尤为重要。

征纳双方的矛盾：征方要从法律的角度，按照国家制定的法律法规，把属于重新分配的公共财政，纳入国家及各级政府的预算；纳方要按照法律的要求，自觉履行公民与法人应尽的义务，把属于国家的一部分及时足额缴入国库。征方要严格执行政策，纳方想方设法维护自身利益，于是就产生了矛盾。因此，作为地税机关，如何积极主动地正视矛盾，化解矛盾，最大限度地增加和谐因素，保证征纳双方和谐相处，是当前摆在我们面前的首要任务。

说到征纳双方的和谐相处，我想起了自身经历的一件事。那是1987年9月，我当时在乡下税务所上班，那时实行的是上门征税，主动申报还未实行。由于连续几日下雨，阻止了我们征税的行程，眼看征期要过，老所长急了眼，不顾下雨，推出自行车，便带着我上路了。那时候通往这户企业的路全是土路，因为下了几天的雨，早已变得泥泞不堪，骑自行车简直就是一种负担，平常骑车两个小时的路程，我们4个小时，还走了不足一半，正在万分懊恼之际，令人激动的一幕出现了，该户企业怕税款延误，竟派出了办税人员，专门给我们送申报表和税款来了，税企双方想到一起了。这是我亲身经历的一件事，当时还写了一篇小通讯，题目是《风雨税企情》。转眼间，这件事已过去二十年了，我至今仍记忆犹新，内心被税企双方共同的责任感而感动。

如今，交通和通信条件已得到了极大的改善，骑车上门征税已成为历史，各种各样的申报方式，也满足了不同纳税人的需要。但征纳双方的矛盾并未完全消除，这就要求我们税务机关在加强自身建设，努力提高服务质量和服务水平的同时，从建设和谐地税的角度出发，同纳税人进行广泛的接触和交流，提升服务水平，建立起征纳双方真诚和友谊的桥梁。当然，这种桥梁是建立在严格执行税法基础上的。

如果，征税人、纳税人之间有了相互理解、相互信任，共同去营造和谐的环境，那和谐地税的建设就落到实处了。和谐，需要税企双方共同创造。

想念不喝酒的日子

前几日，机关的一个同事，突然生病，出现中风症状，说话发音含混不清，经医院初步诊断，可能属于轻微脑梗，属于心脑血管病的一种。

我上网查询了有关心脑血管病的知识，发现心脑血管疾病是当今世界第一杀手，每年死亡300万人，约占疾病死亡的50%以上，得病的主要原因有四种：抽烟、喝酒、熬夜、暴饮暴食等，目前患病向30岁—40岁的人发展，且城市多于农村，脑力劳动者多于体力劳动者。

说起患病的原因，我想起了喝酒，自从踏入社会，酒和我就结下了不解之缘。不敢说天天有，起码两三天就有一场，有时碰巧了，一天就有两次。这里面有工作的原因，也有同事、朋友、亲戚的原因。人活在世上，要同各种各样的人打交道，要有各种乱七八糟的事情去处理，要经历数不清的苦难和欢乐，这就需要有一种介质去表达，于是酒应运而生。高兴了，来两盅，以示庆祝；不顺心了，也喝两口，一醉解千愁。

其实喝酒这事，本也无可厚非，历史上喝酒的名人故事多得是，如“李白斗酒诗百篇，长安市上酒家眠，天子呼来不上船，自称臣是酒中仙。”更有李清照的“东篱把酒黄昏后，有暗香盈袖”。关键是各人有各人的爱好，各人有各人的酒量，各人有各人的承受能力。倘若都拿一个标准去衡量，恐怕就有问题了，有的人天生不胜酒力，一喝就多，多了就睡，一连两天，昏昏沉沉，晕头转向，什么也干不成，计划好的事情，提前需要做的一些安排，都随着酒而抛到九霄云外了，这确实是件很令人痛心的事。

我有一个朋友，是做生意的，经常同各种各样的企业和个人打交道，他曾经给我讲，喝酒成了他做生意的一种必需，喝酒的豪气成了是否做成生意的关键，他甚至有两次喝了酒，把价值几十万的车都损坏了，可到了酒场上，还是照喝不误。他说，你不喝，也许说好的事情会泡汤，你只有喝得酩酊大醉，把客人陪好，让客人尽兴，才能把事情办好。

有一年冬天，我开车正常行驶在大街上，车速很慢。正行驶时，猛然听到了摩托车加速的声音，接着从后视镜里看到两辆摩托车像疯了似的，从车后冲了过来。我还在惊诧时，两辆摩托车同时超过我开的车，我急忙刹车停下，其中一辆摩托车猛然摔倒在车前，我马上惊出了一身的冷汗，下去查看，更是把我吓得够呛，骑摩托的人已经躺在地上站不起来了。我还没走到跟前，一股浓重的酒味就飘了过来，当时接近下午6点，还没有到饭点，怎么会有这么大的酒味。后来得知四个年轻的孩子，去朋友家喝酒，从中午一直喝到下午，喝得都已经站立不稳了，还非要骑摩托车。好在过了十几分钟，那个骑摩托的年轻人在其他同伴的搀扶下站了起来，所幸并无大碍，再加上责任不在我，看到没事，我便开车走了。事后想想，如果当时他们直接追了车尾，后果就不堪设想了。

我平生不喜欢喝酒，酒量更是很小，我始终不惧喝酒，酒量虽小，却豪气干云，不论是自己请别人，还是别人请自己，一般都喝得痛痛快快，酣畅淋漓，时间久了，让大家刮目相看。可喝多酒的背后，却要付出沉重的代价，先别说身体不适，难受的滋味上来天旋地转，发誓这辈子都不喝酒了。再说这时间也浪费不起，大醉一场，起码一天里什么事都得往后推，心里虽有不甘，却又无可奈何。

我大概估算了一下，按我参加工作二十年的时间计算，我觉得最少有三年的时间是因为喝了酒，在睡梦里度过的。二十年的时间里，有三年的时间因为喝酒而失去，是不是人生的悲哀呢！我不敢去想，更不愿去想，因为你再想，也已经是过去的事情了，再想，也于事无补了。关键是今后怎么办。

我在想，不喝酒的日子，应该活得更充实些，可以把自己的工作、生活安排得更好一些，可以集中更多的精力，做自己喜欢的事。不用担心一觉醒来，才后悔该干的事情又误了，时间又白白流失了。不用担心酒后驾车的风险，不考虑饮酒造成的潜在疾病，更不怕酒后失言给自己造成的不必要麻烦。

想念不喝酒的日子，不是一种做作，不是一种虚伪，更不是不合潮流，而是一种需要，一种解脱，一种对生命的呼唤，一种超脱生命的选择。

想念不喝酒的日子。

城市文明的尴尬

在西安短暂地逗留，我却碰到了两件让人很不舒服的事情。一是乘坐公交车遇到的麻烦。刚刚六点，我们已经吃过晚饭，大家闲着无聊，便相约在我们住的宾馆附近转转。在遛到火车站广场附近时，看到公交站牌下有大雁塔的站点，没去过大雁塔的同事便产生了想去看一看的念头，于是大家不约而同地上了公交车，一同前往大雁塔，公交车票很便宜，仅仅一元。公交车刚过了两站，车上便挤了个水泄不通。车过第三站时，上来了一位老太太，走路颤颤巍巍的，可是附近人好像没看见似的，让我大感诧异。好在一个年轻小伙子好像刚缓过神来，给老人让了座。

我们到达的站点写的是大雁塔，按说大雁塔就在附近，可下车后我们根本摸不清东南西北，像是一群无头苍蝇到处乱撞，问了许多路人，才找到了大雁塔广场，看到了大雁塔。返回的时候，依旧很茫然，一路问下去，才得知大雁塔附近根本没有到火车站方向的公共汽车，要到火车站得到另外一条街上，坐五路公交汽车。于是大家顺着站牌，开始一站接一站地找火车站的站点，在找了六七站后，终于看到了五路车的站牌，心里一阵窃喜，因为步行走得实在太累了。

好不容易等到了五路车，我们硬挤上去十几个人，可还有五个人实在挤不上来了，只有等下一趟车了，然而我们乘坐五路公交到了终点站，却根本不是火车站。大家又费了许多周折，才打听到去火车站要换乘的公交车。公交车本来是方便乘客的，一趟坐下来反而感觉成了麻烦。第一件事心里还在堵着的时候，第二件事又接踵而来了。按说是件难以启齿的事情，是发生在我身上的，就在公交车还没到站的时候，我感觉肚子一阵闹腾，心想坏了，肯定要拉肚子。车刚一停下，我便下车四处寻找公厕，可放眼望去，四周根本看不到公厕的影子，自己急得团团转，还没法跟同事讲。情急之下，想到了出租车，没跟大家打招呼，便顺手拦下一辆。一上车我顾不了许多，让师傅赶紧拉我在附近找个厕所，师傅一听便犯了难，因为附近确实没有厕所。我说："我肚子闹腾得厉害，马上就坚持不住了，不管花钱多少，得赶紧给我找个地方解决。"于是师傅加起油门，飞一样地往城郊驶去……

接着我告诉了师傅住的宾馆，师傅便驾车往我们住的地方开，一路上还在想，还不知道会有多少人在骂我呢！做得确实有点过分了。下车时，我一看计价器，表上打出了30元，30元就30元吧，谁让自己没出息呢！于是掏出百元大钞，递给了师傅，师傅拿起，揉搓了几下，验明真伪，给我找了零，我一看，三张20元，一张10元，便揣进了兜里。下车后，回到宾馆房间，同事们还没有回来，看来出租车快多了。

第二天到了大理古城，看到摊位上的好多纪念品很是诱人，于是选了一件，从兜里掏出昨天司机师傅找回的20元零钱，便递了出去，谁知，又被退了回来，告知是一张假钱。我仔细一看，可不是嘛，很明显的一张假钱，一次拉肚子花掉30元就够窝囊的，又找回了一张假钱。

这就是在大城市遭遇的两件事，按说事不大，可也不小。你想，无论是公交车，还是公厕，都是城市的脸面，是城市文明的一部分。如果我们的城市连这样的事情也做不好，那城市未来的发展不就会受到影响了吗？

“酒”这东西

写下这个题目，我心里有一种沉甸甸的感觉，说“酒”是个好东西还是坏东西，我心里真没谱。说它好吧，像我这样不胜酒力的人，因酒误事，因酒出事的比比皆是。说它坏吧，人人都还离不了它。所以不敢轻易去评论酒这个东西，只是有感而发，说说我们一般人对酒的感受。

我国有酒的历史可谓长矣，同酒有关的典故浩如烟海，打开网站，有一段对酒的说法，我认为很不错，“它是一个变化多端的精灵，它炽热似火，冷酷像冰；它缠绵如梦萦，狠毒似恶魔；它柔软如锦缎，锋利似钢刀；它无所不在，力大无穷；它可敬可泣，该杀该戮；它能叫人超脱旷达，才华横溢，放荡无常；它能叫人忘却人世的痛苦忧愁和烦恼到绝对自由的时空中尽情翱翔；它也能叫人肆行无忌，勇敢地沉沦到深渊的最低处，叫人丢掉面具，原形毕露，口吐真言。”这段话可谓是道出了酒的真谛。

就我们普通人而言，每个人对酒的感受都是不一样的。嗜酒的人，一天不喝，就像丢了魂似的，无精打采。厌酒的人，见了酒，就浑身不自在，生怕酒会引火烧身。但是有一点你必须承认，就是酒这个东西不是凭你喜欢不喜欢，爱好不爱好而存在，它无孔不入，进入了你生活的每个领域，令你防不胜防。

现如今，挂在人们嘴边上的一句话就是“喝一壶”，不管你走到哪里，不管你想干什么，酒成了一种感情的融合剂，办不成的事情，谈不拢的买卖，只要坐上酒桌，推杯换盏之间，大功告成矣。

我喝酒的历史可以追溯很远。上初中的时候，一个农村的同学从家里装了玉米，到酒厂换了酒，几个要好的同学便躲在角落里偷偷地喝，一人接一人轮着转，我觉得也挺好玩的，那时也不知醉了是什么滋味。上了高中的时候，还有一次喝酒的经历，是一个要好的同学，中途退学到煤矿上班，有一次他回来，我们四个同学商议喝点酒，于是买了一盘炒鸡蛋，便在母亲厂里办公室喝开了，其中一个同学还喝醉了，我们晚上把他送回去的时候，还挨了家长的训。

上班后，喝酒的机会太多了，那时几乎每天都骑自行车下乡，每到村里，喝酒是不可避免的，最好的酒就是当地产的高粱白，来个炒鸡蛋，条件好的开瓶罐头，就是最好的下酒菜了。在村里喝酒，是要有豪气的，不然主人会生气的，喝多了，他们反而高兴。当时，我跟了一个师傅，他就特别爱喝酒，每天有事没事，都要喝，况且那时在乡下税所，交通不便，晚上连电视也没有，大家又没有去的地方，麻将也没传到这里，平常的娱乐活动主要是打扑克画鳖，喝酒自然成了一项主要的活动了。

然而，我压根就喝不了酒，酒量太有限，性格又豪爽，喝醉成了自然的事。好多人讲酒量是锻炼出来的，其实并不对，酒量应该是天生的，我锻炼了几乎二十多年，就是不见长。

我一直就惧怕酒，倒不是因为酒本身的原因，而是自身酒量小的原因，同样喝酒别人没什么，我却会喝过量。一些想好的、急需办的事情，都随着醉酒而烟消云散了。常常是中午一喝酒，整个下午就和床结亲了，如果是晚上喝，那晚上的大好时光又没了。因为喝酒误多少事，是无法统计的，耽误的时间更是无法计算。其实有很多的精力都用在了酒场上，反正酒场几乎天天都有，你不参加都不行，不喝多还不行，真的把握不了自己。心里虽然很矛盾，但酒场还得参加，酒还得喝多，这就是生活。

多少次，我希望自己酒量大起来，喝了酒，别再影响正常的工作和学习；多少次，我也盼望喝酒的时间缩短点，给自己多留出一些时间。多少次我渴望让我参加喝酒的场合少一点，给我轻松的时间长一些。我也知道这也只是想一想。唉！“酒”这东西。

扁桃体发炎

我压根没想到自己的扁桃体会发炎，因为我的扁桃体从来就没有发过炎，更没想到的是，这病还这么烦人，一连输了五天液，红肿的扁桃体才稍好了一些。我第一次领略了它的厉害，先是吃饭的时候碍事，后来嗓子发痒、干疼。起初，我还不以为然，想着喉咙发炎了，吃几片消炎药了事，没承想，还是小看了它，以至于必须输液，才能解决问题。看来自己一贯标榜身体好，结实得像牛一样，不会生病，是高估了自己的身体素质。这不，从未发过炎的扁桃体还是发炎了，看来有些事情，还真不是以个人的意志为转移的。

我上网查了一下，发现扁桃体炎是这样介绍的，它是指腭扁桃体的非特异炎症，可分为急性扁桃体炎、慢性扁桃体炎。急性扁桃体炎大多在机体抵抗力降低时感染细菌或病毒所致，起病急，以咽痛为主要症状，伴有畏寒、头热、头痛等症状，是儿童和少年的常见病。慢性扁桃体炎是由于急性扁桃体炎反复发作所致，表现为咽部干燥，有堵塞感，分泌物黏，不易咳出，其反复发作可诱发其他疾病。我对照了一下，看来自己得的肯定是急性扁桃体炎了，因为以前从未有过，这是第一次。要是分析自己得病的原因，我想肯定是跟喝酒有关系了，再加上自己嘴馋，连着又喝了两次羊汤，急火、慢火一起涌来，看来扁桃体发炎是一定的了。

人吃五谷杂粮，不可能不生病，这是常理。可是，人又是非常矛盾的，本来一些病是可以预防的，就说这扁桃体发炎，饮食清淡，不吃辛辣刺激性食物，戒除烟酒，是可以预防的，可在现实生活里就由不得你了。首先“酒”的问题，我就戒不了，可是，在现实生活里，也有不喝酒的人，照样不是生活得挺好？

这几天输液，我什么也没做，什么也没想，睡不着的时候，看看电视；无聊的时候，看看天花板，我发现输液的时候也是一种难得的享受，多么寂静，尤其是心里的寂静，更是多年来所没有的。我发现看电视也是一种不错的选择，起码不用动脑子想问题，只是随着剧情去想象，去思考，也挺好玩的。因为平常看电视的时间真是太少了，看书就更不用提了。不少同事问我，你经常写点东西，是不是常读书看些文章充实自己？要说真的，我是很惭愧，因为多少年来，我读的书很少，有时，看到大家的文章，引经据典，旁征博引，而自己肚子里的那点东西自己清楚，连班门弄斧的资格都没有。所以写点东西，就只能是平平了，挖掘不出什么内涵。可是，有时，还真想写点什么，不说是爱好吧，起码可以解解心闷，给自己空虚的心灵添点东西，感觉还是蛮充实的，还可以远离打扑克、打麻将的诱惑。今天坐下来，主要是想充实自己的博客，因为自己好多天没有写新的东西了，也没有给博友们留言了，感觉欠大家许多，所以今天作一文。

在王光烈士墓前，我想到了……

近日，我跟随荀乡情韵文艺采风团，到乡镇农村去采风，再一次来到了王光烈士墓前。从我们上次到烈士墓前扫墓到今天，不知不觉中时间已经过去了三年。三年间，我不知道有多少和我一样敬仰烈士的人来过这里，也不知道有多少人在这里流下了感动的热泪，更不知道王光烈士的事迹还会感染多少人，教育多少人。只是面对烈士墓，我想到了……

我想到了那个战火纷飞的年月，那个年仅23岁的女共产党员，在关键时刻，为救百姓义无反顾、挺身而出，面对日本鬼子的威逼利诱，慷慨激昂，大义凛然，宁肯遭受日本鬼子的凌迟，也没有向敌人低头。那是一幕何等惨烈的场面，那是一种怎样的英雄气概。就是在事隔65年后的今天，仍让人唏嘘不已。今天，当王光烈士当年的老战友。来到她的墓前看望她时，在场的人都悲痛且沉默。

我想到了我们中华民族五千年来留下了多少感天动地、可歌可泣的英雄故事，是这些英雄构成了我们民族的脊梁，是他们的正气积淀成我们民族的性格。正是《永远的丰碑》所说的“那是屈原望楚天山河破碎，长歌当哭后悲愤的旷世一蹈；是荆轲风萧萧兮易水寒，壮士一去不复返的慷慨悲歌；是苏武牧羊风刀雪剑十九载，归心不改的民族气节；是岳飞怒发冲冠仰天长啸，踏破贺兰山缺的嘚嘚马蹄声；是辛弃疾吹裂长夜笛把栏杆拍遍，金戈铁马气吞万里如虎的豪迈长吟；是文天祥零丁洋里望长天，留取丹心照汗青的千年一叹；是林则徐虎门销烟，‘笑蜃楼气烬，无复灰燃’的酣畅痛快；是秋瑾‘身不得，男儿列；心却比，男儿烈’的革命英雄主义气概。”

我想到了我们今天如何去面对眼前的王光烈士，如何去发扬光大她的精神，让更多的人了解烈士的过去，感受烈士当年的英勇，从而教育我们的后代，永远记住这位为我们安泽解放、为安泽百姓而长眠在这里的烈士。那就是要永远铭记历史。值得庆幸的是，已有越来越多的人，了解了烈士的事迹，已有越来越多的人加入宣传烈士事迹的队伍中来。根据烈士的事迹编写的《巾帼英烈》已经问世，无名氏为烈士在网上开辟的祭堂已经开启。青山当哭，泗水呜咽，长歌悲吟，这声音久久回荡在王光烈士曾经战斗和生活的地方，唱响在烈士牺牲的山脚下。忘记历史，就意味着背叛，我们今天的每一个活着的人都应该清醒地认识到这一点。